無職転生
~蛇足編~
2
理不尽な孫の手
Rifujin na Magonote
イラスト：シロタカ
JN005627

アルス
ジーク
ララ
人物紹介

無職転生
～蛇足編～
2

「圧制の中でも、夢は終わらない」

Do what you want to do even if you are angry.

著：ルーデウス・グレイラット

訳：ジーン・RF・マゴット

『オートマタを作ろう！』

「人形が歩いた日　前編」

その晩は嵐だった。

叩《たた》きつけるような雨が草原を洗い、太い雷が何本も大地へと落ちた。

雷光に照らされて、一軒の家が浮かび上がる。

人気《ひとけ》のない草原にポツンと立つ家。

その家の中では、二人のマッドサイエンティストが笑っていた。

「フフ、フハ、フハハハハ！　ようやく、ようやくですな！」

「ああ！　ようやくだ！　ようやく完成した！」

二人のマッドサイエンティストは笑いながら手を取り合い、部屋の中で踊っていた。

「ここまでこられたのは、ひとえに師匠の類《たぐい》まれなる技術と叡智《えいち》の賜物！」

「いやいや、ザノバ君、君の深淵《しんえん》なる知識や発想なくしてこれは完成しなかった！」

ルーデウスとザノバである。

互いを讃《たた》え合い、踊りをやめた二人。

彼らのいる部屋の奥には、ある物体が設置されている。

不気味な光を放つ石の寝台だ。その寝台には、一人の少女が寝かされていた。全裸で。

「ここまで、本当に長かった……」

ルーデウスは思い出す、失敗の連続を。

最初は起動すらできなかった。

試作一号機が完成するまで、何十回もマイナーチェンジとデチューンを繰り返した。

その結果、起動には成功したものの、命令をそのまま聞くだけのゴーレムになった。

これはこれで需要はあるだろうが、彼らの求めていたものとは大きく違った。

試作二号機からは人工知能を搭載したコアの開発と、より人間に近いボディの追求に時間と労力を費やした。

もちろん、失敗続きだ。

ボディの方はだんだんと人間に近くなっていったが、人間に近い動きを追求するために材料をいじれば耐久度に難が生じるし、人間らしい動きをさせようとコアをいじれば、起動に失敗する。

二人は、人間とはこれほどまで絶妙なバランスで成り立っていたのかと感嘆し、苦悩もした。

失敗に次ぐ失敗。

狂龍王カオスの手記は何度も見直した。甲龍王ペルギウスにも助言を仰ぎ、魔法陣と精霊召喚のヒントを得た。龍神オルステッドからは、あまり手に入らない魔石や、材料に関する知識をもらった。

だが、それでもなお、失敗は続いた。

かの狂龍王ですら未到の領域。到達はできないのかと涙した。失敗し、涙を流しながら再チャレンジしてまた失敗した。だが、その都度、小さな発見をして、少しの進歩を繰り返した。

そして、一ヶ月前。

ついに、ついに成功した。仮組みの人形は確かに起動に成功したのだ。

試作三号機が。のっぺりとした顔のない人形は、確かに起動に成功したのだ。

彼らはその成功に小躍りをし、試作三号機でデータを取り終えた後、すぐに次の機体の制作を開始した。

試作四号機である。

試作四号機は、ほぼ完成品に近いスペックを持っている。

人と同じ体、同じ顔を持ち、口を動かして言葉を喋《しゃべ》り、手足を使って自由に動く。

ただ、実を言うと、彼らは試作三号機でやるべき実験を全て終わらせたわけではなかった。

問題点の洗い出しが全て終了したわけではなかった。

理想の人形を理想の姿で動かしたいという欲求に、抗《あらが》えなかったのだ。

そのため、試作三号機でやるべき工程をいくつかすっ飛ばして、ほぼ完成品と同じスペックとなる試作四号機に着手したのだ。

とはいえ、それはそれでよいのだ。

試作三号機でできて、試作四号機でできないことはない。

試作四号機でシステムのチェックと、完成品用の素体の相性を見る。

それでいいじゃないか、と。

これも次なる一歩なのだ、と。

俺たちが見たかったものはこれなのだ、と。

情熱なくして仕事なし。これこそが俺たちの求めた自動人形《オートマタ》なのだ、と。

「では！　起動しますぞ～！」

「おう！」

ザノバは、ワクワクした表情で少女の慎《つつ》ましい胸の中心にある魔石に指を伸ばした。

この魔石の奥、少女の胸の中心にはコアがある。

複雑かつ細かい魔法陣が刻まれたコアは少女の脳であり、文字通り心臓部である。

コアを起動させることで、人形は自分の足で立ち、自分で学び、自分で判断し、自分の力で魔力を得て、半永久的に動き始める。

完全な自律人形だ。

もちろん、それが叶《かな》わず、魔力不足で倒れることもあるだろう。

だが、その場合はこの寝台に戻して、魔力を供給してやればいい。

最初にルーデウスがその仕様を提案した時、ザノバは言った。

「再起動を人の手に委ねるのは、不完全では？」と。

だがルーデウスは言った。

まさか、それこそが完全なのだ、と。

人は転んで起き上がれなくなったら、人の手を借りて立ち上がるものだ、と。

「……」

ザノバの伸ばした指が躊躇《ためら》いを持った。

さしもの彼も、幼い少女の胸に触るのが憚《はばか》られるのか？

いいや、彼はそんなことに躊躇《ちゅうちょ》する男ではない。

「…………師匠がやりますか？」

「いや、ここまでこられたのはお前の頑張りのお陰だ、お前がやってくれ」

ザノバは怯《おび》えているのだ。

二人の理想が実現する瞬間に。十年近い年月を要した夢が叶《かな》う瞬間に。

だが、元来の彼は臆病な性格ではない。躊躇とは無縁な男だった。

「わかりました……では、参ります！」

「おう！」

ザノバの指が、ゆっくりと少女の胸に触れた。

壊れ物を扱うかのような優しい指先が少女の肌を這《は》い、魔石へと触れた。

起動用の魔力は、そう大きくない。誰でも、起動できるようになっている。

「……『目覚めよ、我が愛娘《まなむすめ》』」

ザノバが起動用の呪文を唱えた瞬間、パリリと魔力が通った。

寝台の端にある赤いランプが、青へと変わる。それを確認した後、ザノバは指を離した。

「……」

数秒の沈黙。

二人の男が固唾《かたず》を飲んで、少女の起動を見守った。

起動後のプロセスは自動化されている。

起動呪文を唱えて魔力を励起させた後は、ただ見守るだけでいいのだ。

「……」

少女が音もなく目を開けた。

パチリと、黒い瞳を。その間に、パチンと音がして、寝台との物理的な接続が切れる。

接続が切れると、少女の上体がゆっくりと起こされた。

きめ細かで真っ白い肌だ。筋肉などついていないのではないかと思えるほどの細い体。

乳房は小さめだが形は整っており、体のラインは少女のものとは思えないほど綺麗《きれい》だ。

ザノバとルーデウスが長年の人形制作で培った技術の結晶であった。

少女の体は人工的な肉と、魔導鎧《マジックアーマー》と同じ材質からなる骨格で出来ている。

人工肉は、ルーデウスが土魔術で作り出した粘土をベースに、赤竜の鱗《うろこ》や幻蝶《げんちょう》の鱗粉《りんぷん》といった高い魔力を備えた材料を加え、最後にエルダートゥレントの樹液と不死魔族の血液を混ぜ込むことで完成する。

試行錯誤を繰り返し高級な材料を駆使して生まれた人工肉は、半永久的に高い耐久性を保ちつつ、人間のそれに非常に近い質感を持っている。

その肉を動かすのは魔法陣を刻まれた骨格だ。

骨格に刻まれた魔法陣が、人工肉の固まりを筋肉のように動かしている。

原理はほぼ魔導鎧《マジックアーマー》のそれと同等である。

だが、関節部分にスケルトン・デスブレイカーの骨粉で作られたパーツが組み込まれている。

スケルトンの骨粉は魔力の伝導率が上がる。

特にランクの高いスケルトン・デスブレイカーの骨粉は伝導率が高く、より人に近い動きを可能にした。

少女は両手を上げ、ぐっと伸びをして、手のひらをグーパーする。

非常に、人間に近い、滑らかな動きである。

そのあまりにも自然すぎる動作は、思った以上に腋《わき》と胸が強調され、艶《なまめ》かしさすら覚えてしまうものであった。

「ゴクッ」

ルーデウスが唾を飲み込んだ。

「作ってる時はわからなかったけど、動くとなんか、アレだな、思いのほか、ヤバいな……」

「……」

ザノバは答えない。

だが、同じような心持ちであることは、その表情から見て取れた。

少女は次に無言のまま上体を倒し、仰向《あおむ》けになったまま脚を片方ずつ上げた。

白く瑞々《みずみず》しい太ももが交互に上がり、そのままの体勢で膝を曲げ伸ばししたり、股《また》を開閉する。

精巧に作られた人形の秘部が二人の前にチラチラとさらけ出される。

ちなみに、これらの動作はエロ目的で体を見せびらかしているわけではない。

起動時には、自動で関節部の動作チェックをするようにプログラムされているのだ。このチェックで引っかかると、ダメな部分に関するエラーを吐くようになっている。人形自身の口から。

「正常に起動しました」

最後に、人形は肩口まである黒髪を左右に振り、全てのチェックの終了を宣言した。

人工声帯から奏でられる声は、二人の知る、ある人物によく似ている。

「ふぅ……」

二人は緊張の面持ちを崩さないまま、息をついた。

今まで、何度もこの場面で失敗した。

腕を上げようとして肘から先がロケットパンチみたいに天井に向かって飛んでいったり、ボギンと鈍い音がして膝が変な方向に曲がったり、股が裂けて奇怪なオブジェのような姿勢のまま、ボギンゴギンと鈍い音を立てつつエビ反り方向に丸まっていったり……。

そうした、人間ならスプラッタな光景が、試作三号機の制作中に何度も繰り広げられたものだ。

人形の骨格部分が魔導鎧《マジックアーマー》と同じ素材で出来ているのが問題だった。

魔導鎧《マジックアーマー》を身につけた時、その力加減は装着者が調節できる。

だが、そのさじ加減は、長く魔術や筋肉を使ってきた経験からくるものだ。

人形に経験はない。ともすれば、常に最大の力で動いてしまい、自滅してしまう。

ゆえに、体中の至るところにリミッターを仕込んだのだ。

もっとも、骨格となっているのは魔導鎧《マジックアーマー》と同じ材質のものだ。

リミッターを仕込んだとはいえ、耐えられる閾値《いきち》は高く、聖級剣士並みの動きを可能とする。

それはさておき。

何度も失敗した膝や肘を曲げる際の人工肉のパワーの設定や、可動域の設定に何の問題もないのを見て、二人は安堵《あんど》したのだ。

「うむ、問題ないようですな」

「ああ」

二人の言葉に反応したかのように、人形が寝転んだまま、ガラスのような無機質な目をザノバへと向けた。

そのまま、口を開く。

「マスター。お名前をどうぞ」

「ザノバである！」

「マスター・ザノバ。登録しました。ご命令をどうぞ」

「そちらのお方をサブマスターとして登録せよ」

「了解しました。そちらのお方、お名前をどうぞ」

「ルーデウスです」

「サブマスター・ルーデウス。登録しました。ご命令をどうぞ」

流れるようなやりとりは、試作三号機での実験において何度も行っていたものだ。

人形は最初に、主人の登録を行うのだ。そうしないと言うことを聞かなくなる。

「うむ。では、寝台より下りて、床に立つがよい」

人形は寝台から下りて、まっすぐに立った。

その様子を見て、ルーデウスはグッと拳を握った。

「よしよし、マスターネームの登録もちゃんとできているし、命令も聞くな」

ルーデウスはジーンと感動した心持ちで人形を見下ろした。

最初の頃は大変だった。

「ザノバである」と言えば、「マスター・ザノバデアル」で登録されたりした。

他にも、寝台を下りなかったり、「立つがよい」の「がよい」が理解できなかったり……。

これらはペルギウス直伝のアドバイスで対処できた。

もらったヒントからあれこれと魔法陣をいじくり、何度も一から構築した。

それが、今、こうして形になったのだ。

出来上がった召喚魔法陣はコアに刻まれ、人間が本能的に行うものを全て網羅している。

「軽く飛び跳ねてみよ」

「イエス、マスター」

人形が両足を揃《そろ》えたまま、トントンと飛び跳ねる。

なかなか力強い跳躍だ。

人工肉は骨格を破壊するほどのパワーも出せるが、きちんと自律制御できているらしい。

「飛び跳ねながら、両手を広げて」

「イエス、マスター」

「足を広げて……ストップ」

「イエス、マスター」

「そこからまた飛び跳ねを再開しつつ、両腕をグルグルと回して」

「イエス、マスター」

「一跳びごとに、足を開いたり、閉じたり」

「イエス、マスター」

ザノバの命令に従いながら、人形は言う通りに動く。

短い髪が揺れて、躍動的に肢体が跳ねる。バランス感覚もバッチリだ。

「そこで面白い顔をせよ」

ザノバの唐突な命令に、人形は一瞬止まり。

「イエス、マスター」

頬《ほお》に手を当てて、プニュッと顔を歪《ゆが》めた。

無表情で頬を歪めただけの、変な顔だ。面白い顔とはいえないかもしれない。

だが、人形自身が自分なりに考えて遂行した結果である。つまり、期待通りの結果であった。

「ふむ、良好ですな」

「ああ……」

だが、ルーデウスはその様子を見て、やや渋い顔をしていた。

彼が見ているのは、小さいながらも跳躍の度に震える胸と、股間についた精巧な秘部である。

ルーデウスの名誉のために言うが、彼は性的な目で見ているわけではない。

なにせ、彼が自分自身で作ったものだ。ただ、思った以上の完成度に、彼は恐れたのだ。

自分自身の才能を？

違う。

「しかし、似すぎたな……顔もそうだが、偶然とはいえ声も似てしまった」

ルーデウスは、人形の顔を見る。

人形はルーデウスと目を合わせるが、にこりともしない。笑顔などもできるようには作ってあるが、まだ命令なしではできないのだろう。しかし、ルーデウスが問題視しているのはそこではない。

「これは、絶対に怒られるな……」

人形の顔は、二人の知り合いに酷似していた。

「ナナホシ殿にですか？」

そう、七星静香《ななほししずか》。

二人の友人であり、空中城塞《ケイオスブレイカー》に眠る異世界人である。

人形は彼女に似ていた。顔もそうだが、髪も長さは違うものの黒髪で、背丈も体つきも、彼女によく似ていた。

知り合いによく似た全裸の人形。

性的な胸部と、使用に耐えうる股間部を持つ人形。

「馬鹿、シルフィとかにだよ！」

そう、彼が恐れていたのは、妻の怒りだ。

「しかし、長く眠るナナホシ殿の代わりとなる人物が必要という話だったではありませんか」

「まあな」

そう、理由はあった。

彼女の友人が転移してくるという仮説が現実になった際に備え、ナナホシの名前を後世に伝えるのに、彼女自身の姿も伝わったほうがいい。そうした理由から、この人形はナナホシに似せて作られた。

「師匠の奥方たちも知っているはず」

「皆は、自動人形《オートマタ》を作っていることは知ってても、ナナホシに似せて作ってることはまだ知らないんだよ」

とはいえ、ルーデウスもナナホシに似た人形を作ったことで妻たちが怒るとは思っていない。きちんとした理由もあるし、ナナホシ本人も了解していることだ。

ちゃんと説明すれば、納得してもらえるだろう。

「問題は、この胸と股間だよ」

だが、それが性的な使用も可能となれば、別だろう。

友人に似た人形が、性的な行為に使われる可能性がある。

その事実を彼の妻たちが知れば、内心穏やかではないだろう。

説明の仕方によっては、ルーデウスはベッドの上で非常に冷たくされるだろう。

頬をプクッとさせたシルフィに「せっかく作ったんだから人形でも抱けば？」と言われたり、あるいは逆に泣かれたり、落ち込まれたりするかもしれない。

どちらにせよ、ルーデウスにとっては良いことではない。

「こんな精巧にする必要はなかった」

「そんな、師匠の技術が惜しげなく使われた、素晴らしい造形ではないですか。特にこの乳首が実にエロい」

「馬鹿、お前、せっかく濁してるんだから、乳首とか言うなし」

「失礼」

なぜ胸や股間部分まで精巧に作ってしまったのだろうか。

確かに、この計画を考えた時にそういう思想はあった。

ダッチワイフ的な思想だ。

だが、今はそうした思想からは離れている。我慢すべきだったのだ。胸にしても股間にしても、R18仕様にせず、お茶を濁しておけばよかったのだ。乳首なんかいらなかった。

そもそもこれはまだ試作四号機だ。

試作の段階でナナホシに似せる理由もなかったのだ。ルーデウスは調子に乗ってしまったのだ。

「とにかく、シルフィたちには言えないな、これは」

「師匠は恐妻家ですからな」

「愛妻家と言ってくれ」

現在、ナナホシに似せた人形を作ることを知っている人物は少数だ。

オルステッドに、ペルギウス、それからナナホシ本人。

もちろん、完成したらお披露目をし、関係各所に知らせるつもりではある。

これからの計画でも使っていく予定である……が、その関係各所とて、ここまで精巧に作ってしまったと知れば、白い目で見てくるかもしれない。

ロキシーにじっとりとした目で睨《にら》まれ、「あの人形、わたしよりスタイルがいいですね？」と言われたり、あるいは暗い顔をされて距離を取られるかもしれない。

ロキシーに距離を取られたら、ルーデウスは切腹するほかない。

「ふーむ、師匠の奥方は、そのようなことで目くじらなど立てないと思いますがな。師匠がお盛んなのは皆様ご存じでしょうし」

「俺も普通の人形ならそう思うんだけど、ナナホシに似てるのが波乱の幕開けとなるように思えてならない」

ルーデウスはうーんと唸《うな》りながら、人形の胸をつついた。

人間の感触とはやはり少し違うが、しかし非常に柔らかい。自分で作ったものでなければ、とても興奮したことだろう。その興奮が、あるいは浮気と取られるかもしれない。

浮気と取られた挙句、口をへの字に結んだエリスに「フンッ！」と腰の入った拳で殴られた後、押し倒されて上に乗っかられたりするかもしれない。

二度と浮気などできないように、完全にエリスのモノにされてしまうのだ。

おっと、これはルーデウスにとって悪いことではなかったか。

「……」

ちなみに、人形はつつかれている指をじっと見ていたが、それ以外は何の反応もない。

触られている感触はある、というだけだ。

性的な快楽が得られるようにまでは作っていない。

あるいは、この研究にエリナリーゼかアリエルあたりが深く関わっていれば、そうなっていた可能性もあるが、二人は現在、子育てに奮闘中である。

「では、いっそ、廃棄しますか？」

そう言うザノバの顔は暗かった。

人形を捨てることは、彼にとって面白いことではない。それがどんな人形であれ、だ。

「……いや！　これはこれで完成度は高いし廃棄はもったいない！」

ルーデウスは腕を組んで悩み始めた。

最悪の事態を考えるなら、これは廃棄し、別のものを一から組んだ方がいい。胸部や股間部だけ換装するというのは、現在の技術では不可能だからだ。

量産化が視野に入ればそういうことも考えるだろうが、今のこいつは一品物だ。

「でも、誰かに見つかった時のことを考えるとなぁ……」

「見つかりませんとも、そのために我らはわざわざ、このような場所に研究所を作ったのではありませんか」

「まあ、そうだけど……」

彼らの現在位置は、アスラ王国のフィットア領の端だ。

復興途中のフィットア領の一部をボレアスから借り、そこに建てた一軒家を研究所とした。

場所を知っている者はそう多くない。

というのも、この研究所には入り口が存在しないからだ。転移魔法陣でのみ、行き来できるのだ。

「お前はいいよな。見つかってもあんまり怒られないし」

「いえ、前にも話しましたが、最近はジュリが怒るのです」

「ああ、そっか、そうだったな」

彼らと計画を共にしているはずのジュリエットですら、この場所は知らない。

人工肉や骨格の生成は手伝っても、どこでそれが組まれているかは知らないのである。

仲間ハズレなのである。というのも最近、ザノバがエロっちい人形を買ったりすると、ジュリが露骨に不機嫌になるからだ。

さすがに破壊したりはしないが、ザノバの目につかないところに仕舞おうとする時もある。

仕方あるまい。

彼女もとっくの昔に成人を迎えて大人になったとはいえ、年齢的にはお年頃……思春期なのだ。

二人には、年頃の娘さんを慮《おもんぱか》る程度の精神はあった。

「でも、地下の転移魔法陣をジュリが見つける可能性はあるだろう？」

この研究所への転移魔法陣はザノバの工房の地下にある。

ジュリが地下に下りてきて、転移魔法陣の存在を知り、好奇心からそれを踏んでしまったら。

彼女は、自動人形の目撃者《はだかのしょうじょ》になってしまう。

きっとショックを受けるだろう。

「ちゃんと内側から鍵をかけておりますゆえ。そして、一つしかない鍵はこちらに」

「ジュリはそれぐらい開けられるぞ。土魔術での解錠の仕方は教えたからな」

「いいえ、ジュリは余が鍵をかけた扉は開けません。そう約束してあります」

「なるほど」

ジュリとザノバはもはやツーカーの仲とはいえ、一応は主従の立場である。

ジュリも越えてはいけないラインというものは理解しているのだ。

「話を戻しましょう、どうしますか？」

ザノバの言葉に、ルーデウスは腕を組んで考えた。

考えてみれば、乳首と股間がついているだけで、他には特にヤバい箇所はない。

それに、そもそもこいつは試作四号機だ。廃棄するのは、一通りデータを取ってからでも遅くはない。

「よし、もったいないがデータを取ってから廃棄しよう」

ルーデウスは、最終的にそう結論を出した。

即廃棄に踏み切らなかったルーデウスを責めるなかれ。結構な金と手間がかかっている上、試作三号機ですべきだった実験もしていないのだ。

乳首がエロいという理由だけで即廃棄をするには、あまりにももったいない。

と、そこでザノバの頭の上にポンと電球が点《つ》いた。

「というか師匠！」

「どうした？」

「服を着せておけばいいではないですか！」

「お？　おお、そうだ！　その通りじゃないか！」

ザノバの提案に、ルーデウスもまた気づいた。

そもそも、見えているから問題になるのだ。

服を着せれば、エロいものは隠れる。強姦魔でもない限り、いきなり服を剥《は》ぎ取ろうとはしないだろう。つまり言わなきゃわからないのだ。

「よーし、ちょっと待ってろ」

ルーデウスはそう言うと、隣の部屋へと駆け込んだ。

そこには、予《あらかじ》め用意しておいた服がある。

魔法都市ではさほど珍しくもない、厚手のベージュのワンピース。

だけでなく、パンツとブラジャーもだ。

無論、新品である。もともと、人形には服を着せる予定だったのだ。

二人はそれをすっかり忘れて、裸の少女のエロさに戦慄《せんりつ》していたのだ。

「よし、この服を着るんだ」

「イエス、マスター」

「着たら、寝台で横になりなさい」

「イエス、マスター」

ルーデウスは立ち尽くしている人形に服を着させて、寝台へと寝させた。

ひとまず、服を着たことで背徳的かつ性的な感じは消えた。

現在は、ナナホシによく似た女の子が、寝台にカッチリとハマっているだけだ。

決して背徳的な感じはしない。目がカッチリと開いて瞬《まばた》きもしないため、猟奇的ではあるかもしれないが。

しかし、この見た目で、何か問題が全て解決した気になった。

「……なんかどっと疲れたな。ちょっと早いけど、今日は、このぐらいにしておくか」

「ですな」

とりあえずの方針が決まったところで、ルーデウスは息をついて椅子に座った。

結局、起動実験しかできなかったが、しかし結果は上々だ。焦る必要はなく、また明日から人形にいろいろと教えていけばいいのだ。

ルーデウスはそう考え、ポンと手を打った。

「ひとまず、今日は祝おうか！　我々の計画の偉大なる第一歩に！」

「はい！　師匠がそう言うと思い、ちゃんと用意しておきました。こちらです！」

ザノバは部屋の隅に置いてあった樽《たる》を持ち上げた。

彼はそれを部屋の中央まで持ってくると、拳で天板を砕いた。

バキャッと音を立て、中の液体が少しこぼれる。

「おお、用意がいいじゃないか！」

ザノバは予め用意してあったコップを手に取り、そのまま中身を汲《く》み取る。

コップの中は、半透明の紫色の液体で満たされていた。

アスラ王国で作られている葡萄酒《ぶどうしゅ》だ。

「あ、食い物は？」

「保存食しかありませんが？」

「まぁ、それでいいか」

二人は地下室から乾物の山を持ってくると、酒樽の脇に積み上げた。

そして、葡萄酒が並々と注がれたコップを持ち上げる。

「では、人形計画の前進に」

「我らの夢の成就に」

「乾杯！」

酒盛りが始まった。

★★★

「しかし、何から教えるべきかね」

「ひとまず、簡単な動作確認はできましたので、あとはどれだけ融通が利くか、どれだけのことを憶《おぼ》えられるか、思考の柔軟性の限界を試してみたいですな……」

「調べるべきことはたくさんある。できるかぎりの検証はしてみよう」

二人は酒を飲みつつも、今後の予定について話していた。

先ほど起動した時点では、大したことはやらせていない。

だが、人形は曖昧な命令でも上手に解釈し、実行していた。

彼女は初期設定として持っている基礎的な知識をもとに、自律的に学習していく。

しかし、その知能がどこまで伸びるかは、まだわからない。最終的にどこまで憶えて、何ができるようになるのか。どこまで自分で考え、判断できるようになるのか……。

「お任せください。余が責任をもっていろいろと教え込んでみましょう」

「いけないことまで教えるなよ？」

「その言葉、師匠にそっくりそのままお返しいたします」

「お前も言うようになったな」

「ハッハハッハハッハ」

二人はこれからの未来を思い、大いに笑いながら酒で腹を満たしていく。

と、そこでザノバは話題を変えた。

「そうそう、師匠の作った『副産物』の売上も順調ですぞ」

「そういや研究の途中でいろいろ作ったな。商店の方で売ってたのか」

「特に評判がいいのはあれですな、カエル袋」

「ああ……」

ルーデウスは人の肌の質感を出すために様々な試行錯誤を繰り返した。

中でもレインフォースフロッグの頬袋は非常に薄い上に、とても長く伸びる。しかもちょっとやそっとでは破れないほどに丈夫だ。当初はそれを利用して、人形の皮膚を作ろうと考えた。

結果的にもっと良い別の素材が見つかったためそれを利用することはなかったが、別のものは出来た。

それが……。

「避妊具か」

いわゆるゴムである。

「はい。特にルーク殿が気に入ってくれましてな。アスラに工場を作る話を進めてくれましたぞ」

「アスラ貴族は本当にそういうものが好きだなぁ……」

「といいつつ、師匠も使っておられるのでしょう？」

「まぁ、な」

そう、ルーデウスも使っている。

ほぼ毎晩のように使っている。

三女リリと四女クリスが生まれた後、次に子供を生むのはシルフィだという暗黙の了解があった。

シルフィを中心に相手をし、ロキシーとエリスの相手をするのが減る日々。

しかし種族柄か、シルフィは三人目を妊娠しなかった。ルーシーとジークができたのは単に周期と運が良かったのか、あるいは神様がイジワルでもしているのか……。

わからないが、回数が減ると、エリスあたりがもぞもぞしてくる。

一時期に比べてだいぶ収まったものの、エリスは非常に強い性欲を持っている。

野獣が、ランランと目を輝かせているのだ。

ともすれば、簡単にルーデウスは組み伏せられ、エリスを妊娠させてしまうだろう。

そこで避妊具の出番だ。

こいつを使えばあら不思議、野獣エリスを満足させつつ、子供は出来ない。

三人目をお腹に宿したエリスを見て、シルフィが頬をポリポリ掻《か》きながら寂しそうな顔をすることもなく、エリスがどことなくバツの悪そうな顔で「何よ……」と言うこともない。家族間に気まずい空気が流れることもない。

そんな奇跡の逸品が、今ならなんとアスラ銀貨一枚。

「……まあ、なんだ、面倒を見る人が増えないのに、子供だけ増えるのもよくないだろう」

「使用人でも雇えばよいではないですか」

「使用人を雇ったら、俺が面倒見られないだろう。六人でも多すぎるぐらいだ。こう見えて、一人一人、ちゃんと見てやりたいんだよ」

「ハッハッハ……師匠らしいですなぁ」

ザノバはカラカラと笑った。

そんなザノバを見て、ふとルーデウスは尋ねてみた。

いつも、チラチラと疑問に思ってはいたことだ。

「そういや、お前は、ジュリとはどうなの？」

「どう、とは？」

「その、再婚とかしないの？」

「ジュリと、ですか？」

「まあ、年齢差はあるし、ジュリの身分はそりゃ低いけど……でも、お前ももう自分を王族とか思ってないんだろ？　いいもんだぜ。結婚して、子供に囲まれて、子供を褒めてやったり、たまに子供にイタズラされて、叱《しか》ってやったりしてさ」

ルーデウスの言葉に、ザノバはゆっくりと首を横に振った。

「余は……結婚はしません」

「……そっか」

断固たる口調に、ルーデウスはそう言って口をつぐんだ。

誰にも、踏み入られたくない領域はある。ザノバとて、単にしたくないからしないと言っているわけではあるまい。いろいろあるのだ、王族とか、一度した結婚のこととか、殺してしまった弟のこととか、パックスのこととか。

「まあ、大したことではありません。聞きたいですか？」

「話してくれるなら」

「余は神子《みこ》で、怪力と、頑丈な体を持つ代わりに、肌の感覚が鈍いのです」

「つまり？」

「生身の女の肌は柔らかすぎて、刺激が足りないということです」

その言葉に、ルーデウスは一発食らわされたような衝撃を受けた。

下世話な話ではあった。しかし、合点もいった。なぜ、ザノバが事あるごとに銅像を使用していたのか、とか。

「無論、それだけではありません。パックスのこと、ジュリアスのこと、いろいろあります。ですが、子を成せぬ者を伴侶とするのは、相手も辛《つら》かろうというのが、一番の理由ですな」

「そっか……。でも、なんだ、もし機会があったら、ジュリにも聞いてみるといいさ。別に子供がいなくても、いいと……言うかもしれないし、養子って選択も、あるし」

ルーデウスの歯切れが悪いのは、すでに自分に六人の子供がいるからである。

「はは、そうですな」

力なく笑うザノバに、ルーデウスはそれ以上、結婚について何かを言うのは控え、話題を戻すことにした。

今は祝いの酒の場だ。

楽しく飲まねばならぬのだ、と。

「まあ、ゴムのことはいいや！　他のは？　売れてる？」

「他はそこそこですな。どうやら色物扱いされているようで、一部の好事家がコレクションとして買ってくれる程度です」

「便利だと思うんだけどな……掃除機とか、アイシャなんかすげぇ喜んでたのに……」

ルーデウスの作った副産物は多岐にわたる。

魔法陣を利用した扇風機や掃除機、防水グッズ、保冷ボックスなど。

どれもそれなりに便利ではあったが、普及に結びつくものは少なかった。

大抵は魔術で再現可能な上、材料がやや特殊なものであったため、価格は割高にならざるを得なかったからだ。

あるいは材料に関する研究を進めれば安価にすることも可能だったが、それは目的とは違うことである。

「便利ではあるでしょうが、アスラやミリスにはすでに同じ効果を持つ魔道具があったりもしますし、使用人を一人雇った方が早く、便利ですゆえ」

「使用人の方が手間はかかると思うんだけどなぁ」

ルーデウスは酒をあおりつつ、ため息をついた。

もはやこちらの人間と言っていいほどの年月を過ごしたルーデウスだが、やはりまだ前世の感覚は残っていた。

「ま、技術だけ残しておけば後世の人が使うかもしれないし、作り方だけでもまとめて本にしておくか」

「ああ、それはいいですな。きっと後に師匠の遺志を継ぐ者が現れ、幻の本だと思ってくれるでしょう！」

「名づけてルーデウスの書、とかか」

「ハハハ、後世の魔術師たちも、龍神の右腕の名を冠する魔導書に日用雑貨の作り方が書かれているとは、夢にも思いますまい！」

陽気に酒を飲み交わす二人。

だんだんと二人とも顔が赤くなってきている。一樽という大きさは、二人には少し多すぎるのだ。

「ここにクリフやバーディ陛下がいないのが、残念でならないな」

「……クリフ殿なら、あのような不貞な人形は許さなかったでしょうなぁ」

「クリフ先輩なら呆《あき》れながらも許してくれるさ。次の一歩の時には呼ぼう。なんなら、ミリスのクリフの部屋で祝杯を挙げてもいい」

「そうしましょう！　おお、そうだ！　今回の試作機できっちり仕上げ、栄えある自動人形《オートマタ》第一号を、クリフ殿へのプレゼントにしようではありませんか」

「いいな！　あ、でも、そうなると少女タイプはよくないな……少年にしよう」

「少年もまた、良いものです」

「おっとぉ、ザノバ殿下はそちらにもご興味が？」

「男色の気《け》はありませんが、年若い少年の人形の良さはわかるつもりです。師匠はわかりませんか？」

「わかるよ。もしフィッツ先輩が男だったとしても、俺はよかったぐらいさ」

「ハッハッハ、さすが師匠ですな！」

酒宴は大いに盛り上がり、二人はどんどん酔っ払っていった。

気持ちのいい酒だった。旧友と二人で研究に勤《いそ》しみ、その成果を肴《さかな》に飲む酒は。

「よーし、じゃあ次は少年タイプだ。せいぜいクリフが嫉妬するようなかっちょいいのを作ってやろう」

「ハッハッハ、ハッハッハッハッハッハ！」

……彼らは気づいていなかった。

酒盛りをする自分たちを、じっと見る目があったことを。陽気に話している会話内容が、聞き取られていたことを。

そいつが、ニヤリと笑ったことを。

★　★　★

「おおう……頭いてぇ」

翌日。

酒のせいで痛む頭に解毒をかけつつ、ルーデウスが起き上がった。

窓の外を見ると、嵐はすっかり収まっており、雲ひとつない晴天が広がっていた。

「もう昼か……飲みすぎたかな……」

だが、なんだかんだ、男二人で飲む酒はうまい。

祝いの酒は特にいい。昨日は人形の破廉恥さに戸惑ってしまったが、しかし、それはそれ。試作機であの出来なら、今後も楽しみというものだ。

広がる夢。あふれ出す希望。はち切れんほどの愛。

そんなものを感じつつ、ルーデウスは人形の顔を覗《のぞ》き込もうとして……。

「……あれ？」

いなかった。

人形が、寝台に。

空っぽの寝台が、そこにあるだけだった。

「ちょっと待て、え？　あれ？　えっと、ザノバ〜？　人形どこやった〜？」

ザノバが先に目覚めて何かを教えているのか。

そう思いつつ、周囲を見回す。

すると、部屋の隅にあった毛布の塊の中から、ザノバがのっそりと起き上がった。

「ん〜……師匠、人形は寝台で停止させたではないですか」

「停止？」

ルーデウスは、そこでハッと思い出した。

確かに、服を着せて、寝台には寝かせた。

間違いなく寝かせた。

「………させたっけか？」

だが、停止させるには、停止命令かあるいは休眠命令を出す必要がある。

胸の魔石に手を当てて、呪文を唱える必要がある。

それは、やっていなかった。

「さ、探せ！」

「わ、わかりました！」

慌てて人形の姿を探す二人。

だが、人形の姿は、見つからなかった。研究所の中にも、外にも。

人形は、忽然《こつぜん》と姿を消していた。

「人形が歩いた日　中編」

その日、エリナリーゼは息子と一緒にお買い物に出かけていた。

息子のクライブと手をつないでのお買い物。

すでに何人も子供を産み、育てているエリナリーゼであったが、やはり自分の子供と手をつないで出かけるのは楽しかった。

特に、クライブは夫であるクリフによく似ていた。

クリフによく似た色の髪に、クリフによく似た口元。何の根拠もなく自分が一番であると思っているところなんかも、そっくりだ。彼といると出会ったばかりの頃のクリフを思い出して、エリナリーゼの口元に自然とよだれ……もとい、笑みが浮かんだ。

「おかーさん、カボチャ！　カボチャ買おう！　カボチャ！」

「あら、そうですわね。この時期のカボチャは美味《おい》しいですものね……」

「そうじゃない！　カボチャを食べるとね、背が伸びるんだよ！」

「そんなこと、誰に教えてもらったの？」

「ルーシーちゃん！」

エリナリーゼの息子であるクライブは、美少年であった。

特に、目元や輪郭などはエリナリーゼによく似ており、将来は人族のみならず、長耳族《エルフ》の女子にもモテるだろうことは間違いなかった。

ただ、背丈の方は父親に似ており、平均より低かった。

クライブはそのことに少しコンプレックスを抱いているようで、家の中でも事あるごとに大きくなりたいと話していた。

「そんなに大きくなってどうするのかしら？」

「秘密！」

やや顔を赤らめながら言うクライブ。

だが、エリナリーゼはすでにその理由を知っていた。

ルーシーだ。クライブは二つ年上のルーシーに恋をしていた。

背丈が高くなりたいのは、ルーシーにかっこいいと思われたいからだ。

「はやく大きくなるといいですわね」

エリナリーゼは、息子のそうした男の子らしい部分を見るのが好きだった。

「あら？」

と、そこでエリナリーゼの長い耳が、聞き覚えのある声を拾った。

（おいおい、相手に一つ何かをしてもらったら、何か一つしてあげるのが世の中の常識だぜぇ？）

（俺っちも教えてほしいなぁ、オネーちゃんがどんな声で鳴くのか）

声のする方は路地裏。

そちらを見ると、酒場の裏で一人の少女が、二人の男に手を掴《つか》まれていた。

見覚えのある人物。

それもエリナリーゼにしては珍しいことに、憶《おぼ》えがあったのは男の方ではなかった。

「声と言われましても、このような声です」

「と、思うだろぉ？　でも、人間ってのは実はもっと良い声が出たりするんだよなぁ」

「ほら、すぐそこの宿で聞かせてくれよ、な？　いいだろ？　な？」

女の方は嫌がっている風ではなかったが、しかしエリナリーゼの知る限り、こうしたお誘いを好むタイプでもなかった。

表情には出ていないものの、困っているのだろう。

「お待ちなさいな」

エリナリーゼは買い物袋をその場に置いて声をかける。

即座に男たちが振り返った。

「なんだお前は？」

「その方、ルーデウスの知り合いですわ。ナンパは別の人にしておいた方がよろしくてよ」

男二人の視線が、エリナリーゼの頭から足先までを舐《な》めた。

「別の人ってのは……例えば、お姉さん、あんたとかか？」

「ヘッ、小せぇ弟と一緒にいるってのに、淫乱なこったぜ」

「あら、弟だなんて、お上手ですわね」

頬《ほお》に手を当てて、恥ずかしげに微笑《ほほえ》むエリナリーゼ。

ふざけた態度を取る彼女だったが、すでにこの二人が余所者《よそもの》であることに気づいていた。

恐らく流れの冒険者であろう。この町の人間であれば、ルーデウスの名前を聞いて引き下がらないわけがないのだから。

「あなたがたは……あら？」

そんな彼女の前に、顔を真っ赤にしたクライブが進み出た。

どこで拾ってきたのか、木の棒まで持っている。

「お母さんに手を出すな！」

「クライブ、気持ちは嬉《うれ》しいですけど、お母さん、この程度の相手なら大丈夫ですわ。下がっていなさい」

「うわっ……」

クライブはひょいと持ち上げられて、エリナリーゼの後ろへと搬送された。

エリナリーゼは後でクライブを目一杯褒めてあげようと思いつつ、腰の剣に手をやった。

「この程度？　……俺ら、これでもAランクだぜ？」

「あら……凄《すご》い、その歳でAランクだなんて、よほど才能がおありなのですね」

「ヒュー、余裕だぜ。よほど腕に自信があるみてぇだな」

「いいえ、あいにくと、凡人ですわ」

男たちが剣を抜く。

使い込まれた剣だ。エリナリーゼも護身用として剣は持ってきているが、残念ながら使い慣れた盾はない。相手の力量次第だが、二対一では分の悪い戦いになりかねない。

「安心しろよ。ちょっと痛めつけたらいい目見せてやるから」

剣を抜かないエリナリーゼ。

さては怯《おび》えたのかと考えた二人は、下卑た顔をしながらゆっくりとエリナリーゼに近づいていく。

二人が少女から離れたのを見て、エリナリーゼは胸一杯に空気を吸った。

「キャアァァァァ！　助けてぇぇぇ！　人攫《ひとさら》いですわぁぁぁぁ！」

悲鳴が路地裏にこだまする。

その大声にギョッとする二人。

「うおっ！」

「ひ、人攫いじゃねえし……！」

が、エリナリーゼの声は、むなしく響き渡っただけだった。

エリナリーゼたちの来た道から誰かが来るわけでもなく、裏路地はシンと静まり返った。

「……ヘッ、驚かせやがって。誰も来るわきゃねえよ。昼間の酒場の裏だぜ？」

「悲鳴ならベッドの上でいくらでも上げさせて……」

と、その時だ。

突然、周囲の建物の扉が音を立てて開いた。

バン、バン、バンと時間差で開いていく扉。そこから出てきたのは、男たちだ。

漆黒のコートを着た、毛むくじゃらの男たち。彼らのコートの背中には、黄色い虎……のように見えなくもない紋章が描かれていた。

ルード傭兵団《ようへいだん》である。

彼らは傭兵団の仕事で、酒場が夜に売る酒の搬入を手伝っていたのだ。

「エリナリーゼの姉御！」

「てめぇら、誰に手ぇ出してやがる！」

「ルード傭兵団に喧嘩《けんか》売ってんのかコラァ！」

「ウチらに上等だオラァ！」

普段は礼儀正しく、地域の平和を守っている彼らだが、無法者と身内を害する者に対しては途端にガラが悪くなる。

その上、ルード傭兵団の数は総勢で十名を軽く超えていた。

ルーデウスなら恫喝《どうかつ》された時点で謝ってしまうだろう。いや、あるいは彼なら窓や扉が開いた時点で頭を地面にこすりつけていたに違いない。

「…………あ、すいませんでした」

「そんな偉いお方とはつゆ知らず……自分ら、昨日ここに来たばっかりなんで」

硬直していた男たちが剣を投げ捨てて謝ったのは、二秒ほど後だった。

おめでとう、ルーデウスの名誉は守られた。ルーデウスは臆病者のチキン野郎ではなかったのだ。

そうとも、建物から大勢の毛むくじゃらが出てきたら、誰だって謝ってしまうだろう。

「姉御、どうしますか？」

「まだ何もされてませんから、ほどほどに。この辺りのことでも教えてあげてくださいな」

「ヘイ！　よし、じゃあお前ら、ちょっと来い」

「いいからはよ来んかい！」

「これから、ちょっと約束が——」

「いいから来い」

「いや、でも俺ら、その——」

二人の冒険者が獣族たちによって酒場へと連行されるのを見届けた後、エリナリーゼは少女へと近づいた。

「ナナホシ、お久しぶりですわね……もうお目覚めの日でしたかしら？　町まで出てくるなんて珍しいですわね？」

少女は、ナナホシであった。

彼女はなんてことのない顔をしつつ、こくりと頷《うなず》いた。

「目覚めたのは、昨晩です」

「そうですの……？　ま、こんな所にいてもつまらないですわ。さっさと出ましょう」

エリナリーゼはそう言って、ナナホシの手を握った。

そこで、ふと違和感に気づいた。

「あら、ナナホシ……あなた、いつ髪切りましたの？」

エリナリーゼの記憶では、ナナホシの髪型はロングだった。

それがうなじあたりで切り揃《そろ》えられたショートカットに変わっている。

そのことに、エリナリーゼは首をかしげた。

ナナホシと呼ばれた少女はその問いに、口角を上げて、にこりと微笑んだ。

それは何か、歪《いびつ》な笑みであった。困ったような、言いにくいことを笑みでごまかすような、あるいは何かを企《たくら》んでいるような……。

察しのいいエリナリーゼは、それを見てすぐにピンときた。

「何か訳ありですのね……わたくしでよかったら話を聞きますわよ。今、お暇？」

「重要な任務はありません」

「じゃあ、そこの喫茶店にでも入りましょうか」

エリナリーゼは少しむくれたクライブの手を取り、買い物袋を拾い上げた。

「クライブ？　あら、なにをむくれていますの？　なに？　守れなかったのが悔しいの？　もう、お母さんなんかじゃなくて、好きな子を守っておやりなさいな……ほら、ナナホシ、なにをしていますの？　ついていらっしゃい？」

そしてナナホシを従えると、近くの喫茶店へと向かったのだった。

★
★
★

「それにしても、危ないところでしたわね。酒場の裏でよかったですわ。すぐ人が来るから」

数分後、二人は喫茶店で向かい合っていた。

二人の前には、果実のジュースが置かれている。

同じものだ。エリナリーゼの注文を、ナナホシが真似したのだ。

ちなみに、クライブの前には少し洒落《しゃれ》たお菓子が置かれている。

最近、この辺りで砂糖が比較的安価で出回るようになったことで作られるようになった、フルーツの砂糖漬けだ。

ナナホシはこの店に来るのは初めてなのか、キョロキョロと首や目玉を動かしていた。

「それで、何があったんですの？」

「多数の事実があり、一つに絞るのが困難です。質問内容を厳選してください」

「……あなた、そんな喋《しゃべ》り方でしたっけ？」

エリナリーゼは首をかしげつつも、しかし何か辛《つら》いことがあった人間が、口調を変えるのはよくあることだ、と自己解釈した。

人は、頑《かたく》なになると、口調も硬くなるものだ。

「じゃあ、最初から話してくださいまし」

「最初から、ですか？」

「そう、一番最初から」

ナナホシは目を二度ほど瞬《しばたた》かせたのち、語り始めた。

「私は昨晩、目覚めました。目覚めた時、ザノバ様とルーデウス様がおいででした」

「あら、乙女の寝室に立ち入るなんて、彼らもなってませんわね」

「お二方は、衣類を身につけていない私のボディを見て、非常に嬉しそうな顔をしておりました」

「は……？」

「その後、彼らは私に手足を開かせたり胸を触ったりして体の隅々までチェックをしました。その後、私を使う、使わないについて議論を始め、ひと通り満足したら私を捨てると結論を出し、私を寝台に寝かせ、放置してお眠りになりました」

さしものエリナリーゼも、ここで一瞬、思考が途切れた。

彼女の脳内に浮かんだ映像は、下卑た顔をしたルーデウスとザノバが、寝ている間にナナホシの衣類を剥《は》ぎ取り、無理やり目覚めさせてからエロいことをしているというものだった。

そういう男たちを何人も見てきたエリナリーゼにとって、容易な想像である。

「て、抵抗はしなかったんですの？」

「抵抗は無意味です」

「そうですわね、ルーデウスとザノバですものね……ペルギウス様方はいらっしゃらなかったんですの？」

「お二方のみでした」

エリナリーゼはあまりペルギウスの普段の生活を知らない。

だが、ペルギウスとて城を留守にすることぐらいあるだろう。

「そ、それは、今回初めてですの？」

「はい。ですが、ザノバ様とルーデウス様はかねてより計画し、準備を進めていたようですので――」

「かねてから計画を立てていた可能性はある、と」

彼らなら、ペルギウスが外出する日を知ることは容易だろう。

そして、運良くペルギウスが外出する日と、ナナホシの目覚める日が重なっているタイミングも簡単に知れる。

「……」

エリナリーゼは冷静な女である。

膨大な経験から余裕を持った思考を展開し、咄嗟《とっさ》の事態にも混乱なく行動できる女である。

しかし、そんな彼女とて、信じていた者に裏切られれば、動揺ぐらいはする。

まさかルーデウスが。あまりモテそうもないザノバはともかく、日頃から妻と子供たちに囲まれ、愛され、愛していたルーデウスが。

家族を守るために、決死の覚悟でオルステッドに挑んだルーデウスが。

夜のベッドでシルフィやロキシーにあんなことやこんなことまでさせていたルーデウスが。

夜のベッドでエリスにあんなことやこんなことをさせられていたルーデウスが。

まさか、ナナホシを。必死に故郷に帰る方法を探していたナナホシを。

そんな馬鹿な、と思う部分はある。

何かの間違いだろう。

ルーデウスは、懸命な彼女を真摯《しんし》に手伝っていたではないか。シルフィに嫉妬されながらも、ナナホシを手伝うことはやめなかったではないか。

彼女を救うために魔大陸に行き、魔王アトーフェとも戦ったではないか。

だが、見ろ、ナナホシの表情を。先ほどの違和感のある笑いを除けば、ずっと人形のような無表情を貫いている。

笑いもせず、泣きもしない。髪だって、短くなっている。肩口でバッサリだ。

ナナホシはあれでいて頭髪の手入れはそれなりにしていた。

それが、今は若干、ガサついている。

エリナリーゼはナナホシと特別に仲が良かったわけではない。

それでも付き合い自体はそれなりに長い。彼女とそれなりに交流をして、どんな顔をする人物かは知っているつもりだ。こんなにショックを受けているナナホシは、見たこともない。

ナナホシの狂言という可能性は、さすがにないだろう。

何が真実かはわからない。

もしかすると、ルーデウスとザノバを陥れるための、何者かの罠《わな》かもしれない。

そうだ。魔力付与品には、己の見た目を変えるものなども数多く存在する。

とはいえ、それを使ったとしても、空中城塞《ケイオスブレイカー》の奥深くに侵入し、ナナホシをどうこうすることは不可能だ。それができるのは、ペルギウスの行動がある程度わかり、空中城塞の出入りがほぼフリーとなっている者だけだ。

該当者は少ない。

「……」

エリナリーゼは、ここ数年で味わったことのないほどに混乱していた。

何がどうなっているのか。事の真相はなんなのか……。

ただ一つだけ、わかることがあった。

「辛かったですわね」

エリナリーゼは立ち上がり、ナナホシの隣に移動すると、その体をギュッと抱きしめた。

彼女にわかるのは、目の前の少女が心にダメージを負っているということだ。

「エリナリーゼ様、話はまだ……」

「大丈夫。もう十分ですわ。辛いことを、よく話してくれましたわね。ちょっと信じられませんけど……ううん。信頼を裏切るなんて、許されないことですわ。わたくしが、ちゃんとルーデウスたちに罰を与えますわ」

ゆえにエリナリーゼは、ひとまず真実の追求は後回しにして傷心のナナホシを慰めることにした。

「ルーデウス様は、何か罪を犯したのですか？」

「ええ、とっても悪いことをしましたわ」

「それは、どんな？」

「あなたを、傷つけましたわ。いいえ、あなただけじゃありませんわね。場合によっては彼の奥さん……シルフィやロキシー、エリスも傷つきますわ」

「私は無傷です」

「いいえ、心が傷ついていますのよ」

「心……」

エリナリーゼはナナホシを抱きしめながら、しかしふと違和感を抱いた。

なんとなく、抱き心地がおかしかった。人間を多く抱いてきたエリナリーゼだからこそわかるが、こんな抱き心地の人間は、今までいなかった。違和感の具体的な内容を挙げることはできないが、でも、まるで人間ではないような……。

「見つけたぞ！」

と、その時である。静かな喫茶店に大声が響いた。

入り口を見ると、ねずみ色のローブを着た男性が、エリナリーゼたちに向けて指をさしていた。

ルーデウスである。そのすぐ後ろにはザノバもいた。

二人だけではない、ルード傭兵団の面々もいる。

「捕まえろ！」

ルーデウスの叫びに、エリナリーゼは抱きしめる力を強めつつ、ちょっと待ちなさいと叫びかけた。

だが、その前に自分の腕の中にいた人物が動いた。

彼女は、エリナリーゼが想像もしていなかった力で腕を振りほどくと、信じられないほどのスピードでテーブルをひっくり返し、近くにあった窓へと飛び込んだ。

ガシャンと音を立て、ナナホシの姿が消える。

凄《すさ》まじいスピードだった。聖級剣士もかくやという速さ。

その場にいた誰も、ついていくことはできなかった。

ルード傭兵団の面々も、そのスピードには呆気《あっけ》に取られたようだ。

「会長、ザノバ様……速すぎます。あれには追いつけません」

「で、あろう。師匠の作り出した自動人形《オートマタ》のボディだ。パワーもスピードも、並の戦士では足元にも及ぶまいて」

「及ぶまいてじゃないよ……とりあえず、隠密行動はまだできないみたいだから、人を使って探してくれ。居場所さえわかれば、俺とザノバでなんとかして捕まえるから」

ルーデウスは疲れた顔でそう指示しつつ、エリナリーゼの方へと近づいてきた。

目を丸くしてフォークだけ手にしているクライブの頭をポンと撫《な》で、怪我がないことを確認。

エリナリーゼに向かって手を差し伸べた。

「すいませんエリナリーゼさん。大丈夫でしたか？　何もされていませんか？」

「……ええ、もちろん」

エリナリーゼはその手を握りながら立ち上がった。

「それで、何があったんですの？」

「ええ、話せば短いことですが……」

何が起こったのかを知り、エリナリーゼは少しほっとした。

ああ、やっぱり自分はなにか、勘違いをしていたのだ、と。

★
★
★

エリスの家での仕事は、レオと子供たちを散歩に連れていくことだ。

もちろん、子供たちに剣を教えたり、学校で一部の生徒に剣を教えたりはする。

でも『家の仕事』となると、エリスの仕事は散歩だけである。

特に用事がなければ、散歩に出かけるのは昼下がりだ。

さすがに全員を連れ出すのは危ないから、大抵は二、三人。

レオが散歩に出るとなるとララが当然のようにその背中に乗るため、エリスが面倒を見るのは実質一人か二人である。

この日は、ララとジークがレオの背に乗り、まだ幼いリリがエリスの肩に乗った。

そうして、町中を歩き、適当なところで子供たちが遊ぶのを眺めるのが、エリスの日課である。

少し前までは、これがルーシー、ララ、アルスの三人で、時にクライブが一緒だった。

あの頃のララはよく近所の男の子に髪を引っ張られ、ルーシーが止めていた。

だが、最近はララもエリスに鍛えられたせいか、よくやり返すようになった。ちょっと目を離すと、顔に傷を作り、鼻血を流しながら立っているのだ。近くには、喧嘩したであろう男の子がしゃがんで泣いている。

ララはエリスと目が合うと、ふてぶてしい無表情のまま、指を二本立てて、ブイッと勝利を宣言する。

エリスはその様子を見て、少し迷う。

自分が幼少の頃、喧嘩をして相手を泣かせた時は、よく叱《しか》られた。

貴族の娘が喧嘩などもってのほかだ、相手に何かを言われたら、口で言い返しなさい、と。

自分も叱るべきか、と一瞬迷う。

が、大抵は褒めてしまう。

ララはあまり喋らない子だ。

そんな子が、自分の身を守るために敵を倒して、誇らしげにしているのだ。

よくやったわ、さすが私の娘ね、と褒めなくてどうするのか。

もちろん、これが本人より明らかに格下の、それこそジークあたりを泣かせていたらエリスとて怒るだろう。尻が真っ赤になるまで叩《たた》くだろう。

けれど、男の子はララより大きく、年上だ。なら、やっぱり褒めるのが正解だ、とエリスは思う。

ララが来年から学校に行くことを考えると、褒めるだけではダメだと思うべきところだが、エリスはそこまでは考えない。

とはいえ、今回はよく行く公園ではなく、別の場所へと赴くことにした。喧嘩もないだろう。

行き先を変えることに意味などない、ただの気分だ。

「あんまり遠くに行っちゃダメよ！」

というわけで、本日は郊外の川まで遊びに来た。

裸になって川で遊ぶララとジーク、それに交じって遊ぶレオ。

エリスはというと、リリを見ていた。

最近ようやくよちよち歩きを始めたリリ。

彼女は川が珍しいのか、おっかなびっくりという感じで水に触れ、その冷たさにキャッキャと声を上げてエリスに抱きつく、というのを繰り返していた。

「キャア！　ママー！　ママー！」

「なによ、水が怖いの？」

「冷たい！」

答えになっていない答えに、エリスはクスリと笑いながら、リリの頭を撫でた。

リリはララとよく似た容姿をしているが、ララより少しおとなしい。

しかし、好奇心はララ以上なようで、新しいもの、初めて見るものには強い興味を示した。

と、そんなリリが何かを見つけたようだ。

「ママ！　キラキラ！」

「……キラキラ？」

「キラキラしてる！」

指さす方向を見ると、川面の反射の中で、さらにキラリと光るものが見えた。

魚だ。

中指ほどの大きさの小魚が、ゆらゆらと泳いでいるのだ。

「魚ね」

「さかなで！」

「逆撫でじゃないわ。魚よ。お魚。言ってみなさい。お、さ、か、な」

「おさかな！　ねえママ、取って！　おさかな取って！」

「はいはい……見てなさい」

エリスは腕まくりをして、川をじっと見る。

数秒後、ヒュンと音がして、川の表面がパンと弾《はじ》けた。

と、リリが気づいた時には、魚はエリスの手の中だ。魚は何が起こったかわからないのか、目を見開いてパクパクと口を動かしていた。

「はい」

「わっ！　わっ！」

エリスがリリの手のひらに魚をのせてあげる。

すると、そこで魚もようやく非常事態に気づいたのか、ビチビチと体を跳ねさせた。魚はリリの手からするりと抜け、川にぽちゃんと落ちてしまった。

「にげちゃった……」

「フフ、逃げちゃったわね……ん？」

そんなやりとりの中、ふとエリスは、何者かの気配を感じて振り返った。

「……何か来るわね」

何かが、町の方からこちらへと近づいてきている。

かなりのスピードだ。

魔導鎧《マジックアーマー》『二式改』を身につけたルーデウスか、あるいは自分と同程度の速さかもしれない。

「レオ。二人を上がらせなさい！　服も着させて」

エリスが叫ぶと、レオも気づいたのか、ウォンと吠《ほ》えてララの背中を押した。

ララは素直だった。

彼女はレオと会話できるため、すぐに事情を理解したのだろう。

ジークはまだ遊びたいと少しグズったが、ララが手を引っ張るとしぶしぶといった感じで川に上がり、持ってきた布で体を拭き始めた。

「ララ、ジークに服を着せるの、手伝ってあげなさい！」

ジークはやっと自分一人で服を着られるようになったばかりだ。

ボタン一つ掛けるのにももたついており、誰かが手伝ってあげなければ時間がかかるだろう。

エリスは少し焦った。近づいてくる者から敵意は感じられないものの、子供たちを連れて逃げるには、相手が少々速すぎる。

敵だとしても勝てる相手ではあろうが、でも子供たちは逃がしたほうがいい。

レオの背に三人を乗せて、自分が敵を食い止める。この近くにはオルステッドの事務所もある。

北神カールマン三世と龍神オルステッドが滞在している場所だ。

そこまで行けば安全なのは間違いないが……。

「……って、なんだ」

しかし、近づいてくる者の姿を見て、ホッと息を漏らした。

知っている顔だったからだ。

黒髪を持つ、一人の少女。

「ナナホシじゃないの」

ナナホシはそのまま走り抜けていこうとしたが、名前を呼ばれたことでキッと止まり、エリスの方を見た。

「おはようございます。失礼ですがお名前を伺ってもよろしいでしょうか」

「エリスよ。なに、忘れたの？」

「エリス様。憶《おぼ》えました」

エリスは何か違和感を覚えた。

髪が短い、足が速い、口調がいつもと違う。

だが、エリスはナナホシと特別仲が良いというわけでもなく、自分に対してはこんなもんだろう、という感覚もあった。

まあ、それ以前に細かいことを気にする性格でもなかったが。

「どうしたのよ、凄い勢いで走って、誰かに追われてるの？」

「はい……いえ、訂正します。逃げ切ったようです」

ナナホシは背後を振り返りつつ、そう答えた。彼女の後ろには、広い平原があるだけだった。

「ママ！　ママ！　すごい！」

ふと見ると、ナナホシの足元に、リリがまとわりついていた。

彼女はナナホシのふくらはぎをペタペタと触って、目をキラキラと光らせていた。

「キャア！」

ナナホシが彼女を両手で持ち上げると、リリは嬉しそうな声を上げ、笑った。

「おはようございます」

「キャッキャ！」

リリは笑いながらナナホシの髪を掴《つか》んで引っ張ったり、頬に手を当てたり、鼻を撫でさすったりした。

エリスは、なぜリリがそこまでナナホシに懐《なつ》くのか、わからなかった。

ともあれ、あまり失礼なのもよくないだろうと考え、ナナホシからリリを受け取り、己の肩にのせた。

「やーあー。ママ、あれ取ってー」

「ダメよ。失礼でしょ」

リリは不満の声を上げたが、エリスが彼女を下ろすことはなかった。

その様子を見て、ナナホシは髪を一房持ち上げた。

「これが欲しいのですか？」

「……うん」

リリが控えめに頷くや否や、ナナホシは髪を数本引きちぎり、リリへと差し出した。

「どうぞ」

「わぁ！」

リリはそれを受け取ると、また嬉しそうな顔をした。

エリスは、なぜリリがそれで嬉しがるのかわからなかったが……ひとまず、黒髪が珍しいのだろうと結論づけた。

「エリス様、質問をしてもよろしいでしょうか」

と、そこでナナホシがエリスの方を見て、そう言った。

「何よ？」

「エリス様はルーデウス様の奥方のエリス様ですか？」

「そうよ」

奥方と言われ、エリスは胸を張ってそう答えた。

改めて言われると、やはり誇らしかった。

長男を産み、こうして子供たちの面倒を見る自分は、間違いなく奥方である自信があった。

「エリス様は、私の存在が知れるとルーデウス様をお怒りになりますか？」

「存在……？　いるだけなら別に怒らないわ」

質問の意図がわからなかったが、エリスはひとまずそう答えた。

ナナホシはルーデウスの友人だ。話をしたぐらいで怒ることはない。

ルーデウスがナナホシに手を出した、とか、四人目の妻に迎える、となったら少しは怒るかもしれないが、あくまで少しだ。

「では、シルフィ様とロキシー様はどうでしょうか」

「別に怒らないと……あ、でも」

と、そこでエリスは、ふとシルフィの昔話を思い出した。

「前に、シルフィが言ってたわね。ナナホシも、っていうのは、なんか納得できないって」

「納得、でありますか？　それは、どういった納得でしょうか」

「わからないわ。けど、あの子はルーデウスのことがホントに好きだから、思うところがあるんじゃないの？」

ルーデウスのことを愛していると公言して憚《はばか》らないエリスであるが、シルフィの献身は認めるところである。

シルフィは、ルーデウスのためであるなら、自分を殺してでも我慢することがある。

もちろん、エリスとて、戦いにおいては死んでもルーデウスを守る覚悟がある。

が、それはあくまで自分のやりたいことだ。エリスは自分が絶対にやりたくないことに対しては、あまり我慢できないだろう。たとえそれがルーデウスのためであってもだ。

でもシルフィはやるのだ。ルーデウスのために我慢するのだ。

シルフィのそういったところを、エリスは認めていた。

「了解しました。シルフィ様にお話を聞きたいのですが、彼女はどこにおいででしょうか」

「今日は家にいると思うわ」

「かしこまりました。質問に答えていただき、ありがとうございます」

ナナホシは頭を下げ、口元を歪《ゆが》めて笑うと、くるりと背を向け、町の方へと歩いていった。

「結局、なんだったのかしらね」

エリスは腕を組み、足を肩幅に開いて、フンと鼻息をついた。

最近、アルスがよく真似するポーズである。

「……ママ」

エリスが振り返ると、レオの後ろから青と緑の髪が覗《のぞ》いていた。

ララとジークだ。思えば、知り合いが来たというのに、二人に挨拶をさせなかった。

よくなかっただろうか。普段ならレオが率先して前に出てきてくれるから、そのついでに挨拶もさせるのだが、今回はずっと二人を前に出そうとはしなかった。

エリスがそんなことを疑問に思っていると、ララがポツリと言った。

「……今の人、ナナホシさんじゃないね」

エリスはその言葉に言い知れぬ不安を覚え、口元をギュッと結んだ。

その肩の上で、リリがナナホシからもらった髪の毛をびよんびよんと伸ばしていた。

「…………」

不安の正体がわからない。すぐさま家に戻るべきだ。

そう思ったエリスだが、しかし子供たちを見て、考えを改めた。

「これから事務所に行くわ。二人ともレオに乗りなさい」

ひとまず子供たちを安全なところに届けてから自宅に戻る。

そう決めたエリスは子供たちをレオの背へと乗せ、事務所への道を歩き始めた。

★★★

エリスが事務所に到着すると、なんだか物々しい気配が広がっていた。

エリスも見覚えのあるルード傭兵団の面々が、事務所の前にたむろしていたのだ。

ルード傭兵団だけではなく、ザノバやジュリ、エリナリーゼにクライブ、北神カールマン三世アレクサンダーといった人物の姿も見える。

しかし、いつも感じる不快感はない。

どうやら、オルステッドは留守のようだ。

「エリス！　どうしてここに!?」

と、そんな集団の中から、ルーデウスが飛び出してきた。

エリスはその姿に安堵《あんど》した。

と同時に、どうやら先ほど感じた不安の秘密がここにありそうだと確信を持った。

「散歩の途中で変なのに会ったわ」

質問に答えずにそう言うと、ルーデウスの瞳に剣呑《けんのん》さが宿った。

「どんな奴だった？」

「ナナホシによく似た奴ね」

ルーデウスの表情が、そいつがルパ○だとでも言いたげに変化した。

すぐにどこに行ったのか、どうなったのかを聞きたかったろう。

だが、それよりも目の前の人物を心配した。

「そうか……それで、何かされた？　誰も怪我とかしてないよね？」

「子供たちは無事よ」

ルーデウスが心配そうな表情で、子供たちを見た。

ララに、ジーク、髪の毛をぴよんぴよんさせるリリ。

「エリスは？　怪我とかない？」

子供たちが無傷であることを確認した後、ルーデウスはエリスの体に傷などがないかを確かめ始めた。

足先から頭のてっぺんまで見て、顔に触れて、肩を掴んで振り向かせ、胸の膨らみをモニュっとしたところで、ルーデウスの顎《あご》は拳にて砕かれた。

「大丈夫よ！　そのぐらい見ればわかるでしょ！」

「ひゃい……」

「別に何もされなかったけど、レオが偽物だって気づいたから、ひとまずここに避難しに来たのよ」

エリスはそう言って、レオを見る。

すると、なぜかララが得意げな顔をしていた。むふーと鼻を広げている。

エリスはララの頭をぽんぽんと撫でると、ルーデウスへと向き直った。

「で、なんなのあれ？」

「えっと……」

ルーデウスは経緯を説明した。

ザノバと一緒に作っていた自動人形《オートマタ》が逃げ出してしまった。

ひとまず、転移魔法陣が使われた痕跡が残っていたため、魔法都市シャリーアにいると断定。

魔法陣に乗り、工房で惰眠を貪《むさぼ》っていたジュリを起こし、ルード傭兵団を使って町中を捜索。

エリナリーゼの騒動をきっかけに一度発見したものの見失う。

その後、町の外に向かった、という情報を得て、城壁から千里眼を使って見渡したところ、事務所の方角に向かっていることを確認。

目的地は事務所だとアタリをつけて先回り。

千里眼で人形が来るであろう方向を見ていると、エリスがやってきた、と。

「そんなに悪い奴には見えなかったけど？」

「今のところはね。でも、はやく見つけないと何が起こるか……」

ルーデウスは断固たる口調でそう言った。

彼は人形が欠陥を持っていることを確信していた。

自動人形《オートマタ》のコアには、ある原則が刻まれている。人間への安全性、命令への服従、自己防衛。

いわゆるロボット三原則だ。

だが、人形は命令を無視して逃げた。

ということは、少なくとも『命令への服従』に関する項目に欠陥があるということだ。

ひとまず、エリナリーゼともエリスとも会話をしただけだ。

今のところ被害はないようだが、それを『人間への安全性』の原則が働いているからと考えるのは、希望的観測に過ぎないだろう。

『人間への安全性』の原則が働いていないとすると、どんなきっかけから殺戮《さつりく》を開始するか、わかったものではない。

「エリス、どんな会話をしたのか、もうちょっと詳しく教えてくれないか?」

「どんなって、別に、ただの世間話よ……確か――」

エリスは自分が人形とどんな会話をしていたかを思い出しつつ、答えた。

だが、その内容が進むにつれて、ルーデウスの顔がみるみる強張《こわば》っていった。

自分たちの会話、エリナリーゼとの会話、そしてエリスとの会話。

それらを総合すると、人形の行動に、一つの仮説が浮かび上がってきたからだ。

エリナリーゼとの会話において、人形はしきりにルーデウスの妻について質問を繰り返したという。

昨晩、ルーデウスは妻が怒るから廃棄する、と言った。

あの人形はそれを聞いていた。

命令への服従の原則は機能していないようだ。

だが、『自己防衛の原則』は働いている、と考えれば、防衛行動をとると考えるのはおかしくない。

この場合の防衛行動とは何か。

すなわち、自分の存在を排除しようとする存在の排除だ。

自分の存在を排除しようとする者とは……ルーデウスの妻だ。

実行犯は寝ているザノバとルーデウスだが、彼らを攻撃対象としなかったのは、事前にマスター登録をしたからかもしれない。

矛盾にも取れるが、バグが発生しているのなら、矛盾した行動をとってもおかしくはない。

ゆえに人形は、ルーデウスの妻が誰かを特定し、発見。

その人物を抹殺しようと考えているのではないか。

とはいえ、排除対象であるはずのエリスとは会話しただけであった。

なら、仮説ははずれたのか。

いいや、違う。人形のエリスへの質問内容を鑑みるに、人形は妻たちの誰を排除すべきかを吟味しているようにも思えた。

つまり、誰が一番、自分という存在にとって邪魔となるか、だ。

恐らく、一番邪魔な存在から片付けていこうと考えているのだろう。

そして、エリスとの会話で、一番邪魔なのが誰か明らかになった。

「最後にシルフィのところに話を聞きに行くって言って、町に戻っていったわ」

その言葉で、ルーデウスの顔が真っ青になった。

「シルフィが危ない！」

ルーデウスはバタバタと家の方向へと走り始め、しかしすぐに反転、事務所の前に戻ってきた。

そして、事務所の前で深呼吸を一つ。

冷静になれと自分に言い聞かせつつ、周囲を見た。

ルード傭兵団に、ザノバ、ジュリ、アレク、エリナリーゼとクライブ、そして自分の子供たち。

ルーデウスはまず、集団の中で暇そうにしていたアレクに、頭を下げた。

「アレク、子供たちとジュリをここに置いていく。任せていいか」

「ええ、いいですよ」

まずは子供の安全の確保。

オルステッドがいれば、オルステッドに頼み込んでアレクには別の動きをしてもらったかもしれないが、留守だから仕方がない。

ひとまず、アレクに守ってもらえるなら、安全だろう。

工房で寝ているところを素通りされたから大丈夫だとは思うが、事務所内での会話ではジュリも反対するといった内容を話した気もするため、ここに待機してもらう。

「エリスとエリナリーゼさんは、学校の方に行ってほしい。もしかするとだけど、ロキシーの方に行ってるかもしれない。傭兵団の一部も学校に行ってるから、それと合流して」

「わかったわ」

「わかりましたわ」

学校の方には、リニア率いる一団が捜索に向かっていた。

エリスが、人形はシルフィの方に向かったと言ったが、そもそも何をするかわからないのだ。

万が一のために援軍を送っておくのがベターだろう。

「傭兵団の半分は、一度アイシャたちのところに戻って、経過報告をしてくれ。万が一の時には、ペルギウス様に助力を願うかもしれない、と伝えてほしい」

「オス！」

ペルギウスの力を借りることができれば、アルマンフィあたりが人形を一瞬で捕まえてくれるだろう。

　ここまで大ごとになるとは思っていなかったから、自宅に連絡を入れることを含め、各所への連絡が遅れてしまったのが悔やまれる。

　まあ、ペルギウスが手伝ってくれるとは限らないが。

「傭兵団の残り半分は、ザノバの工房に戻ってほしい」

「わかりました」

　人形はあちらこちらへと動いているが、その全ては陽動で、あくまでルーデウスから逃げ切ることが本当の目的かもしれない。

　危険な存在なら逃がしてしまっても構わないと思うところだが……自分の作ったものだ。責任を持って最後まで対処しなければならない。

「ザノバは、俺と一緒に自宅に行って、シルフィたちの安全を確保だ」

「承知しました」

「よし、じゃあ全員、行動開始！」

　ルーデウスの号令で、全員が散っていった。

　最後に、事務所には子供たちとレオ、ジュリ。

　そしてアレクが残った。

「さぁ、君たちのお父さんが帰ってくるまで、お兄さんが遊んであげましょう」

　あっという間に親がいなくなり、不安そうな顔をする彼らに、アレクはにこやかな顔で話しかけるのだった。

「人形が歩いた日　後編」

その時間、シルフィは四女クリスティーナの面倒を見ていた。

「いいよクリス、そのまま、手を離して、ママのところまで来て」

「んー！　ママー、こっちきてぇ……！」

よちよち歩きが早かったリリに比べて、クリスはまだ掴《つか》まり歩きがせいぜいといったところだ。

なので最近はこうしてママたちに訓練を施されている。

もっとも、クリスは訓練が嫌なようで、半泣きになりながら首を振っているが。

「クリスが来るんだよ、ほら、よちよちって」

「んー！　んーぅ……ママァ……きてぇ……」

「ダーメ。ほら、すぐここだよ」

ぐずり、泣きだすクリス。

とはいえ、クリスはできない子ではない。

甘えているだけなのだ。

「んーんー……んっ！」

最終的には目を瞑《つぶ》り、トテテッと走ってシルフィの胸へと飛び込んだ。

「よしよし、よくできたね。偉いよクリス」

「んー……」

シルフィはいつものようにクリスを抱いて、その頭を撫《な》でた。

クリスはグスグス鼻を鳴らしながら、シルフィに力強く抱きついた。

好奇心旺盛で活発なリリに対して、クリスは臆病で甘えんぼだ。

さらに言うとインドア派で、あまり外には出たがらない。時にエリスが外に連れ出すが、外ではエリスにベタッとくっついて離れず、何かあるとビービー泣いてしまうので、すぐに帰ってくることも多い。

なので散歩にもついていかず、お留守番をしていることが多かった。

「もう、クリスは甘えんぼさんだね。誰に似たんだか……」

シルフィはそう言ったが、まぁ、間違いなくルーデウスに似たのであろう。

「ママァ……パパ、おかえりなさいまだ？」

「うん、まだおかえりなさいじゃないよ」

そんなクリスは、いわゆるパパっ子だった。

生まれてから泣いてばかりの子だったが、ルーデウスに抱かれるとすぐに泣き止《や》むのだった。

アルスとまったく逆だ。

最近では、ルーデウスの膝の上がクリスの指定席となりつつある。

「あ！」

「……ん？」

と、そこで入り口の方から物音がした。

誰か帰ってきたのだろうか。

「パパ？」

「どうかなぁ……パパじゃないと思うけど」

ルーデウスは昨日から出かけている。

帰ってくる正確な日を聞いていなかったが、二〜三日はかかると言っていた。

なら、まだだろう。

「お姉ちゃん？」

「お姉ちゃんにしては、ちょっと早いね」

しかし、学校に行っているロキシーやルーシー、傭兵団《ようへいだん》に出向いているアイシャが帰ってくるにはまだ早い。

散歩に出たエリスたちか。

いや、今日は遊びたがりのジークが一緒だから、もう少し遅くなるだろう。

なら、買い物に出ているリーリャと、そのお手伝いについていったアルスか。

いいや、二人は先ほど出ていったばかりだ。さすがに早すぎる。

忘れ物を取りに戻った、という可能性ももちろんあるが……。

もしかすると、ゼニスだろうか。

彼女は自室で寝ているはずだが、いつの間にか庭の方に出ていたのかもしれない。

などと考えつつ、シルフィはクリスをクッションの上に乗せた。

「クリス、そこにいてね」

シルフィは少し不可解な気分で玄関へと向かった。

リビングを抜けて、廊下に出ると、ギィという音が聞こえた。

玄関が半開きになっていた。

だが、シルフィの目に留まったのは、扉ではなかった。

「……」

そいつは、扉の内側に立っていた。

半開きになった玄関の隙間《すきま》から差し込む西日が逆光となり、彼女を照らしていた。

黒髪の少女。見る者が見れば、彼女のことをナナホシと呼んだだろう。

あるいは、親しげに声をかけたかもしれない。

しかし、シルフィは彼女を見た瞬間、眉をひそめた。

「……キミは、ナナホシじゃないね？」

その言葉を受けてか、彼女は笑った。

口元を歪《ゆが》め、ニィと。

逆光が顔に影を作り、口元が不気味な形に裂けて見えた。

「はい。違います。なぜおわかりになられたのですか？」

「ナナホシは何度もこの家に来てるからね。玄関を開ける時の癖もあるんだ。コンコンって二回ノックして、返事がなかったらちょっと迷ってから、少しだけ扉を開けて小声で『ごめんくださ い』って言うんだ」

シルフィはそう言いつつ、右手に魔力を込めていた。

得体の知れない存在が、知人に化けていつの間にか家に侵入していた。家を守ると心に決めているシルフィにとって、当然の行動であった。

今のところ、目の前の少女から敵意は感じられない。

口調にしても感情はこもっていないが、丁寧なものだ。

だが、味方であると楽観するほど、シルフィは甘くはなかった。

「キミは、誰なのかな？　もしキミがヒトガミの手先だっていうなら、ボクが相手になるよ」

相手になると言いつつ、シルフィの脳はフル回転していた。

いかにして目の前の少女の目を晦《くら》まし、リビングにいるクリスと二階にいるゼニスを連れて、この場から逃げるか。敵がこの家に侵入してくる可能性を想定し、幾度か脳内でシミュレートしたことはあるが、自分にはやれるのだろうか。

戦闘の音は聞こえなかったが、門柱に巻き付いていたビートはすでにやられたのだろうか。

今しがた指輪に魔力を込めてエリスとロキシーに合図を送ったが、二人は気づくだろうか。

事務所にいるオルステッドやアレクは、この事態を把握しているのだろうか。

逃げるべきか。それとも、時間稼ぎをすべきか。

様々な思いを無表情に押し込めて、シルフィは目の前の相手を睨《にら》む。

「私には、まだ名前がありません」

「……？」

「あなたのお名前を聞いてもよろしいでしょうか」

「シルフィエット・グレイラット」

唐突に聞かれ、シルフィは反射的に答えた。

「では、あなたがルーデウス様の奥方のシルフィ様ですね」

「そう……だよ」

名前の確認。

反射的に答えたが、答えなかった方がよかったかもしれないと思いつつ、シルフィは油断なく彼女を見た。

見たところ、武器は持っていない。隙だらけにも見える。

でも油断はならない。徒手空拳で自分を圧倒できる者など、いくらでもいるのだから。

「シルフィ様は、私がいるとルーデウス様のことをお怒りになるのでしょうか？」

「……？」

「シルフィ様は、なぜ私に納得していただけないのでしょうか？」

「言ってる意味がわからない、何を言ってるの……」

惑わされている。聞いてはいけない。

もしかすると、これは何かしらの術かもしれない。

一瞬そう思って、シルフィは警戒しつつ、一歩後ろへと下がった。

「危険です」

瞬間、少女が叫び、手を伸ばした。

その速度はシルフィを凌駕《りょうが》していた。

明らかに自分より素早い相手。だが、シルフィとてそれは想定していた。

見えないほどでも、対応できないほどでもない。下がろうとした一歩で床を踏みしめ、半身になりつつ相手の攻撃を受け流し、カウンターで魔力を叩《たた》きつける。

シルフィは瞬時にそう判断し……。

「っ！」

自分の足元に、クリスがいることに気づいた。

いつの間にか。

そう、いつの間にか、クリスはハイハイで玄関まで移動してきていたのだ。

シルフィの「待っていて」という言葉に従わず。何の因果か、シルフィが今まさに踏もうとしている位置に。

気づいた時にはもう遅い。

シルフィはクリスを踏み潰《つぶ》しそうになるのを、なんとか体をひねって回避した。

しかし、バランスは崩れた。上体をふらつかせ、回避もおぼつかなくなる。

そんなシルフィの瞳に、凄《すさ》まじい速度で伸ばされる少女の手が映った。

★　★　★

ルーデウスが到着した時、家は不気味なほどに静かだった。

ビートの巻き付いた門。アイシャの家庭菜園。ジローの小屋、レオの犬小屋。

誰もいない。

鍵のかかっていない玄関を開けると、よく掃除された廊下と、半開きのリビングへの扉が見える。

静かだった。

いや、音がないわけではない。ただ家中に泣き声だけが響いていた。

聞き慣れた声。クリスの泣く声だ。それは悲痛な泣き声だ。

まるで何か、大切なものを失ってしまったかのような、大きな悲しみに満ちた泣き声。

ルーデウスにとっては聞き慣れた泣き声。自分が近づくと、すぐに止まる泣き声。

それが聞こえているというのに、なぜか、静かに思えた。

「……傭兵団は、外で待機していてくれ」

ルーデウスは玄関でそう言うと、できる限り音を殺しつつ、玄関から中に入った。

ここも、静かだ。よく掃除された廊下。ちらりと横を見れば、玄関に設置した鏡に青い顔をした自分の顔が映っていた。

だが、なんだろう。

この鼻にツンとくるような臭《にお》いは。決して、心地よいとはいえない臭いは。長時間かぎ続ければ、えずいてしまいそうな臭いは。放置しておけばハエが集《たか》るような臭いは。

ルーデウスはその臭いに誘われるように廊下を歩いた。

行き先はリビングであった。泣き声はそこから聞こえており、同時に臭いの元があると確信していた。

しっかりと閉じられたリビングの扉。

ルーデウスは、その扉を、意を決して開いた。

信じられない光景が広がっていた。

まず、目に入ったのはテーブルの上。

仰向《あおむ》け寝転がされ、泣き叫ぶクリスだ。

そして、そのクリスに覆《おお》いかぶさるような中腰の姿勢で立っている、黒髪の人形。

人形の手は、汚れていた。

乾いた血のような茶色で汚れていた。

その茶色はいまだ湿り気を帯びており、強い臭いを放っていた。むせ返るような臭い。

その臭いはまさか……。

「あーもう、ウンチが手についちゃったじゃないか」

「問題ありません。この程度の汚れであれば行動に支障ありません」

「ダメ、ちゃんと拭くの、ほら。それから、汚れたオムツはこうやって丸めて、こっちの籠《かご》に、後で洗濯するから」

「汚れに対する洗浄は早急に、ということですね。学習しました」

そして、シルフィは人形の手についたものを拭いていた。

人形の手についているもの。そして廊下にまで漂う臭いを発しているもの、それは、クリスのウンチであった。

クリスはテーブルの上で仰向けに寝かされ、汚れたオムツを脱がされてビービー泣いていた。

「パパ！　パパだ！」

が、ルーデウスの姿を見つけるとすぐに泣き止み、花のような笑顔を向けた。

「……あれ？」

ルーデウスとて、ある程度、想像はしていた。

戦うシルフィ。傷だらけになった家族……あるいは、倒れて、動かない家族。

が、人形が不器用な手つきでオムツ交換をしている光景は、想定の範囲外であった。

「あ、おかえりなさい、ルディ」

「シルフィ……怪我は……なさそうだね……？」

「うん。あるわけないでしょ」

頷《うなず》くシルフィの後ろには、人形が立っていた。

無表情である。無機質な顔で佇《たたず》むその姿は、いきなりシルフィの胸元から短剣が生えそうなほどに不気味であった。

だが、人形はルーデウスの視線を受けると、ほんの少しだけ、シルフィの陰へと隠れた。さながら、シルフィを盾にでもするように。

ルーデウスの目には、それが少し異質に映った。

まるで人形が、ルーデウスのことを恐れているかのようにも見えたのだ。

「シルフィ、そいつから離れてくれないか」

「……なんで？」

そして、シルフィもまた、人形をかばうかのような立ち位置を取った。

「その人形、俺とザノバで作ったんだけど、暴走したんだ。多分だけど、俺たちの話を聞いて、シルフィを排除するか、入れ替わろうと考えたんだと思う」

ルーデウスもそう説明しながら、それにしてはおかしいなと思っていた。

「まあ、ちょっと違ってたみたいだけど」

とはいえ、人形の意図がわからないのは、依然として同じであった。

ルーデウスは警戒を解くことなく、人形を睨みつけた。

「ふうん、ボクの聞いた話と、ちょっと違うけどな」

「話？」

首をかしげるルーデウスに、シルフィは微笑《ほほえ》んだ。

「うん。そのことで話があるから、座ってよ」

「ああ……」

ルーデウスは言われるがまま、その場にあぐらをかいて座った。

するとシルフィは「あれ？」と首をかしげた。

「ルディ。座り方が違うんじゃないかな？」

「え!? あ、はい」

ルーデウスは、シルフィの口調からあるものを感じ取り、座り方を変えた。

シルフィの口調に含まれるもの、すなわち怒り。となればルーデウスの座り方は正座の他にはない。

「じゃあ、どうぞ」

それを確認したシルフィは体を入れ替え、人形を前へと押しやった。

人形はルーデウスの前へと押しやられ、無機質な表情で彼を見下ろした。

「マスター・ルーデウス、私を廃棄するのですか？」

「ああ、廃棄する」

即答したルーデウスに、人形は身じろぎ一つしなかった。

だが、ルーデウスは知っている。

魔導鎧《マジックアーマー》と同じ材質で作られた骨格と、特製の人工肉によって作られた肉体は、聖級剣士並みの性能を持っている。

そんな危険な代物が言うことを聞かないとなれば、破壊するほかない。

魔導鎧《マジックアーマー》を着込み、魔眼を使っている今、後れを取ることはない。

とはいえ、まだ油断はできない。

「…………私は、廃棄されたくありません」

と、そこでルーデウスは気づいた。

「……」

人形が怯《おび》えているのだ。

見た目は、ただ立っているだけだ。

表情だって無表情だ。口調だって単調だ。しかし、怯えているのがわかった。

そんな人形の視線が、シルフィを向いた。

無機質な瞳だが、なぜかシルフィには、それが助けを求める視線に見えた。

「ルディはまだわかっていないみたいだから、ちゃんと最初から話してあげて」

シルフィがそう言うと、人形はルーデウスと、いつしか家の中に入ってきていたザノバを見た。

そして、淡々と語りだした。

「ルーデウス様とザノバ様はおっしゃいました。私がいると、ルーデウス様の奥方様が怒ると。エリナリーゼ様はおっしゃいました。ルーデウス様の奥方は、シルフィ様とエリス様とロキシー様だと。エリス様はおっしゃいました。シルフィ様は、ナナホシは納得できない……と以前に話していたと。エリナリーゼ様は、私をナナホシと呼称しました。私は考えました。きっと、私はナナホシ様に酷似しており、それが原因で廃棄されるのだと。しかし、私はナナホシ様ではありません。ならば、何か方法はあると考えました」

口調は変わらず単調だ、しかし、必死さが感じ取れた。

人形は必死で何かを模索していたのだ。

「私は廃棄されたくありません。ルーデウス様とザノバ様は、私の誕生を喜んでくださいました。私は、もっとお二方の役に立ちたいのです。廃棄されては、それは叶《かな》いません」

召喚魔術は、時にその力が大きすぎると、術者に災いをもたらすこともある。

だが、召喚魔術で呼び出された魔獣は、基本的には術者に逆らわない。主人に対して忠誠を尽くすのだ。災いをもたらすのは、術者のために起こした行動の結果なのだ。

そして、この人形にも、そうした術式が組み込まれている。

なにせ、ペルギウスの召喚魔術をもとに作られているのだ。組み込まれていないわけがない。

ペルギウスの使役する十二精霊と同じように思考し、行動する。

そう、ペルギウスの精霊は自我を持つ。召喚されたその瞬間から、自我を持って行動するのだ。主《あるじ》のために。より長く生き、より長く役立つために。

「ゆえに、それまでの情報から、最も私の存在を忌避するであろうと予測されるシルフィ様に教えていただこうと思ったのです」

彼女のロボット三原則は、壊れてなどいなかった。

ただ原則に、召喚精霊としての性《さが》が勝ったのだ。

「どうすれば、あなたは納得していただけますか、と」

唐突に現れ、家に勝手に入ってきた人形。

それに対し、シルフィは必要以上に警戒した。

だが、人形には最初から敵意などなかった。

敵意を丸出しにするシルフィに対し、ヘタクソな笑顔で笑いかけ、対話を望んだ。

娘を踏みそうになり、倒れそうになったシルフィの体を支え、お怪我はありませんかと気遣った。

唐突に踏み潰されそうになり、ビビっておしっことウンチを同時に漏らしたクリスを気遣い、オムツの交換を申し出た。

そんな彼女は、シルフィに訴えたのだ。

死にたくない、悪いところを直します、お役に立ちたいのです、だから殺さないでください、お願いします、と。

そのことが、シルフィの胸を強く打った。

「ルディ、ボクは怒ったりするつもりはないよ。ルディがこういうのを作っていたってのは知ってたしね。思ったより、人間臭かったけど……。でも、いい子だし、ちょっと欠陥があっても、使ってあげてほしいな」

シルフィの言葉で、人形の説明は終わった。

あとは、ルーデウスの言葉を待つのみである。

いつしかルーデウスは口をへの字に曲げて、腕を組み、顔を伏せていた。

その肩はふるふると震えている。

「ううぅ」

見ると、後ろに立つザノバがプルプルと体を震わせていた。

何事か、とシルフィが思った瞬間、

「うおおおぉおん！」

ザノバが、雄叫《おたけ》びを上げながら少女に突進した。

「そんな風に考えていたとは！　全て我らのためだったとは！　すまぬ！　暴走などと言って、余が間違っていた！　すまぬぅ！」

滂沱《ぼうだ》の涙を流しつつ、人形にすがりつくザノバ。

そんなザノバを見ながら、ルーデウスもまたズビッと鼻を鳴らした。

彼もまた、目元をうるませていた。

ルーデウスは懐から取り出したハンカチで鼻をビーッと鳴らしてかむと、立ち上がり、人形の手を取った。

「ザノバの言う通りだ。目の前で廃棄なんて言われたら、そりゃ逃げるよな。どうにかしようと思うよな……。わかったよ。シルフィが怒ってもいい、俺とザノバが、お前を最後まできちんと完成させて、きちんと使ってやるよ」

「余も、ジュリの怒りを受け止めようではないか！」

人形にすがりついて、泣きだした二人。

シルフィの目には、人形がきょとんとした顔をしているように見えた。

問題が解決していないのに、なぜか許された、という顔だ。

なんにせよ一件落着であった。シルフィは微笑ましい気持ちでほっと胸を撫で下ろし、ルーデウスにかまってもらえずグズりだしたクリスを撫でた。

と、そこで彼女はあることに思い至った。

「ルディ、最後に一つ質問があるんだけどさ。今の流れで、どうしてボクが怒ると思ったの？」

そう聞くと、ルーデウスがビクリと身を震わせた。

彼は振り返り、正座をした。

そして、こほんと咳払《せきばら》いを一つ。説明を開始した。

「実はその人形、あっちの方も精巧に――」

シルフィは怒った。

★　★　★

この事件の結果、人形の廃棄は取りやめ、製造した自動人形《オートマタ》はできる限り保持していく方針となった。

それに伴い、今回の一件の中心となった彼女は正規ナンバーとなった。

自動人形《オートマタ》一号機である。

今後は研究所や魔法都市シャリーアで実験に従事しつつ、ルーデウスの様々な計画に使用されていくことだろう。


また、後日。人形の秘密がナナホシにも知られることとなった。

彼女は自分の顔をした人形が性行為可能であると知ると、露骨に気持ち悪そうな顔をした。

だが、ルーデウスの平身低頭の姿勢と、そういう目的では使わないとシルフィと約束したという言葉で、ひとまずは溜飲《りゅういん》を下げた。

「まあいいわ。それでこの子、名前はなんていうの？」

「名前……は、まだつけてない」

「そう、じゃあ私がつけていい？」

ナナホシの命名により、自動人形《オートマタ》第一号機は『アン』と名づけられた。

さらに、もし後世にナナホシの知り合いが現れた時に、日本っぽい名前でナナホシの存在を知ってもらうため『七星　一《はじめ》』という呼称も用意された。

もし彼女がナナホシの知り合いと出会い、その名前を聞いた時にはそう名乗り、ナナホシとの関連性を説明するだろう。

正式名称は『自動人形《オートマタ》　ＳＳ―０１　アン』。

二号機にドゥ、三号機にトロワという名前をつけるかどうかはわからないが、それはそれだ。

ちなみにSSとはセブンスターの略である。

こうして、セブンスターシリーズの記念すべき第一作目『アン』は作られた。

彼女の兄弟姉妹は、長い年月をかけてゆっくりと増えていくことになる。

だが、乳首がついていたのは彼女だけであった、と明記しておこう。

「事務所での一日」

睡眠から目覚める。

心地のよい朝だ。

かつては、この瞬間が一番怖かった。

眠っているうちに殺されれば、目覚める場所は寝床ではなく、薄暗い森の中だったからだ。

安全な寝床がどこかを知るまでは、寝るのが怖かった。逆に不眠が原因で集中力を欠き、死亡したこともあった。寝ながらでも周囲を警戒する術《すべ》を身につけてからは多少マシになったが……。

それでも、こんな場所で寝起きするようになるとは、当時は思いもしなかった。

「……」

俺は息を整えつつ、事務所の書斎へと向かった。

書斎には、今回の周回における、普段との相違点が書かれた書類が山のように並んでいる。

書かれているのは、『基礎』と『相違』についてだ。

俺が何もしなかった場合の歴史を『基礎』、俺が動いたことで変わった結末や起きた出来事を『相違』としている。

こうした書類を書くのは、ヒトガミを倒すためだ。

ヒトガミを倒すためには、できる限り消耗を少なくして、奴のところにたどり着く必要がある。

特に八十年後にある第二次ラプラス戦役が鍵だ。

そこでの消耗をできる限り減らすことが、ヒトガミの打倒につながる。

そのため、この『基礎』と『相違』を駆使して歴史を改変し、最小限の消耗で乗り切るのだ。

無論、この書類は次の周回に持っていくことはできないため、周回直前に行動をまとめ、何度も読み直し暗記するしかない。

ただ、今回は、いつもと違う。

ルーデウス・グレイラットがいる。ヤツが動き、誰かと接触する度に、世界が勝手に変わっていく。この書類も、最初は相違点についてを書き留めているつもりだったが、いつの間にかヤツの観察日記のようになってしまった。

ほとんどのページにルーデウスの名前が載っている。それも膨大な量で、記述が間に合わない。

記述自体は周回が終わるまで続けるつもりだが、かなりの情報が抜けたものになるだろう。

正直、あまり意味のない行為だと思っている。

この周回は、何かがおかしい。特別な何かが起きていると感じている。

次の周回でルーデウスがいる可能性は少なく、これだけ記録しても無駄になる可能性もある。

恐らく、今回でヒトガミに勝たねばならないのだろう。

そういう運命なのだろう。

今のうちに戦力を蓄え、来《きた》るべき時に備えて魔力を温存し、ラプラスをできる限り魔力を使わずに倒し、ヒトガミとの最終決戦で全てを使う。

そのつもりだ。

だが、だからといって、記録しないという理由もない。もし今回に失敗し、次周にもルーデウスがいたのなら、この情報は確実に勝利へと近づく武器となる。

とはいえ、ルーデウスには、これは見せられんな。ヤツのことだ。これを見ると、また何かおかしな勘違いをしかねん。

「……」

そう思いつつ、今日も情報を書き留めておく。

まずは、夜中のうちに通信石版からきた情報だ。この通信石版のお陰で、情報収集もずいぶんと楽になった。今までの周回であれば、何か変化を起こした場合、現地に赴き、情報を集めなければ結果を知ることはできなかった。

慣れはしたが、呪いを持つ俺にとっては、かなり困難な作業だ。

それが、今はここで座っているだけで十分な情報を手に入れることができる。

一つの変化の結果を知るために何周もしなければならなかった頃を考えると、格段の差がある。

もっとも、これほどの情報網も、ルーデウスが存在していなければ必要なかったと言える。

俺一人では、こんなに変わりはしなかった。変わりすぎて、次の一手で何を行うべきか迷ってしまうぐらいだ。

ヤツの作った自動人形《オートマタ》なども、扱いに困る。

アンと名づけられたその人形は俺も見たが、人の手であんなものが作れるとは思わなかった。

ペルギウスも驚いていた。自分の精霊より人間に近い形だと。

恐らくだが、あれこそが狂龍王カオスの夢見た存在なのだろう。

すでにカオスは死に、この世にはいないが、生きていたらヤツらと一緒に人形を作ったのだろうか……。もし次周があるのなら、カオスから秘宝を回収するのを後回しにするか。

「ふむ」

などと考えながら通信石版を見ていると、興味深い情報があった。

アリエルからの情報だ。

イゾルテとドーガが結婚したらしい。俺の知る限り、あの二人が夫婦となることはなかった。

そもそも、イゾルテが結婚する可能性もほぼなかったはずだ。子供など、言うまでもない。

これも、ルーデウスが関わったせいだろう。

何をどうすれば、これを再現できるのか。今の段階ではさっぱりわからないが……。

もっとも、再現するのは、二人の子供がどんな人間になり、どんな役割を果たすのかを見届けてからでいい。

場合によっては次のループでは、生まれさせないようにするかもしれないが……。

そうなれば、恐らくルーデウスは反対するのであろうな。

「……」

ルーデウスに対しては、もう嘘《うそ》やごまかしはしたくない。

たとえ、次の周回に行き、ヤツが何もかもを忘れていたとしても。

★
★
★

「おはようございます！」

しばらく書類整理をしていると、ルーデウスが現れた。

「今日も書きものですか！　いやー、オルステッド様はマメでいらっしゃる！」

「……ああ」

「いつものことだ」

「いつもやるという姿勢が大事なのです！　人生は長いですからね！　常に少しずつです！　さすがオルステッド様！　わかってらっしゃる！」

ルーデウスは、たまにこのようにおかしくなる。

普段はもう少しおとなしい。が、こいつの態度にもパターンがあるのは知っている。

こうしてテンションが高い時は、何かいいことがあった時だ。

逆に、おどおどと申し訳なさそうにしている時は、何か言いにくいことがある時だ。

わかりやすい。

「今日はどうした？」

「さすが社長！　お見通しですか！　デュフ、いや、ララがですね。朝からですね。今日はパパとずっと一緒にいたい！　な～んて言うんですよ、デュフ。クリスは俺になついてくれてますけど、ララにそういうことを言われると思ってなかったもんで、ちょっと浮かれてしまいましてね。デュッフー」

「連れてきたのか？」

「ええ。ララとジークをレオに乗せて」

ジークもか。少し意外だな。

と思うと、顔に出たのか、ルーデウスの顔色がサッと変化した。

「あ、ジークはですね！　なんでもアレクのファンだそうで。この前の一件でアレクから聞いたビヘイリル王国での話が面白かったらしくて。北神様に会えるのならついていく、もう一度話を聞きたい、というので。今はアレクに相手をしてもらっています」

「そうか」

「あの……やはり、職場に子供を連れてくるのはダメだったでしょうか……」

「いや、構わん」

ルーデウスのアキレス腱《けん》は家族だ。

こいつは家族を大切にし、家族のために生きている。

家族のためになんでもし、家族を害されれば敵に回る。

後先考えない攻撃を繰り返し、負けそうになるとヒトガミだろうと簡単に裏切り、プライドなどかなぐり捨てて頭を下げる。

そういった人間は、俺の知る限りでも何人もいた。

ルーデウスを味方としてつなぎ止めておくには、ヤツの家族にも注意を払わなければならない。

少なくとも、邪険にするのはご法度だ。

ヤツの家族に目をかけ、できる限り身の安全は守ってやる。俺がルーデウスの最も大事なものを守り続ける限り、ルーデウスが裏切ることはない。ヒトガミには、できんだろうからな。

まあ、打算的なことはさておき、ルーデウスの子供は呪いが通じないようであるし、俺も嫌いではない。賑《にぎ》やかなのも、悪くはない。

まるで、普通の人間にでもなった気持ちになれる。

「お前の子供は可愛《かわい》いからな」

努めて笑顔を作り、ヤツの子供を褒めたつもりだった。

だがルーデウスが真顔になった。いかんな、この顔はよくない。

ルーデウスが警戒している時の顔だ。

気をつけなければいけない。この男は平然とした顔をして、いきなり突拍子もないことをやり始めることがある。大丈夫だとは思うが、寝ている時に唐突に生き埋めにされる可能性もある。

今この瞬間に倒すのは簡単だろうが、奇襲をかけられれば……。

「いくらオルステッド様でも、娘はやれませんよ」

「……そういう意味ではない」

そう言うと、ルーデウスの顔が元に戻った。

「あとで二人にもご挨拶させますので」

「別に構わん。かしこまる必要はない」

「そうですか……まあ、ララはちょっと無礼なところもある子なので、それがいいでしょう」

ルーデウスはそう言って、ソファに座った。

「さて、本日も頑張って仕事をしましょうか！　今日は何をしましょうか。魔導鎧《マジックアーマー》『一式』を用いての模擬戦？　それとも、呪い防止のヘルメットの調整？　『三式』の開発の進捗《しんちょく》報告や、『零式』の調整でもいいですね。あるいは、今後の行動について改めて打ち合わせというのも……」

どれも、ルーデウス主導で動けるものばかりだ。

娘や息子にいいところを見せたいのだろう。

だが、先ほど書類整理をしていて、あることを思い出してしまった。

些細《ささい》なことだが、ラプラスとの戦争になるのなら、やっておいた方がいいことだ。

「ああ、そのことなんだが……」

今年は中央大陸南部のある国で日照り続きになり、飢饉《ききん》が起きる。

何世帯もの家が餓死《がし》をする。まあ、それ自体はいい。自然の摂理だ。

だが、その中に、とある一家が含まれているのが問題だ。

その一家は、さして特徴もないが、末息子だけは特別だ。彼は成長すると優れた指揮官になる。

そして第二次ラプラス戦役において、イーストポート防衛戦の指揮を担当。類《たぐい》まれな指揮能力を発揮し、王竜王国軍を長く持ちこたえさせるのだ。

普段ならラプラスとの戦争は起こさせないこともあり、魔力との兼ね合いを考えて放置する。

だが、今回はラプラスとの戦争もあり、ルーデウスもいる。

今のうちに赴き、その一家を助けておいたほうがいい。

「と、いうことだ」

説明が終わると、ルーデウスは落胆した顔をした。

「出張ではララに働いているところを見せられませんね……」

「なんなら、出るのは明日でもいい」

その落胆を見て、そう提案したのだが、ルーデウスは首を振った。

「いえ、一家が飢え死にする正確な日を憶《おぼ》えていない以上、早めに動いた方がいいでしょう。手遅れということはないとは思いますが、人はひ弱で、いつ死んでもおかしくはありません。こういう時のための旅の用意は常にしてあります、すぐに行くべきです」

逆に説得されてしまった。

「……お前がいいなら、それでいい」

「はい。では、すぐに準備します」

ルーデウスはすぐに退室し、事務所の倉庫に常備してある装備を取りに行った。

戻ってきたのは、十五分後といったところか。

バックパックに食料、スクロールバーニアといったもろもろを装備した旅装のルーデウス。

彼は俺に向かい、指を揃《そろ》えてビシリと額に当てた。

「では、申し訳ありませんが、適当なところで二人を家まで届けてやってください。レオがいるから大丈夫だとは思いますが。何かあってからでは遅いので」

言われるまでもない。

ルーデウスが俺のそばについていてくれている理由をないがしろにするつもりはない。

「ああ」

「では、行ってまいります」

ルーデウスは最後にそう言うと、すぐに転移魔法陣のある地下へと駆け込んでいった。

この数年で、こういう時の判断と行動は早くなった。そして、ほぼ確実に任務を遂行してくれる。

今までの周回の中でも、誰かを駒として扱ったことはある。

配下……と呼べるような者がいたこともある。

だが、これほど自在かつ有能に動ける人物が、俺の言葉に素直に従ってくれたことはなかった。

少しだけ、使徒を操るヒトガミの気持ちがわかる。

「……」

俺は眉根が寄るのがわかった。

ルーデウスは頼りになる男だが、頼りすぎないようにしなければなるまい。

少なくとも、ヒトガミが使徒を操るような気持ちでいるのはよくないだろう。

とはいえ、現時点で俺にできることは、そう多くはない。この周回では、すでに魔力を使いすぎている。ルーデウスと共に戦うことは決めたが、それが魔力を無駄に使っていい理由にはならない。

「……」

ひとまず俺は呪い防止の兜《かぶと》をかぶり、書斎の外へと出た。

受付を通ると、ファリアスティアがビクリと身を震わせた。

「あ！　これは社長！」

驚かせてしまったようだ。

だが、この兜のお陰で、驚かれる程度で済んでいる。これがあるとないとでは、やはり大きく違うな。作り方についてはすでに書類にまとめてある。改良は難しいが、再現は可能だ。次の周回でも作るとしよう。

「先ほどルーデウス様が出ていかれましたが、オルステッド様も出撃ですか？　お供は？」

「必要ない。少し外に出るだけだ、すぐに戻る」

「承知いたしました」

外へと出ると、すぐ脇から声が聞こえてきた。

「その時だ！　ザシュゥ！　一瞬の隙《すき》をついた狂剣王エリスの剣が、三世の腕を斬り落とした！」

芝居がかったその声は、事務所の裏、日陰になっている場所から聞こえた。

「片腕を失った三世の前には、北神カールマン二世と魔王アトーフェラトーフェ！　後ろには狂剣王エリスに魔導王ルーデウス！　前にも後ろにも話を聞かない奴ばかりだ！　問答無用！　もはや勝負は決した！　三世覚悟！　誰もがそう思った瞬間だ！　とうっ！　三世は地竜の谷へと逃げ込んだ！」

日陰には、石に腰掛ける一人の男。

そして、地べたに座る一人の幼い少年がいた。

石に腰掛けているのは、北神カールマン三世アレクサンダー・ライバックだ。

もう一人は幼い少年。ジークハルト・サラディン・グレイラットだ。

前に見た時より、ずいぶん大きくなっている。年月が流れるのは早いものだ。

「三世は逃げたのだ。ここで逃げ延びれば、最終的に勝つ目があると判断し、地竜の谷へと！　実際、あの場で谷に飛び込んでこられる人間はいなかった。満身創痍《そうい》の父アレックスと、そして魔王アトーフェだけ！」

「その二人は人間じゃないの？」

「そう、この二人は人間じゃない！　不死魔族の血を引く猛者だ！　そして、この二人相手ならギリギリ逃げ切れると三世は踏んだ！　しかし！　ダンッ！　大きな音を立てて、巨体が飛んだ！　飛び込んだのは誰だ!?　二世か、魔王か、狂剣王か!?　違う！　ルーデウス・グレイラットだ！」

「パパだ！」

ジークはアレクの話に夢中だが、ララはどこだろうか。

そう思って周囲の気配を探ってみると、事務所の庭先にある藁山《わらやま》の上に気配があった。

見てみると、藁山の頂点で青い髪をした一人の少女が心地よさそうに昼寝をしていた。

その麓《ふもと》では、白く巨大な獣が上を見上げてウロウロとしている。

ララ・グレイラットと聖獣レオだ。

ララは聖獣が認めた救世主だが、行動の予測がつかない子供だ。しかし、ルーデウスと一緒にいたいと言った割にこの態度はなんだ。事務所の入り口でルーデウスと別れてから、一時間も経過していないだろうに……。

そういえばララはイタズラ好きだと聞いている。

もしかすると、何かイタズラをした挙句、怒られるのを避けるために父親を利用したのかもしれない。

だとすれば、哀れなのはルーデウスだ、あのように浮かれて……。

「彼はすでにボロボロの魔導鎧《マジックアーマー》を動かし、単身で僕を追いかけたのだ！　たった一人で！　そして空中で身動きできない三世をドゴン！　ドゴォン！　魔導鎧《マジックアーマー》の巨体で殴りつける！　殴りつける！　殴りつける！　ドッガァァァン！　三世とルーデウスは地竜の谷へと墜落！　土煙の中から立ち上がるのは、片腕と片足を失った三世！　そして、ヒビだらけの魔導鎧《マジックアーマー》を身につけた、ルーデウス！　誰も追いかけてはこない。一騎打ちだ！」

「いっきうち！」

現在、アレクはジークに対し、ビヘイリル王国の戦いの様子を話しているらしい。

ここまでララに連れてこられたものの、そのララがさっさと寝入ってしまったので、アレクが相手をしたのだろう。

「しかし、ルーデウスには三世に勝てるほどの力はない。奇襲で拳打を打ち込むまではいい、だが、それで勝負を決められなかったのが、彼の敗因！　三世はそう考え、そして注意深くルーデウスを観察した。彼は油断をしていた。ルーデウスは魔術師、いざ戦いとなれば、距離を取りながら、得意の岩砲弾《ストーンキャノン》を使うだろうと。そんな逃げ腰の相手には負けるはずがないと！　ルーデウスはそこをついた！　走りながら岩砲弾《ストーンキャノン》を使う！　相手をナメていても三世は歴戦の強者《つわもの》だ！　岩砲弾《ストーンキャノン》を避《よ》けるべく、一瞬、後ろに下がった。しかし岩砲弾《ストーンキャノン》は三世の目の前で消滅した！　フェイントだ！」

「ふぇーんとだー！」

「ズバーン！　気づいた時には三世の斬撃は放たれていた！　浅い！　フェイントのせいだ、一歩後ろに下がったせいで、致命傷ではない！　しかし、それでもまだいける！　三世は後ろに跳ぼうとして……ふと、足が浮いた。そう、ルーデウスだ！　彼は最後の最後に、切り札を残していたのだ！　重力制御！　王竜剣カジャクトと同等の魔術を使って、三世をほんのわずか、浮かせたのだ！　ドン！　気づいた時には三世は殴られていた！　ドガガガガガ！　乱打！　乱打！　乱打！　打ちまくる！　ルーデウスの最強の魔道具が三世を細切《こまぎ》れにする！　ズギャギャギャギャ！　三世は意識を失う……もう、立てない。カラン……！　彼の手から王竜剣が落ちた。ルーデウスの、勝利だ！」

「やったぁ！」

歓声を上げるジーク。

満足げに自分の敗北を語るアレクサンダー。

俺はその光景に微笑《ほほえ》ましいものを感じつつ、アレクに近づいた。

「アレクサンダー・ライバック」

「つと、これはオルステッド様！　お出かけですか？」

「いや、先ほどルーデウスが発《た》った」

「はい。子供たちをよろしく、と頼まれました。適当な時間になったら家まで送り届け、妻に事情を話してほしい、と」

そうか、ルーデウスはアレクにも任せたか。

ならば、俺が送り届ける必要はない……か。

「聞いたならいい。任せる」

「ハッ！」

その返事に頷《うなず》き、俺は書斎へと戻った。

★★★

夕方。俺は記述が一段落してから再度、書斎から出た。

アレクはまだ二人を送り届けてはいないようだ。そろそろ日も落ちる、早めに帰した方がいいだろう。

ファリアスティアはすでに職務時間を終えたのか、受付にはいなかった。

「君のパパは、普段こそヘタレた腑《ふ》抜《ぬ》けのような態度をとっている。実際、臆病なのが君のパパの本当の姿なんだろう。でも、怒らせると誰よりも怖い」

戻ってくると、まだ話が続いていた。

だが、もはや語り口調ではなく、何かを教え、諭すような口調だった。

ジークも真剣な表情でそれを聞いていた。

「僕は彼の気迫に押し切られ、敗北した。オルステッド様も、似たような経験があるそうだ。もちろん、あのお方は僕のように押し切られはしなかったようだけど、その気迫を認めて、君のパパを自分の配下としたのだろう。でも、なぜ僕やオルステッド様が彼に一目置くか、わかるかい？」

「ううん？」

「それはね、彼が、強いからだ」

「パパ、強いの？　でもパパ、赤ママによく負けてるよ？」

「そう。うん。普通の強いとは、少し違うんだ」

俺も、アレクがどういった目でルーデウスを見ているのか、興味があった。

「君のパパは魔力しか取り柄がない。君のパパは、生まれつき闘気を纏《まと》えないんだ。状況判断力も決して高いほうじゃない、予想外のことに直面するとすぐパニックになる。目だってよくない。魔眼を持っていても、ようやく僕やオルステッド様の一段下に到達できるぐらいだ。

体の反応も遅い。どれだけ魔眼で先を見ても、体はそれに追いつかない。

人を殺すのにも躊躇《ちゅうちょ》があって、生身の相手に死ぬほどの一撃を加えるのはどうにも苦手なようだ。

無詠唱魔術を使えるというのは取り柄ではあったたし、その魔術の発生速度は魔術師の中でも類まれなぐらい速いけど、僕ら剣士のスピードには、到底追いつかない。

僕は、彼が僕を殺せる『岩砲弾《ストーンキャノン》』を一発作る間に、三回は彼を殺すことができる。

それがどういうことかというと、僕らはその気になれば彼を『封殺』することができるんだ。

彼がどれだけ多彩な戦術を持っていても、何の意味もなくね。

そして、僕は世界最速というわけじゃない。スピードだけで言えば、トップクラスから一段も二段も落ちる。

もちろん、距離を取っていれば、入念に魔術を叩《たた》き込めるだろうけど、そんな状況は稀《まれ》だ。

つまり彼は総合的に見て、どうにも、戦いには向いていないんだ」

「パパ……弱いの……？」

ジークは悲しそうな顔をした。

目の前で自分の父親を悪《あ》しざまに言われて、悲しく思わない子供も少ないだろう。

特に、ルーデウスは自分の子供に愛情を注いでいるから。

「ああ、そんな顔をしないでくれ。まだ話は終わっていないんだ。いいかい。君のパパの強いところはね、そうした自分の欠点をよくわかっているところなんだ。だから、自分の欠点をなくし、長所を生かす方法を考えた」

「ほーほー？」

「うん。それが体のスピードを何倍にも跳ね上げる魔導鎧《マジックアーマー》だ。そのお陰で、君のパパは、僕らに先手を取られても、生き残ることができるようになった。つまり、僕らに『封殺』をできなくさせた。もちろん、互角じゃない。彼の不利は変わらない。でも、僕らの土俵に上がってきたんだ。闘気を纏えない、魔力の多さだけが取り柄の魔術師が。その上で、彼は逃げるのでなく、僕らに立ち向かってくるんだ。時には正々堂々と、時には卑怯《ひきょう》に後ろから、時には仲間の力を借りて、時にはたった一人でも。なぜ、不利なのに立ち向かえるか、わかるかい？」

ジークは首を振った。

「君たちを守るためさ。彼は愛する家族を守るためなら、自分の命を惜しまない」

アレクがそう言うと、ジークが目を輝かせた。

興奮したように拳を握り、アレクを見上げて喜色満面の笑みを向けた。

「やっぱりパパはチェダーマンなんだね！」

「そう、彼はチェダーマン、真の英雄なんだ！」

唐突に知らない単語が出てきた。

チェダーマン？　一体なんの暗喩だろうか。あるいは人物か？　この数千年で一度も聞いたことのない存在だ。

となれば、ルーデウスが新たに作った造語かもしれない。

あの男は、事あるごとに新しい言葉を作る。

今度、ヤツ自身に聞くとしよう。

俺はそう思い、頭のメモ帳にチェダーマンという項目を付け加えた。

「ねえ、北神様！　僕もチェダーマンになりたい！」

「なれるさ、真の英雄は努力でなれる。真の英雄である僕の父上はそう言っていた。君のパパはそう言ってなかったかい？」

「パパは言ったことないよ」

「そうか。まあ、もう少し大きくなれば、パパも言ってくれるよ」

「努力って、どうするの？」

「強くなるんだよ」

「どうやって？」

「体を鍛え、剣や魔術を学ぶんだ」

アレクは極めて冷静に、ジークを教え、諭していた。

が、そこでジークは意を決したように、アレクを見上げ、言った。

「わかりました、じゃあ北神様！　僕に剣を教えてください！」

「えっ？　僕が？」

「ダメ、ですか？」

「剣なら、君のママが剣神流を教えてくれているでしょう?」

「北神様に教わりたい! パパとママをびっくりさせたい!」

「しかし、僕は……自分ではそれなりに上手なつもりだったけど、僕の弟子はだいたい父上の教えを受けたがるぐらいに、教えるのが下手だったようで、あまり向いてはいないよ?」

北神カールマン三世アレクサンダー・ライバックの若き頃の記憶は苦々しいものだ。

彼が北神となった時、彼に師事した者は二十人以上いた。だが、ほんの数年で彼らはアレクの元を離れ、別の道に進んでしまった。

アレクはそれ以後、誰も弟子を取っていない。

「でも、北神様の戦ってる姿ってカッコイイんだもん。学ぶなら北神流がいい」

「しかし、未熟な僕が弟子を取るのは……」

悩むアレクを見ていると、ふと俺の脳裏にルーデウスの姿が思い浮かんだ。自分を未熟だと言いつつも、いろんな相手にいろんなものを教えた男だ。そして、教えられた者は、全て彼に感謝している。

この俺も、その一人だ。

「アレクサンダー・ライバックよ。教えてやるがいい」

俺がそう言うと、アレクはハッとした表情で顔を上げた。

まるで、俺が近づいてきているのに気づかなかったような態度だ。

そんなはずもあるまいに。

「オルステッド様……しかし、僕はまだ、北神として未熟で……」

「だからこそ、その子を鍛えてみるがいい。その子ただ一人を見て、その子ただ一人を育てれば、北神流とはなんたるかも、自分に足りないものも見えてこよう」

本来の歴史では、北神カールマン三世アレクサンダー・ライバックは剣神ジノ・ブリッツに敗北した後、改心する。

そして、失意の中で一人の子供を弟子とする。決して才能のある子供ではなかったが、アレクは彼を見続けることで、己をも見つめなおし、真の北神へと成長していく。

第二次ラプラス戦役における北神カールマン三世は、歴代最強の北神だ。

今回の周回でその子供がどうなるかはわからんが、アレクはすでに敗北を経験し、改心した。

ならば、前倒しで誰かに何かを教えてもいいだろう。

ついでに言えば、ジークには、剣の才能があるようだ。ラプラスの因子だろうが、通常の子供よりも腕力が強い。神子《みこ》であるザノバほどではないだろうが、将来は片手でやすやすと両手剣を振り回すようになるだろう。

通常の人間と違うのならば、行き着く先は北神流だ。

こちらも、いまのうちに、だ。

さらに言うなら、アレクは一つ理解が及んでいないようだ。

ルーデウスの長所は、魔力だけではない。

ルーデウスには、いざという時に駆けつけてくれる仲間がいるということ。

そしてその仲間は、戦い以外の場で作られたということだ。

一騎打ちで決着のついたアレクには、理解しがたいことかもしれんが……ルーデウスの子供と接することで、それが見えてくるかもしれない。

そして見えてくれば、あるいは本来の歴史よりも高潔で力強い北神へと育つかもしれない。

「ルーデウスには、俺からなんとか言っておこう」

「……オルステッド様がそうおっしゃるなら、わかりました」

アレクはにこやかに笑うと、ジークの方を振り返った。

「よし、ジーク君、明日から鍛えてあげよう。でも、パパとママをびっくりさせたいなら、みんなにはナイショだ、いいね？」

「うん！」

ジークはキラキラとした目でアレクを見上げた。

アレクは久しぶりに出来た小さな弟子に対する戸惑いよりも、久しぶりに誰かに本格的に剣術を教えることに、張り切ってもいるようだ。きっと、いい師弟になるだろう。

しかし……。

「……アレクサンダー・ライバック、一つ聞くが、いいか？」

「ハッ！」

「その背中のものはなんだ？」

アレクの背中には、大量の巻耳《おなもみ》の果実がくっついていた。人族の子供が、よく投げ合って服にくっつけて遊んでいる、あれだ。子供の間では、ひっつき虫などとも言われている。

「ああ、これはララ殿ですね。暇だったのか、後ろからこそこそと近づいてきては、くっつけていました」

「……」

「子供のやることですから。あとで外しますよ」

ララはイタズラ好き、か。なるほど、納得だ。

「そのララは？」

「事務所の中に入っていきましたが……？」

まさか、地下まで行って転移魔法陣に飛び乗ったのでは？

と、一瞬思い、気配を探ってみると、ちょうどララが事務所から出てくるところだった。

シレッとした顔で、レオと一緒に。ファリアスティアの気配も事務所内にあった。

おそらく、二階でファリアスティアが相手をしていたのだろう。

「ララ殿！　レオ殿！　そろそろ帰りますよ！」

「……はい」

ララはそう言うとジークの手を取り、レオの上へと押し上げた。

そして、自分もレオによじ登り、ジークを抱きかかえるように後ろに座った。

「では、送ってまいります」

アレクを先導に、レオがトトッと歩き出す。

ふと。俺の脇を通る時、ララが俺を見て、フフンと勝ち誇ったように笑った。

何の笑みだろうか。

わからなかったが、俺は彼らを見送り、事務所内へと戻った。受付にファリアスティアがいるところを見ると、ララと一緒に下りてきたのだろう。

俺は彼女に、そろそろ帰ってもいいと通達し、書斎へと向かった。

「む……」

そこで、ララの笑みの意味がわかった。

椅子だ。

俺のいつも座っている椅子に、巻耳の果実が大量にばらまかれていた。

このまま座れば、この巻耳は俺の尻にくっつくことだろう。

イタズラだ。

俺は口角が少し上がるのを感じつつ、巻耳の果実を集め、袋に入れた。それを机の中にしまおうとして、ふと何かの違和感を感じた。

「むっ……？」

小さな違和感だ。いつだったか、暗殺者に毒殺された時と同じような違和感。

魔力付与品《マジックアイテム》と龍聖闘気に守られたこの身には、もはや毒など効きはしないが、しかし違和感はある。

「……」

だが、俺は無警戒に机の引き出しを開けた。

すると、中から生きたバッタが飛び出してきた。五匹だ。

巻耳を見て油断させて、これで驚かそうという、二段構えの作戦というわけだ。

恐らくララは受付のどこかに隠れていて、俺が出るのを見計らって中に侵入し、犯行に及んだのだろう。

勝ち誇るわけだ。

「……」

しかし、ララだけは本当に、どう育つのか見当もつかんな。

ヒトガミは、あの子供の何を恐れたのだろうか……。

★★★

数日後、ルーデウスが戻ってきた。

彼は目標とする一家を救っただけでなく、周囲一帯に雨を降らせて、飢饉もどうにかしてきたらしい。本当に、有能な男だ。

一通りの報告を受けた後、俺は彼に言った。

ジークの件についてだ。

「……ジークハルトを、俺のところに通わせようと思う」

「それは……なぜですか？」

当然ながら訝《いぶか》しげな表情を向けられる。さて、どう説明したものか。

「少し興味深いことがあってな、そばで見ていたい」

「…………危ないことは？」

「ない」

「門限は決めても？」

「構わん」

「わかりました。一応、妻にも言っておきます」

ロクな説明せずとも了解をもらえるのは、俺が信用されているからか。

それとも、俺が説明足らずであると諦められているからか。

「ほかには聞かないのか？」

「いえ、誰が何をしてくださるかは、なんとなくわかりましたので……俺に内緒な理由はわかりませんが」

「ああ」

「俺も、その方がいいと思います。アレクには、ジークをよろしくお願いしますとお伝えください」

お見通しか。しかし、そうであるとありがたい。

これからもルーデウスとの付き合いは続く。相手の考えを簡単に見抜けるぐらいが楽でいい。

隠し事などは、少ない方がいいだろうからな。

「では、俺も帰ります」

「ああ、ご苦労だった」

ルーデウスが踵《きびす》を返したところで、俺はふと、あることを思い出し、聞いた。

「ルーデウス」

「はい？」

「チェダーマンとはなんだ？」

ルーデウスは一瞬、ぽかんとした顔をしたが、

「顔がチーズでできているヒーローです。お腹を空《す》かせた子供のところにきて、自分の顔を千切って食べさせたり、人々を脅かす悪い奴をパンチ一発で倒すんです」

「……お前の元いた世界には、そんな男がいるのか？」

「俺の世界では、アンコの詰まったパンでしたがね。アンコが通じなかったのでチーズにしました。子供たちを寝かしつける時に、そういう話をするんですよ」

と、教えてくれた。

チェダーマン。顔を引き千切って与えるとは、意味がわからんな。

「それが、何か？」

「いや、少し気になっただけだ」

「そうですか。では、失礼します」

俺はルーデウスの帰宅を見届けて、書斎に戻った。

机の上を見ると、ララの残した巻耳の袋があった。

バッタはすでに外へと逃げていった。もういない。

ララは帰った後、家でしたイタズラを咎《とが》められ、こっぴどく叱《しか》られたのだろうか。

「ふっ」

息が漏れる。

ララに、ファリアスティア。アレクサンダーにジーク、そしてルーデウスにチェダーマンか。

今回の周回は、本当に新鮮だ。

オートマタを作ろう！

無職転生
〜蛇足編〜

『ミリス旅行記』

「ラトレイア家へのご挨拶」

子供たちはすくすくと育っている。

ルーシーはラノア魔法大学に馴染《なじ》んできた。

ララは勉強が嫌いなようだが、元気だしいいだろう。

アルスはエリスに似て少し乱暴者なところもあるが、思いのほか真面目だし、弱い者いじめをする子でもないので、大丈夫だろう。

ジークはまだ小さく、相変わらず泣き虫だが、ここ最近はどこかの誰かに鍛えられてか、ちょっと逞《たくま》しくなってきた。

リリとクリスはまだ幼いが、とっくに母乳は卒業し、最近は英才教育が始まっている。

七人目は生まれないが、それでも幼い子供が六人。

毎日が賑《にぎ》やかで、問題も絶えない。

とはいえ、ララとアルスも学校に行き始め、リリとクリスが自分の足で立って歩き、あれこれと学ぶようになったことで、かなり落ち着いてきたとは思う。

ヒトガミが何かを仕掛けてくる気配もない。実に、平和な日々が続いている。

その日の晩も、賑やかだった。

自分のことは自分でできるようになったルーシーに、食べ物で遊ぶなと怒られているララに、好き嫌いはダメだと叱《しか》られているアルスに、頬《ほお》いっぱいに米を頬張っているジークに、可愛《かわい》らしい前掛けを汚しながらスープを飲んでいるリリに、俺の膝の上で口をあーんして次の一口を待っているクリス。

そして、妻三人に、妹が一人、母が二人。

とても賑やかな食卓だ。

食卓に限らず、最近の我が家はいつも賑やかだ。

そりゃそうだ。子供が六人もいれば、否応《いやおう》なく賑やかにもなる。

アルスとララはやんちゃで、すぐに騒動を起こすし、リリとクリスは同い年ということもあってか仲が悪く、よく大声を上げて喧嘩《けんか》をしている。しっかり者のルーシーや、比較的おとなしいジークだって、ずっと静かにしてるわけでもない。

毎日喧騒は絶えない。

そこで俺は思ったのだ。これも、今のうちだけかもしれない、と。

子供たちが大きくなった時、どうなるかわからない。

オルステッドと一緒に戦うのか、それともシャリーアを出てどこかに行くのか。

成人したら皆、アスラ王国の学校に三年間通わせることになっているから、そっちに居着いてしまうかもしれない。

あるいは、成人するよりずっと前に、ひょんなことで家を飛び出すかもしれない。

パウロも父親と喧嘩して飛び出したというし、もしかすると、ウチでもそういうことがあるかもしれない。

俺とて、ヒトガミのこともあり、あれこれと口出ししたくもなる時は多い。でも、子供は親の言いなりにはならないものだ。ララあたりは勉強や鍛錬をさせられるのが嫌なようで、よく逃げ出しているしな。

まあ、それはいい。

ともあれ、俺は思ったのだ。

子供たちが揃《そろ》っているのも、きっと今のうちだけなのだろうな、と。

だから思ったのだ。家族旅行をしよう。

今のうちに、と。

★★★

もちろん、世界一周をしようというわけではない。

一ヶ月ぐらい使って、ご無沙汰しているところに挨拶しつつ、ちょっとこの町と違うところを見せてやる。

それだけだ。

というわけで、行き先はミリス大陸にした。

計画はこうだ。

まず、転移魔法陣を使ってミリス神聖国へと移動。十日ほどミリス神聖国に滞在。前半はゼニスの実家に挨拶したり、クリフやミリス教団に挨拶する。それから冒険者ギルド本部や魔術塔といった、ミリス神聖国ならではの場所を見学。

その後、馬車で聖剣街道を北上し、大森林を少しだけ見学し、青竜山脈にあるという温泉に浸《つ》かる。最後に、あの辺りに転移魔法陣を設置して帰ってくる。

ついでに、以前から接触しようと思って先延ばしにしていた鉱神に接触するための布石も打ってくる。

と、そんな感じだ。

計画について家族に話したのは、実行の半年前。

教師であるロキシーの予定もあるだろうし、俺も社長であるオルステッドに伺いを立てなきゃいけない。子供たちだって勉強があるだろうし、皆の予定もあるからな。

とはいえ、家族は誰もが快く承諾してくれた。

特にルーシーなどは、以前アスラ王国に行った時のことを憶《おぼ》えているのか、旅行と聞いてわくわくとした表情で喜んでいた。

ついでにエリナリーゼにも一緒に行くかと聞いてみると、彼女も同行の意を示した。

口実が出来たと喜んでいた。

年に何度かはクリフとも会っているようだが、本当なら年中一緒にいたいのだろう。

クリフも早く偉くなってエリナリーゼとクライブを迎え入れられればいいのだろうが、ミリス教団の権力争いというのも、なかなか大変らしい。

また今回はラトレイア家にも訪問するということで、ゼニスとリーリャも行くことになった。

ついでに、また神子《みこ》にゼニスの心の内を聞かせてもらいたい。ララはゼニスと会話できているらしいのだが、あまり話してくれない。聞いても、めんどくさそうな顔をされるのだ。

あの年齢では、まだそういったことの重要性がわからないのかもしれない。

ララはさておき、私用ではあるが、神子や教皇といったミリス関係者とも、半年前からアポイントを取っておけば、会えずじまいってことはないだろう。

また、今回はノルンの一家にも、声をかけさせてもらった。

ノルンを連れていく、と以前クレアと約束した。

いや、約束はしていなかったか。とにかく、結婚して幸せにやっているということを、直《じか》に見せた方がいいという判断だ。ちなみに結婚したこと自体は、すでに伝えてある。

相手がどんな人物であるかも、俺の言葉でしっかりと。無論、魔族であることもだ。

未《いま》だ返事はなく、怒っているのかもしれない。

聞いていないフリをしてくれるつもりだったのかもしれない。

でも、だ。これはきっと、ケジメの一種だ。

最初、ノルンはまだ子供が小さいということで、同行を断った。

ノルンの娘ルイシェリアは、成長が早いのか、すでに母乳は卒業し、歯も生え揃い、父親譲りの緑の髪と可愛らしい尻尾をフリフリと揺らしながらトテトテと歩けていたが、まだ目は離せないと。

だが、そんなノルンにルイジェルドが言ったのだ。

「子供の面倒は俺が見ておく。お前は行って来い」

「でも……」

「肉親は大切にしろ」

ノルンはその、やけに重く聞こえる言葉に従った。

ルイジェルドとしては、自分も行きたかったようだ。人族の風習については詳しく知らないが、挨拶が必要なら、と。

しかし、子供を、それもスペルド族を連れて一ヶ月も旅をするというのは厳しい。

ジークのように帽子をかぶっても尻尾は隠せないし、髪が緑なだけでなく本物のスペルド族……となれば騒がれるし、トラウマになりかねない。

またルイジェルドも村やビヘイリル王国での役割がある。

というわけで、断腸の思いでノルンを送り出してくれたのだ。

「わかりました。でも私は挨拶だけです。温泉とやらには行かず、戻ります」

「戻る必要はない。ゆっくりしてくるがいい」

「私は、ルイジェルドさんやルイシェリアと一緒にいたいんです」

ノルンはそんな感じで惚気《のろけ》けつつ、しぶしぶと同行を受諾してくれた。

家の留守は、傭兵《ようへい》団の面々やザノバに頼んでおく。

ビートとジローを家に残していくが、一応だ。泥棒でも入ったら困るし、家庭菜園の世話もあるしな。

と、旅行計画はそんな感じだ。

全体的に少しアバウトだが、ぎっちり詰めてスケジュールに追われるのも面白くない。

これぐらいでちょうどいいだろう。

★
★
★

それから半年後。

魔法都市シャリーアはいつものように雪に包まれた。

俺たちは家の前に馬車を呼び寄せ、雪の降り積もった町を移動し、事務所に入り、オルステッドに一言挨拶をした後、ミリシオンへの魔法陣に乗った。魔法陣の到着先はミリシオン内にあるアジト。


あっという間にミリス大陸だ。

旅行をしたい、なんて思っても、感慨なんてものはまるでありゃしない。

せめてできることなら、町の外に出る魔法陣に乗り、ミリシオンを外から見せてやりたかった。

あのどでかい塔を見て、高い城壁の中へと入っていくわくわく感は、なかなか味わえないだろうからな。


とはいえ、そうした風景自体は町を出ていく時にも見ることができる。

焦ることはないのだ。

アジトで予《あらかじ》め用意しておいた馬車へと乗り換え、一路、ミリシオンのラトレイア家へと向かう。

俺を含めて十四人プラス一匹。

ということで、大型の馬車を二台用意した。

一台目は俺、ロキシー、ゼニス、リーリャ、ララ、クリス、レオ。

二台目はシルフィ、エリス、ルーシー、アルス、ジーク、リリ、アイシャ、ノルンだ。

エリナリーゼ、クライブとはここで一時お別れだ。二人はそのまま、クリフの元へと向かう。

初めての旅行に子供たちは大はしゃぎで、ママたち三人は彼らを抑えるのがやっとといった風情だった。

特にララはミリシオンの風景が気に入ったのか、鼻息も荒く、馬車の窓から外を見ていた。

無感動でいつも昼寝ばかりしているララにしてみれば、珍しいことだ。

「ララ、身を乗り出すのはやめなさい」

「……はい」

たまに身を乗り出すので、ロキシーがそう言って後ろに下げる。

でも、窓枠にあごをのっけて、キョロキョロと周囲を見ている。

唐突に身を乗り出して落っこちないか心配だが、レオが裾を咥《くわ》えてるから大丈夫だろう。

「……青ママ、うちの近くより、色がいっぱいある」

「ミリシオンには有名なデザイナーが多く滞在して、庶民向けの服のデザインをしてますからね、みんなオシャレ好きなんです」

「冬なのに雪がない。寒くもない」

「このあたりでは、雪はそれほど降らないんです。でも時期になると雨がたくさん降りますよ。でも、あの大きな塔が水量を一定に保つので、町が水であふれることはないんです」

興味津々なララに説明するロキシーを見ていると、心が和む。

こうして見ると、ララはやはりロキシーに似ている。

ミニロキシーという感じだ。

「パパ、おなかすいた」

クリスは俺の膝の上でずっとごきげんだ。

ただ、外は怖いのか、それとも馬車の揺れが怖いのか、俺の袖をしっかりと掴《つか》んでいる。

多分、無理に引き剥《は》がしたらびゃーびゃー泣くだろうな。

「ご飯は、ひいおばあちゃんのお家についてからね」

「あい」

クリスは俺の言うことはスムーズに聞いてくれる。

これが他のママたちなら、今すぐ何か食べたいとダダをこねるようだ。

シルフィたちには悪いけど、クリスといるとちょっとした優越感を得られる。

しかし、俺の手を取って、それで自分のお腹をさすさすしているクリスを見ていると、つい何かを買い与えてしまいたくなるな。

そこな露天商。甘いリンゴを買おう、なに？　どれが甘いかわからない？　なら店ごとだ。心配するな。余った分はラトレイア家へのおみやげにしてやる。とか言ってみたくなる。

そういえば、ご機嫌取りとしてラトレイア家へのおみやげはいろいろ持ってきたけど、クレアさんは気に入ってくれるかねえ。

こんな下賤《げせん》なものはいりません。とか言われたらどうしよう。

や、まさかそこまで失礼なことは言わんよね？

そう思いつつ、ふと見ると、リーリャの顔がこわばっていた。

「……リーリャさん、どうしました？」

「少し、不安ですね」

「何が？」

「クレア様のことです」

この旅行にあたって、一つ障害がある。

我が祖母、クレア・ラトレイアだ。

あの偏屈なお祖母《ばあ》様は、俺たちがミリスに旅行すると聞くと、なら我が家に滞在しなさい、とすぐに連絡をくれた。

断ってもよかった。

挨拶だけして、家には泊まらないという案もあった。

ノルンとアイシャ、リーリャに対する過去の『当たり方』を思うと、不安もある。

だが、俺としては、あの偏屈な婆《ばあ》さんのことは、さほど嫌いではなかった。

クレアには大きな欠点があるが、可愛い可愛い俺の子供たちと、ささやかな数日間を共に過ごさせたくないと思うほどではなかった。

なので、なんにせよ、まずは会ってみよう、会わせてみよう。それでダメそうなら、また別に宿でも取ればいい。

という結論は出た。家族会議でだ。

とはいえ、リーリャは実際にいろいろと言われたことがある。

これからまたそれを聞くかもしれないと思うと、不安にもなろう。

「クレアさんも、なんだかんだ言って我々のことは考えてくれます。少し、考え方が硬いところはありますが……。あ、なんだったら、俺の後ろにでも隠れていてください」

「いえ、私ではなく」

リーリャの視線の先には、ロキシーとララがいた。

そう、今回はロキシーやララ……すなわち、魔族の血を引いている者がいる。

ノルンだって、魔族と結婚してしまった。ついでに、今回は妻が三人とも一緒だ。

対するクレアはガチガチのミリス教徒で、魔族排斥派だ。

以前、あまり口出ししないように言ったが、何年も前の話だ。人間は、数年もすれば小さな約束なんてあっさり忘れてしまう。

もちろん、ロキシーもそのへんは織り込み済みだ。

家族会議においても「問題ありません」と胸を張って答えてくれた。

ララとリリは少しだけ辛《つら》い思いをするかもしれないけど、魔族の血を引いた者が人族の暮らす場所でそうした扱いを受けることはままあると教えることができる、と。

そう、答えてくれた。

ノルンだって、何かしら言われることは覚悟しているだろう。

俺としては、魔族とかそういうのとは別に、何か嫌味《いやみ》等を言われたララが変なことをしないか心配だ。ララのイタズラはヒヤヒヤするのだ。相手を選ばないから。

「大丈夫です。リーリャさん」

そう言ったのは、ロキシーだった。

「ダメなら、最初から迎え入れようなんて思わないでしょう」

「そう、でしょうか？」

俺も懐疑的だ。

別にクレアを信用してないってわけじゃないよ。

彼女は、我々を招くと言ったんだ。

わざわざ嫌味を言うために招くというのは、貴族のマナーに反するんじゃないかな。ミリスの貴族にどんなマナーがあるのかはわからないが。

しかし、それにしたって、わざわざ遠方から訪ねてくる者を蹴り飛ばすようなことはないだろう。

ただね、やっぱ常識を知っていても、目の前に嫌いなものがくると、何するかわからないのが人間だ。やっぱりダメだった、という場合がある。

「……」

と、その時、ゼニスがリーリャの手を握った。

言葉はないが、何かを伝えようとしているのがわかった。俺はララの肩をトントンと叩《たた》いた。

「おばあちゃん、なんだって？」

ララはめんどくさそうな顔で俺の方を見て、ゼニスを見て、俺の方を見て、言った。

「……ひいばあちゃんは心配性なだけだから、大丈夫だって」

「ありがとう」

珍しく通訳してくれた。

ま、ゼニスがそう言うなら、きっと大丈夫だろう。

★★★

屋敷の出迎えは歓迎ムードであった。

メイドさん方はにこにこしていたし、執事の対応も丁寧だ。

少なくとも、以前、俺がミリシオンに来た時よりも、ずっと歓迎されているのがわかった。

俺たちは彼らに荷物を預けた後、クレアのいる部屋へと通された。

「長旅、ご苦労様です」

クレアは俺たちを見ても椅子に座ったまま、そう言った。

座ったままだ。態度が悪いとは言うまい。彼女はこの家の主《あるじ》なのだから。

「いえ、今はすぐそこですので」

「そうでしたね。未だ、理解しがたいことですが……」

クレアはこめかみを押さえ、何か言いたそうにしたが、ぐっと飲み込んだようだ。

飲み込んだのは恐らく、転移魔法陣を私物のように使う俺への小言だろう。

一応、禁忌とされているからな、転移魔術は。

「家族を紹介します」

「はい。よしなに」

家族をそれぞれ並ばせる。

子供たちに、妻三人、それとノルンにアイシャだ。

今日のアイシャはメイド服ではなく、可愛らしいワンピースを着用している。

一見すると、長女のように見えなくもない。リーリャも同様だが、彼女はゼニスと一緒に、先に別室へと移動した。

「メアリー」

「はい、奥様」

と、そこでクレアが近くのメイドに命じて、手を出した。

メイドはクレアを支えるようにしながら抱え上げ、立たせ、杖《つえ》を渡した。

ヨロヨロと、クレアは立ち上がった。杖にすがりながら、力なく。その立ち姿には、以前見た時のような毅然《きぜん》さはなかった。俺たちが来た時に座りっぱなしだったのも、傲慢《ごうまん》からきたものではなかったのだ。

「具合、悪いんですか？」

「もう歳ですからね」

「足腰が弱るような歳でもないでしょうに……」

ひいばあちゃんなんて呼ばれる歳ではあるが、孫の俺も、俺の子供たちも、早くに生まれた子だ。何歳かはわざわざ聞かないが、ゼニスが四十歳ぐらいだから、せいぜい六十から七十歳ぐらいだろう。

「なんでしたら、俺が解毒や治癒魔術を使いましょうか？」

「結構です。あなたは優れた魔術師でしょうが、ここはミリシオンで、私は貴族ですからね」

治癒魔術による治療には不自由していないということか。

まぁ、大丈夫と言うなら大丈夫なのだろうが、弱った姿を見せられると、少し不安になるな。

「心配してくださるより、早く紹介を済ませていただきたいものですね」

「それもそうですね」

というわけで、紹介していくことにした。

まずはシルフィ、ロキシー、エリス。三人の妻からだ。

「こちらはシルフィ。最初に結婚した妻です。今は家のことを任せています」

「シルフィエットです。今日はお招きいただきありがとうございます。どうぞよろしくお願いします」

さすがはシルフィといったところか。挨拶一つとっても慣れと優雅さが見える。

よもや、彼女がフィットア領の田舎出身だとは誰も思うまい。

「こちらはロキシー。ミグルド族……魔族で、このような見た目ですが、年齢は俺よりも上です。今は魔法大学の教師をしています」

「ロキシーです。魔族ということで少し思うところはあるかと思いますが、これから数日間、どうぞよろしくお願いします」

ロキシーは魔族と自己紹介したが、クレアは眉一つ動かさなかった。

今回が初顔合わせではあるが、一応、情報としては知らせてあるしな。

ひとまず、魔族ということであれこれ言われはしないということか。

「こちらはエリス。剣神流の達人で、アスラ王国の大貴族ボレアスの現当主の妹になります」

「エ、エリスです。よろしくお願いします」

エリスはやはりいまひとつギクシャクしている。

アスラ王国のパーティーなんかでは自然にしてるんだが、俺の祖母の前ということで緊張しているのだろうか。

「……」

クレアは何も言わない。とりあえず、妻が三人いることに対する小言はない。

次は子供たちだ。

「こちらは長女のルーシー」

「ルーシー・グレイラットです！　ひいお祖母様、お初にお目にかかります！　今日からしばらくよろしくお願いします！」

スカートの端をつまんで、ご挨拶。

クレアの頬が少し緩んだ。孫に対して厳しいクレアも、さすがにひ孫は可愛いか。

「次女のララ」

「……ララです」

無愛想で暇そうで、めんどくさそうな態度のララ。

クレアの眉が少しひそめられた。どうやら、ひ孫とかは関係ないようだ。

「彼が長男のアルス」

「アルスです！　もうすぐ八歳です！　よろしくお願いします！」

とはいえ、無愛想なのはララだけ。

それ以外の子はお行儀も良く、クレアの眉がひそめられることもなかった。

アルスの後、ジーク、リリ、クリスと、無事に挨拶が終了した。

「二人も挨拶を」

俺が促すことで、ノルンとアイシャが前に出た。

二人は揃って、優雅とも言える所作で頭を下げた。アイシャはもちろん、ノルンもだ。

「ノルン・スペルディアです。お久しぶりでございます、お祖母様」

「アイシャです。本日はお招きありがとうございます」

所作に関しては、文句のつけようもない挨拶だ。クレアは杖にすがったまま、ツンと顎先《あごさき》を向けた。

「はい。お久しぶりですね二人とも」

それだけだ。

ノルンの結婚に関して、何かを聞くことはない。この場で聞くべきではないと思ってくれたのか。とにかく、出鼻《でばな》から悪い空気になることはなかった。

皆が上手にお澄ましして挨拶してくれたお陰だろう。

よかったよか……あ、ララが鼻をほじってる。あとで少し注意しておくとしよう。

「こちらはクレア・ラトレイア。君たちのひいおばあちゃんだ。これから十日間お世話になるから、失礼のないように」

俺がそう言うと、クレアは優雅に一礼をした。

相変わらず、ほれぼれするような礼である。ぜひとも、子供たちには見本にしてもらいたい。

「クレアです。留守にしている主人に代わり、あなた方を歓迎します。メイドや執事は好きに使っていただいて構いません。文化の違いで戸惑うことや不快に思うこともあるかもしれませんが、自分の家と思い、くつろぎなさい」

「ご厚意、感謝します。さぁ、皆もお礼を言いなさい」

「ありがとうございます！　これからよろしくお願いします！」

子供たちが一斉に頭を下げると、クレアは大義そうに椅子に座った。お疲れ様です。

こうして、我が家のミリシオン観光がスタートした。


「ルーデウスさんには少しお話があります。残っていただけますか？」

と、思ったが、部屋から出るところで呼び止められた。

俺は他の家族を先に行くように促し、部屋に残った。

クレアの表情は、まぁ、普通だな。特に怒っている様子はない。

「お座りなさい」

「失礼します」

言われるがまま、彼女の真正面の椅子に座る。

と、椅子にスイッチでも搭載されていたかのようにお茶が出てきた。

ウチの家族にはお茶も出さないのか、と思うかもしれないが、座らせなかったのは俺だ。

椅子も足りなかったしな。

「そう硬くならずともいいですよ。なにも叱責《しっせき》しようというわけではありません」

見透かされてしまったようだ。でも前の時のこともあるし、許してほしいもんだ。少しくらいの警戒はね。

「では、何の話を？」

「雑談です」

クレアの顔を見てしまう。

彼女は何くわぬ顔で、自分のお茶をすすっていた。

綺麗《きれい》な所作だ。お茶の飲み方一つにも作法があるのだろう。

俺もまた、真似をしつつお茶に口をつける。うん、いい茶葉を使ってらっしゃる。

「お茶といえば……最近、アイシャがお茶の木を育て始めましてね。採れたお茶っ葉を一袋持ってきたので飲んでみてください」

「では、明日にでも飲んでみましょう」

「お口に合えばいいのですが」

アイシャは数年ごとに、作るものを変えている。

一時期は、何やらハーブっぽいものを作り、料理にも使っていたのだが、やめてしまった。

あれはなんでだっけかな。

あ、そうだ。確か、クリスがアレルギーっぽかったんだ。ハーブが香る頃になると、クリスが鼻水をズルズルさせるようになってしまったのだ。アレルギーも、症状自体は解毒で治るんだが、体質自体は治らないんだよなぁ。

「そのアイシャは、まだ結婚しないのですか？」

「まだしないみたいですね」

「ノルンはしたそうですね」

「ええ」

「相手は、どのような人物なのですか？」

すんなり終わったかと思ったが、やはり、この話題は避けられない。

だがノルンではなく、俺に言ってくれたというのは、ありがたい。

「魔族です」

すでに手紙で教えたことだ。言い繕うのも無駄だと思い、俺はそう言った。

「それは知っております。今日は来ていないようですが、どういった人物なのかを聞いているのです」

おっと、そっちか。そうだな、結婚したばかりの妻を出歩かせているわけだしな。

来ていない理由は知りたいか。

「彼は二人の子供がまだ小さいので、自分が家で面倒を見ると。せめてお前だけでも祖母に挨拶をしてこいとノルンを送り出してくれました。決して、クレアさんやラトレイア家のことを軽んじているわけではなく……」

クレアの眉根が寄った。

「私は来ていない理由ではなく、どういった人物なのですかと聞いたつもりですが？」

「え？　ああ、もちろん信頼できる人物ですよ。手紙にも書いたと思いますが、弱きを助け、悪を許さない正義の人です。家柄に関しては人族のそれとは違いますが、ある大規模な軍隊においては親衛隊の隊長を務めていたこともある人で、種族の中では重要な地位にいます。あ、それから、あの『魔神殺しの三英雄』ペルギウス様も一目おいている人物ですね。あと……」

「……結構」

クレアは俺の言葉を途中で遮り、じっと俺の目を見てきた。

何かまずいことを口走っただろうか。

「今の言葉だけで、あなたが信頼できる相手にノルンを任せたというのは伝わりました。であれば、私としては、思うところはあっても、言うべきことはありません」

「そう言ってもらえるとありがたいです」

「ありがたがる必要はありません。前に、あなたと約束しましたからね。口出ししないと」

「覚えていてくださったのですね」

「当たり前です。腰は悪くしましたが、頭はまだ無事ですからね」

よかった。しかし、じゃあなんでそんなことを聞きたがるんだ……って、雑談だからか。

「それにしても、ロキシーさんというのは随分と小さいのですね」

「ミグルド族ですからね。年齢は見た目以上です。あ、でも本人に小さいと言うのは厳禁ですよ。気にしているみたいですから」

「わかっております。私もラトレイア家の女です。口は悪くとも、他人の外見をあげつらったりはしません」

半ば冗談のつもりで言ったんだが、真面目に返された。

「それに、私も以前のことがあってから、魔族や獣族といった方々には極力理解を持とうと思っています」

「良いことだと思います。好くにしろ、嫌うにしろ、知ることは大事ですから」

むしろ、よく知らないから嫌ってしまうということもある。人はよく知らないものを低俗と見下してしまうからな。食わず嫌いってやつだ。

「しかし、ララという子は問題ですね？」

「……はい」

「もちろん、魔族とのハーフであることを言っているのではありませんよ。私が言っているのは、初対面の人間に対する、あの態度です」

「申し訳ありません。挨拶ぐらいはしっかりさせようとは思っているのですが、最近ちょっと言うことを聞かなくて」

「……とやかく言うつもりはありませんが。時には厳しく躾《しつ》けることも必要だと、私は思います」

言い方はオブラートに包んでいるが、もし自分の娘だったら叩いてでも躾けたというのだろう。

まぁ、そうした方がいい時もある。ただ、ララはその辺がうまい。

こう、エリスにお尻ぺんぺんされるギリギリを攻めている。奔放に見えて、意外に計算高いのだ。

「なぜそうすべきかは、あなたなら理解できるでしょう」

「将来のためです」

「その通りです。挨拶一つで相手の持つ心象は変わるのです。最初に礼を尽くさなかったがために、後に窮地に陥ることもある。だから我々貴族は礼儀作法を学ぶのです」

おっと、お小言っぽくなってきたぞ。

でも、心なしかクレアは少し楽しそうだ。

「でも、母親のロキシーさんは魔族であるにもかかわらず、実にわきまえていらっしゃる」

「そうでしたか？」

「ええ。先ほども正妻であるシルフィさんを立て、常に少し後ろに立っていました。挨拶も控えめで、実にいい。自分の立場をわかっている態度です」

あらそんなことを。

正妻とか副妻とか、順列をつけてるつもりはないんだが……。いや、違うな。ロキシーは、その方が問題が起きないと考え、あえてそうしているんだ。

「エリスさんは……武人であるなら、多少は仕方ないでしょう」

「そう言っていただけると幸いです」

「……」

クレアは小言を言いたそうな顔をしていた。

まぁ、あんまりあれこれ言わないであげてほしい。エリスもあれで一生懸命なんです。

「ともあれ、ルーデウスさん」

「はい」

「よく、連れてきてくださいました」

クレアはそう言って、すっと頭を下げた。

誰を、とは言わなかった。

ノルンでも、アイシャでも、ロキシーでもない。特定の誰かではないのだ。

皆を、だ。

その意味を理解すると同時に、俺は悟った。

やはり、俺は少し身構えすぎてしまっていたらしい、と。

もっと気軽に、おばあちゃんちに遊びに行く、ぐらいの気持ちでよかったのだ……と。

こうして、我が家のミリス観光は始まった。

「アルスのミリス観光」

アルスが一人で行動してみたいと思ったのは、退屈からだった。

町に来て、最初に目に入った何基もの大きな塔。

白ママ曰《いわ》く、あれは巨大な魔道具で、あれのお陰でこの町は一年中快適な状態が続くという。

それから、銀色に輝く大きな建物。

赤ママ曰く、あれが冒険者ギルドの本部で、冒険者の大半が一度は訪れるという。

それらをぜひとも近くで見てみたかった。

もちろん、父に言えば連れていってくれるだろう。

今日だって、金ピカの建物を見たいと言ったら、にこやかに笑ってアルスを金ピカの建物へと連れてきてくれた。

しかし、父は金ピカの建物を見に連れてきてはくれたものの、建物の内部でアルスの自由にはさせてくれなかった。中に入ってからアルスが物珍しげにあちこちを見て回ろうとすると、そっちはダメ、あそこには入っちゃいけないと制限したのだ。

正直、アルスにとってそうして制限されるのは窮屈で、そして退屈であった。

アルスは知らないことであるが、ルーデウスはもちろんミリス教団本部に配慮したのである。

ここは大聖堂であり、教団本部の、特に中心部は許可がなければ入れない場所である。

そんな場所にヤンチャな盛りの子供連れで入ることを良しとしなかったのだ。

が、アルスはまだ子供であった。塔も、銀色の建物も、言えば連れていってくれるだろう。

だが、きっと行動を制限され、今日のように窮屈な思いをするだろう。

単純にそう思った。

だから、父たちが、たくさんの護衛に守られた胸の大きな女の人と一緒に金ピカの建物の中心部に入っていった時。

戻ってくるまで子供たちは中庭で遊んでいるようにと言われた時、チャンスだと思った。

(あの銀ピカとか塔を、間近で見てやる)

思えば、生まれてこの方、親には行動を制限されっぱなしだった。

やれ、どこそこには行くな、やれ、一人で町をうろつくな。どこかに遊びに出かける時も、いつもアイシャかレオが一緒だった。小さい頃は唯々諾々《いいだくだく》と従っていたし、今でも反抗するつもりはない。ママたちの言いつけを完全に理解しているわけではないが、それを守るのは大事なことだと、子供ながらに理解している。

外は危険がいっぱいだから、一人で行動するなというのも、わかっている。

大体、アイシャと二人で出かけるのだって、嫌いじゃない。

だが、それでも。

たまには監視の目なしで行動してみたいと思う時もあったのだ。

「なあ、ララ姉、ちょっと抜け出して、あの銀ピカと、塔まで行ってみない？」

そんなアルスが誘ったのはララだった。

今日のララは珍しいことに、一人だった。レオは、神子《みこ》と呼ばれている人の守護魔獣である白《しろ》梟《ふくろう》に話があるとかで、ララを置いてどこかに行ってしまったのだ。

そして、ララもまたこのタイミングをチャンスだと思っていた。

ララは小さな頃からレオと仲良しだ。

もちろん、今も嫌いではないが、どこにでもついてきて、ララの行動をあれこれと諫《いさ》めようとするレオを、最近は少しうっとうしくも思っていた。

ゆえに、アルスに誘われた時、ララは少しだけ口元を上げて、頷《うなず》いた。

「私も、そうしようと思ってた」

というわけで、二人はアイシャの目を盗み、こそこそと行動を開始した。

クリスが「パパがいない！」と泣きだしたタイミングを狙って茂みの方に移動し、茂みの陰から陰へと隠れつつ、出口の方へ。

「ねえ、二人でどこ行くの？」

と、そんな行動を見咎《みとが》めたのは、ジークだ。

「シーッ、ちょっと遊びに行くだけだよ」

「子供だけで出かけたら怒られるよ」

「お前だって、最近一人で裏からこっそり出かけてるだろ。知ってんだからな」

「い、行ってないもん……」

アルスは知っていた。

ジークはいつも一人で出かけてる。しかもなぜか彼だけは、一人で出かけても咎められない。

アルスはそれを、アイシャもレオも見ていないからだと思っていた。

そして、弟だけが自由に歩きまわっていることに、軽い不満を覚えていた。

実際のところ、ジークは一人だったわけではない。

アルスはもちろん、ジークも知らぬことであるが、ジークが一人でこっそり裏口から出ていくと、ルード傭兵《ようへい》団のメンバーが陰ながら護衛につくのだ。

無論、心配性のルーデウスの指示のもとに、である。

「そのこと黙っててやるから、俺たちのことも言うなよ」

「……うん。わかった」

「大丈夫だって、ちょっとあの銀ピカと、でっかい塔を見てくるだけだよ」

「えっ、冒険者ギルド行くの？」

銀ピカの建物と聞いて、ジークの目が輝いた。

彼はアレクから様々な英雄譚《たん》を聞いていた。その中に冒険者ギルド本部がよく出てきており、並々ならぬ興味を抱いていたのだ。

「ああ」

「じゃあ、僕も行く！」

こうして、アルスたちはミリス大聖堂から外へと出た。

ちょっとしたイタズラ心と、そして好奇心を胸いっぱいに秘めて。

★
★
★

アルスは、ジークとララを引き連れて町中を移動する。

魔法都市シャリーアとは違う家々に、見たこともないような形の建物、新鮮な風景に、アルスの心は高鳴った。

無論、移動中の馬車の中からも見たが、やはりこうして自分の足で歩いてみると、何かが違った。

地面の石畳の模様が違うからだろうか。

何にせよ、知らない町を歩いているだけでワクワクしてくる。

子供だけの集団、特にジークの緑髪。人々は奇異な目で見てきたが、なんのそのだ。

そうした視線には、シャリーアにいる時から慣れているのだ。

「ララ姉、ちゃんと前向いて歩けよ。危ないぞ」

「んー」

ララは返事をしつつも、キラキラした目で周囲を見ていた。

彼女はアルス以上に、この小綺麗《こぎれい》な町に興味津々だった。

「ねぇ、ルーシー姉も誘った方がよかったんじゃないかな？　仲間はずれにされたら、ルーシー姉怒るよ？」

「ルーシー姉はダメって言うに決まってるだろ」

対し、ジークは相変わらず臆病だ。最近は隠れて鍛えているのか、剣の腕がめきめきと上がってきているのに、なんでこんなに臆病なのか、アルスにはよくわからなかった。

「あっ、ララ姉！　あれなんだろ！」

と、アルスが指さした先には、奇怪なオブジェがあった。

梟の形をした生々しいオブジェだ。

先ほど、金ピカの建物で見た大きな白い鳥にも似ているが、明らかに作り物とわかる造形で、ちょっとだけ不気味であった。

ララはそれを見て、自信満々に答えた。

「……あれは噴水」

「あんな変な噴水あるわけないじゃん」

「でも噴水」

「えー……絶対違うって……」

と、アルスが見ている先で、オブジェの口から水が噴き出し始めた。

「あっ、ホントに噴水だ！　すっげ！　なんでわかったの!?」

「似たようなの、ジュリさんちで見た」

それは、ルーデウスの『副産物』であるマーライオン風の噴水であった。

神子の守護魔獣ナースの姿が模倣されており、完成と同時に神子へと寄贈された。

とはいえ、さすがに教団本部に置いておくには扱いに困るというか、剥製《はくせい》のような出来栄えのせいで神子が近くに置くのを嫌がったせいで、こうして教団近くの通りに設置され、道行く人々を楽しませているのだ。

「へぇー」

感心するアルスとジークの視線を受けて、ララはふふんと胸を張った。

と、そんな会話をしつつ、三人は橋を渡った。

すると、周囲の風景ががらりと変わった。建物は低くなり、道行く人々の数も増えた。

人々の中には腰に剣を差していたり、鎧《よろい》姿の者も数多く見られる。

心なしか、強面《こわもて》で筋骨隆々とした人も増えた。神聖区から、冒険者区へと入ったのだ。

「なんか普通になったね」

「そうだな」

とはいえ、魔法都市シャリーアに住むアルスたちにとっては、先ほどよりも見慣れた光景だった。

大体、強面で筋骨隆々といっても、ルード傭兵団の面々に比べたら、ひ弱に見えるぐらいだ。

赤ママとは比べるまでもない。

「ララ姉、あの銀ピカってどっちだっけ？」

「ん。あっち」

「よし、じゃあ行くか！」

意気揚々と歩くアルスに、ワクワクした表情のジークと、眠そうながらも口元を緩めたララがついていく。

「おぉ、すっごいな！」

「わー！」

大通りに到達すると、冒険者ギルド本部はすぐに見つかった。

なにせ銀色に輝く巨大な建物が、大通りの奥に鎮座しているのだ。見つからないわけがない。

「アル兄！　はやくはやく！」

ジークが興奮し、走りだした。

先ほどまで反対していたのは何だったのだろうという変貌ぶりだ。

口では何と言おうとも、『冒険者ギルド本部』という、英雄譚の最初の一幕でよく出てくる存在の魅力には抗《あらが》えないのだ。

「あっ、待てよ！」

アルスとララもまた期待を込めた顔で、それを追いかけた。

早く近くに行って見たかった。

唐突に走りだした子供を見て、周囲は一瞬「危ない」と思った。

子供が唐突に走りだした結果、人にぶつかったり馬車に轢《ひ》かれるというのは、よくあることだ。

だが、周囲の予想に反し、三人は子供とは思えない、しっかりとした足取りと速度で人混みをするすると抜けていった。しかも、馬車の通らない道の端の方をだ。

日頃の訓練の賜物《たまもの》である。

「おぉ～！」

入り口前の階段に到着して、ジークは感嘆の声を上げた。

これほど巨大で荘厳な建物は、見たことがなかった……わけではない。

魔法都市シャリーアにも魔法大学という巨大な建築物は存在する。

でも、なんというか、それとは違う。冒険者ギルド本部は銀色で、キラキラとしているのだ。

魔法大学は赤とか茶色とかで、なんかイモっぽいのだ。

「アル兄、これが冒険者ギルドなんだね！」

「おお、これが冒険者ギルドだ！」

「ウチの近くにあるのと違うね！」

「ウチの近くのは、なんかちゃっちいもんな！」

「でも臭いはなんか一緒だね」

「うん。なんかちょっとくさいよな」

失礼なことを言いつつ、三人はそろそろと冒険者ギルドの門をくぐった。

あくまで、静かにだ。子供が冒険者ギルドに出入りすると、頭の悪い冒険者が喧嘩《けんか》を売ってくる。

と、青ママが前に教えてくれたからだ。

アルスは喧嘩ぐらい望むところだが、勝手に抜け出してきて喧嘩までしたとなれば、赤ママは怒るだろう。

怒った赤ママは怖い。尻が真っ赤になるまで叩《たた》かれるに違いない。

もしジークとララが怪我をしたとなれば、怒るのは赤ママだけにとどまらないだろう。

青ママや白ママも怒ったら……そう考えると、アルスの足に震えが走る。

ただ、もしかするとパパも怒るかなと思うと、少しだけ喧嘩してみたい気持ちもあった。

今のところ、パパには褒められたり甘やかされたりすることは多くても、叱《しか》られたことはほとんどなかったからだ。

ましてパパが本気で怒るところなんて、見たことがない。

「わ〜」

冒険者ギルドの内部は、外見から想像した通り、きらびやかだった。

内装は年季を感じるけど重厚な感じがするし、受付の数も多い。

冒険者の数も段違いで、装いも全然違う。

魔法都市シャリーアでは魔術師は初心者っぽいのばかりで、戦士と治癒術師は熟練者っぽいのが多い。だが、ここは逆で初心者っぽいのは戦士と治癒術師で、熟練者っぽいのは魔術師だ。

「アルス」

その光景を見て満足していたところ、アルスは後ろからララに声をかけられた。

「四階までであるって」

ララは階段前の案内板を指さしてそう言った。

アルスもそれを見てみると、冒険者ギルドが四階まであることを示していた。

一階は受付と待合、二階はギルド直販の武具や素材の販売、三階は軽食を食べられるレストランで、四階は大規模なクランのためのクランルームとなっているようだ。

「上がってみようぜ！」

アルスが意気揚々と階段の方へと行こうとしたところで、ふと影が差した。

見ると、化粧の濃い、しかし胸の大きな女性が、アルスの後ろに立っていた。

「ここはガキの遊び場じゃないわよ。何しに来たの？」

「か、観光です！　俺ら、ラノア王国から来てて……」

咄嗟《とっさ》にそう答えたのは、パパにそう言えと教わっていたからである。

「親は？」

「い、今は俺らだけです」

「そう……じゃあ、私が案内してあげましょうか？　ほら、こう見えて職員なのよ。今日は午前でお仕事終わりだから、よかったらどう？」

女はそう言って、肩のあたりにつけたワッペンを見せた。

確かに、受付にいる人と同じものであった。

「お、お願いします」

アルスは内心でドキドキしながら考えた。

アルスは豊満な胸が大好きだった。もちろん小さくても嫌いじゃないが、大きい方が好きだ。

目の前の女性の胸はアイシャと同じぐらい、すなわちアルスをドキドキさせるのに十分なサイズであったのだ。

「よっし、まかせなさい。いい？　一階は見ての通り、受付よ」

女性職員は人懐《ひとなつ》っこい笑みを浮かべると、あれこれと説明し始めた。

三人は彼女についていきながら、冒険者ギルド本部を見学して回った。

一階、二階、三階、四階……女性職員は、子供相手とは思えないほど、丁寧に案内してくれた。

自由に動きまわるつもりが案内付きでの観光。

予定とは違ったが、しかし見るものはどれも新鮮であった。

特にクランルームはシャリーアの冒険者ギルドにはないもので、冒険者の所有物とは思えない内装の豪華さたるや、彼らの胸をわくわくさせるのに十分だった。


「以上よ。面白かった？」

一通り見終わった後、女性職員はそう言ってアルスを見下ろした。

「はい、面白かったです！　ありがとうございました！」

「いいのよお礼なんて……それでこの後どうするの？　お父さんかお母さんが迎えに来てくれる？」

「い、いえ……」

「ふ〜ん。じゃあ、送ってってあげましょうか？」

「結構です。自分たちで帰れますから！」

断ったのは、まだ塔に行っていないからだ。

迎えが来ると嘘《うそ》をついてもよかったが、町の外に向かって移動していけば、この女性もさすがに気づくだろう。

目的地に到達していないのに帰るわけにはいかない。

そう思いつつ、アルスたちは冒険者ギルドの外へと出た。

ちょっと予定は狂ってしまったが、結果オーライだ。

「さ、次行こうぜ！」

アルスが指さす先には塔だけでなく、正午を過ぎて下がり始めた太陽があった。

★　★　★

塔への道中には、いろんなものがあった。

複雑な形をした水路。その水路を移動する小型の船。魔物から取ったと思《おぼ》しき大量の素材を運ぶ荷車。それらを守るように移動する、大勢の冒険者……。

アルスたちは珍しいものを見つける度に感嘆の声を上げ、心行くまで見学を楽しんだ。

しかし、そんな風に道草を食っていたせいか、はたまた、近くに見えていたはずの塔が意外に遠かったせいか。

彼らが塔にたどり着いた時、時刻はすっかり夕暮れとなっていた。

「おぉ～、これもでっかいなぁ……」

夕暮れの中、間近で見る塔は、アルスたちを圧倒した。

子供が一回りするのに数分はかかりそうな太さの柱が、見上げんばかりの高さまでそびえているのだ。

しかも近くで見てみると、塔の表面にうっすらと紋章が刻まれている。

塔全体が魔道具になっている……わけではなく、内部の魔道具を守るため、塔に強固な結界魔術が施されているのだ。

もちろん、アルスにそんなことがわかるはずはない。

ただ、確かリリはこういうのが好きだから、見れば喜ぶだろうなとアルスは思った。

「アル兄、やっぱり中には入れないみたい」

「そっか。ま、しょうがないな」

ジークが塔の入り口らしき場所を見つけたが、そこは二人の兵士が守っており、中には入れないようだった。

まあ、当然だろう。アルスとしても、登って上からの景色を見てみたい気持ちはなくもなかったが、無理そうなら諦めるだけの判断力はあった。

「はぁ～……じゃ、帰るか！」

「うん！」

「ん！」

意気揚々と帰路につくアルスに、ララとジークも従った。

「ララ姉、面白かったね！」

「うん。面白かった。あのクランルームの壁に掛かってたドラゴンの頭、私も欲しい」

「じゃ、僕がおっきくなったら取ってきてあげるね」

「その時は私も手伝う」

彼らは普段見られないものが見られて、ご満悦だった。

特にジークは興奮しており、先ほどからララにひっきりなしに話しかけている。

だが、アルスは歩きながら、ふと不安に襲われていた。

もしかして。いや、そんな、と。

「ね、ね、アル兄、冒険者ギルドに、おっきな剣が飾ってあったでしょ、あれ、何だか知ってる？」

「いーや？」

「あれね、四十八の魔剣の一つなんだよ」

「へぇ〜、よく知ってるな」

「飾ってあるから、多分偽物だと思うんだけど、前にね、アレクさんが絵に描いて見せてくれたことがあるんだ」

「ふーん……」

「あっ、待ってよアル兄！」

アルスはジークの言葉にぞんざいに答えつつ、足を早めた。

ジークは唐突に無口になったアルスに首をかしげつつも、ララと話しながら、歩いた。

ララもアルスの態度が少し気になったが、特に口にすることなく、ジークの話に耳を傾けた。

そのまま三人は歩いた。

普段から鍛えられているということもあって、疲れたと弱音を吐いたり、足が痛くなって歩けなくなる、ということはなかった。

だが、無言で歩くアルスの背中を見ていると、ジークの言葉も次第に少なくなっていった。

やがてジークは言葉を失い、三人は無言のまま歩き続けた。

夕暮れの中を。とぼとぼと。

そして、日が落ちた。


日が落ちてから数十分。

暗い路地で、三人は立ち尽くしていた。周囲には人の気配はなく、シンと静まり返っている。

「ねぇ、アル兄、あと、どれぐらいで着くの？」

「……わかんねぇ」

アルスとて、こんなつもりではなかった。

帰り道のことを考えていなかったわけではない。

行きは大きな塔を目指して歩けばいい、なら帰りは金色の建物を目指して歩けばいい。

なにせ、金色の建物だ。遠くからでも目立つし、一度通ってきた道を戻るだけだから簡単だ。

そう思っていた。

だが、夕暮れという時刻が全てを黄色く染め上げた。

その上、夕暮れ時に出来る長い影は、今まで歩いてきた道の気配を変えた。

塔までの道中、いろんなものに見とれてしまったのも、道を忘れた原因の一つであろう。

「わかんないって、どう――」

「うるさい！　わかんねぇものはわかんねぇの！」

大声を上げたアルスに、ジークはびくりと身を震わせた。

そして、頼れる兄が大声を上げたことで、今が深刻な事態なのだと実感し、じわりと目元に涙が滲《にじ》んだ。

彼はアレクのもとで修行を始めたとはいえ、まだまだ幼い子供であった。

おとなしい子であるがゆえ、怒鳴られ慣れてもいない。

「アルス」

ララの静かな言葉がした。

そこで、アルスはハッと後ろを振り返った。そこには、今にも泣きだしそうなジークと、いつも通りの無表情のララがいた。

ただ、ララの立ち姿には若干の怒気が含まれていた。

「……ごめん、ララ姉。迷った」

「うん」

「ララ姉、道わかる？」

「……わからない」

力なく首を振るララ。普段から傲岸不遜《ごうがんふそん》で、怖いものなどないとばかりに、何をしでかすかわからない姉の弱々しい姿。

アルスはそれを見て、軽い絶望感を覚えた。

だが、弱音も吐かず、泣きもせず、アルスはグッと拳を握りしめた。

「だ、大丈夫！　俺にまかせろ！」

自分が蒔《ま》いた種だ。自分がなんとかしなければならない。そう考えたのだ。

アルスはララとジークの手を取り、強く握った。そして、二人を安心させるように、ない知恵を振り絞り、考えた。

青ママは言っていた。

ピンチになっても慌てずに、まずはできることが何かを考えなさい、と。

「えーっと……そうだ、大きな通りに出れば、人もいるし、その人たちに道を聞けばいい。金ピカの建物はそんな多くないから、多分知ってるはずだ」

今はまだ夜になったばかり。

大通りに出れば、人も大勢いるだろうし、その人たちに道を聞くのが簡単だ。

青ママはこうも言っていた。わからないことがあったら、恥ずかしがらずに聞きなさい、と。

「……聞いた人がイジワルで、教えてくれなかったら？」

泣きそうなジークのネガティブ発言に、アルスはうっと言葉を詰まらせた。

わからないことはないと思うが、教えてもらえない可能性はないとは言い切れない。

青ママは先の言葉に続けて言ったものだ。

でも、何でも聞けば教えてもらえるというものではありませんし、嘘を教えられる可能性もありますので、気をつけなさい、と。

「その時は……あ、そうだ！　パパが言ってた、もし町でママとはぐれて迷子になったら、教会を見つけて、そこでクリフおじさんの名前を出して助けてもらえって！　神父さんなら嘘つかないだろ？」

「あ……そうだね！」

神父でも嘘をつく可能性は十分にあるのだが、この時ジークの頭に浮かんだのはクライブのお父さん、すなわちクリフの顔であった。彼とは会った回数こそ少ないものの、決して嘘をつかない人だと認識されていた。

「じゃあ、帰れるね」

「ああ、大丈夫だ。だからお前も泣くなよ。チェダーマンは泣かないぞ」

「ぼ、僕、泣かないし」

ジークの顔に力が戻ると、アルスの心にも少し余裕が出てきた。

そして、余裕を取り戻させてくれたララにも、力強い笑顔を送った。

「よし」

とにかく、大通りか、教会だ。

周囲に人の気配はないが、もし途中で人の気配があったなら、そこで聞いてもいい。

それだけなら、簡単だ。そう思うと同時に、アルスの中で、別の不安が首をもたげた。

勝手にいなくなって、迷子になって、ララとジークも巻き込んで。きっとママたちはカンカンだろう。

赤ママはすごく怒る。青ママだって、白ママだって怒る。

いつもは怒られたらアイシャが仲裁してくれるけど、今回はそのアイシャの目を盗んで出てきた。

きっと味方なんてしてもらえない。

「ずっ……」

「アルス、泣いてる？」

ふと、ララがアルスの顔を覗《のぞ》き込んで聞いた。

アルスは目元にたまりかけていた涙を袖で拭くと、口を尖《とが》らせた。

「な、泣いてねえよ。目にゴミが入っただけ！　ララ姉も！　はぐれるなよ！　ここでバラバラになったら終わりだからな！」

「……ん、わかった。アルスは頼もしいね」

「やめろよ。こうなったの、俺のせいだろ」

「私のせいもある」

ララにぽんぽんと頭を撫《な》でられ、アルスは少し赤くなりながら、前を向いた。

さっさと移動しよう。こんな暗くて人気《ひとけ》のないところにいたら、本当に泣いてしまいそうだ。

怒られるのは間違いない。それは覚悟しよう。もしかすると、アイシャにも嫌われるかもしれないけど、ちゃんと謝ろう。

そう思い、アルスが目の前の曲がり角を曲がった瞬間。

「おっと」

一人の女性と衝突しそうになった。

豊満な胸を持つ女性だ。その見覚えのある胸の大きさに、アルスは思わず声を上げた。

「あっ……」

「あれ？　昼間の……」

それは昼間、冒険者ギルド本部にて、アルスたちを案内してくれた女性職員だった。

「お、お姉さん？　なんで？」

「え？　なんでって、そりゃ決まってるでしょ。仕事が終わって帰るところよ、家がこっちなのよ。君たちこそどうしたの？　もう暗いのに、帰らないと叱られちゃうわよ？」

アルスはほっとした。このタイミングで出会ったのが、知っている人だったからだ。

地獄に仏……ということわざをアルスは知らないが、とにかく光明であった。

「その、俺たち、道に迷って。大通り……いや、教会か、金ピカの建物がどっちにあるか知りませんか？」

「金ピカって、大聖堂？」

「そう、それ！　だいせーどー！」

「それならもちろん知ってるわ。この町に住んでて、大聖堂を知らない奴なんかいないもの」

アルスはジークと顔を見合わせた。

だが、アルスはそこで顔を引き締め、こほんと一つ咳払《せきばら》いをした。

人にものを頼む時の態度というのは、白ママよりきちんと習っている。

「その、もしよろしければ、案内してもらえないでしょうか。俺の父から謝礼も出るかと思います」

「……バカ、迷子の子供がそんなかしこまるんじゃないの。ほら、ついてきなさい」

アルスは思った。

白ママは言っていた。人と人とのつながりは大事だと。ほんの少しだけでも接した人物が、窮地に陥った時に自分を助けてくれるかもしれない、と。

きっと、こういうことなのだろう。

アルスはその日、また一つ、大人になったのだった。

★　★　★

「ほぉら、ついたわよ」

そうしてアルスたちは女性職員の案内のもと、目的地へとたどり着いた。

「え？」

かに思えた。

アルスの目の前にあるのは、薄暗い路地の奥であった。

周囲には人の気配はまったくなく、壁には卑猥《ひわい》な落書きがされており、地面にはところどころにゴミが落ち、心なしか全体的にくさい。

いくら暗いとはいえ、周囲にあの金ピカの建物がないことはわかる。

「あの、ここ？　え？」

「ダメでしょ。知らない人についていっちゃいけないって、お父さんに教えてもらわなかったの？」

ザッ、と足音が聞こえ、アルスは振り返った。

そこには、下卑た笑いを浮かべる、数人の男がいた。

人攫《ひとさら》いだ、とアルスは見て取った。

だが、そう見て取っても、まだ頭は混乱していた。

このお姉さんは冒険者ギルドの職員で、親切にギルド内を案内してくれた。

それが、なんで……あ、仕事が終わったって、でも、午前で終わりだって……。

「職員って嘘ついたんだな！」

「騙《だま》してなんかいないわよ。これは副業。ちょっとした小遣い稼ぎよ。この町、君たちみたいのが多いのよね。冒険者になりたいっていう孤児がね、冒険者ギルドに来て、冒険者になれずに出てくの。それで、出てった後、つけさせてもらって、夜になっても家に帰らないようなら、こうなるってわけ」

「くそっ！」

アルスは咄嗟に地面に落ちていた棒きれを拾い上げ、姉と弟を守るように腰を落とした。

「アル兄……」

ジークが震えながらアルスの服の裾を掴《つか》んだ。

ララはいつもながら無表情だが、若干、青ざめているようにも見える。

せめて、この二人は守らなければならなかった。

自分が原因でこうなった。自分の判断ミスでこうなった。でも、こんな時、こんな時どうすればいい。ママはなんて言ってた、なんて、なんて……！

「誰か！　誰かいませんか！　人攫いです！　助けてください！」

アルスは叫んだ。

何かあったら、戦うより前に助けを求めろ。というのは、青ママの教えだったか、それとも白ママだったか。あるいはアイシャか。いや、もしかするとパパだったかもしれない。

「泣こうが叫ぼうが、ここに人は来ないわよ」

アルスは当然そうだろうと思いつつ、次の教えへと考えをシフトしていく。

思い出したのは、赤ママの教えである。

『まず、敵をよく観察しなさい』

アルスは身構えつつ、冷静に周囲を観察した。行き止まりの路地。前には一人、後ろには二人。

全員、剣を持っている。でも、彼らは赤ママに比べればずっと弱い。

覇気もなければ、殺気もない。シャリーアでもよくいるレベル。

赤ママを前にしたら、おしっこをチビりながら逃げ出すぐらいの雑魚だ。

手元にあるのは、叩きつければすぐに折れてしまいそうな棒きれ一本だが、素手での戦い方は習ったし、魔術も少しは使える。練習通りにやれば、きっと勝てる。

きっと、多分、大丈夫だ、多分。

「アル兄、戦うの……？　ぼ、僕も、た、た、戦うよ」

「ジークは下がってろ！」

そう判断したというのに、アルスの膝は震えた。棒きれを握る手はぶるぶると震え、息は荒くなり、目元には涙が溜《た》まりそうになる。真っ暗闇の中で大人三人と戦う。それも、姉と弟を守りながら。そんな重圧を受けるのは、彼にとって初めての経験だった。

「おーおー、勇敢なお兄ちゃんねぇ。でも、抵抗しても無駄よ？　こいつら、冒険者崩れとはいえ、腕は確かなんだから」

「うるさい！　ジークとララ姉には手を出すな！」

「……はーぁ、あなたたち、あんま傷つけちゃダメよ。結構いいところのガキみたいだから、かなりの身代金になるわ」

うーす、と背後の二人が返事をして、動き始めた。

アルスは胃袋が引きつるような不快感を憶えつつ、あらん限りの魔力を拳に込めて振り返り、目くらましの一撃を――。

パチ　パチ　パチ。

唐突に、沈黙を破る音がした。

手を叩く音だった。音はアルスたちを包囲する二人の男たちの後ろから聞こえ、その場にいる全員の動きを止めた。

と、同時に、男たちを飛び越して、白い塊がアルスの前へと躍り出た。

白い塊はアルスたちの周囲を一度ぐるりと回り、特にララに怪我がないのを確かめるように匂いを嗅ぐと、男たちへと向き直り、牙をむいた。

「グルルル……」

「レオ！」

レオであった。

しかし、拍手をしたのは、恐らく彼ではない。なぜなら、彼には鳴らす手がないのだから。

「はいはーい。そこまで～」

それはアルスにとって聞き慣れた声だった。

朝起きた時から、夜寝る時まで、一日のうちに聞かない日は一度としてないぐらい、聞き慣れた声だった。

そして、見慣れた暗めの茶髪に、八重歯の似合う女性が、暗がりから出てきた。

服装はメイド服、突き出す胸は大きく、手に持つのは無骨なカンテラだ。

「アイシャ姉！」

アルスは、その人物の名を呼んだ。

姉ではない。姉ではないが、おばさんと呼ぶと怒るのだ。

「やーやー、アルス君。助けに来たよ」

にぱっと笑ったその笑顔に、アルスは泣きそうになった。

だが、安心したのはアルスたちだけではない。暗がりから出てきたのがメイドと大きい犬だけと見て、男たちも強気を維持していた。

「てめぇ、どこのメイドだ……」

「グレイラット家だよ。あ、この辺だとラトレイア家って言った方がいいかな。神殿騎士団の大隊長を務めるカーライル・ラトレイアのラトレイア家。知ってるよね？」

神殿騎士団。その名を聞いて、男たちがウッとうろたえた。

貴族の名前についてさして詳しくない男たちであったが、それでも神殿騎士団ぐらいは知っている。狂信者としても名高い、ミリス教団の私兵たちだ。

「その子たちを捕まえて身代金とか要求するの、やめといた方がいいよ。ひどい目に遭うよ？」

「し、神殿騎士が怖くて、人攫いができるかよ」

怖くないわけがなかった。

彼らが異端者を捕まえた時の拷問については、ある噂《うわさ》があった。

そいつの両手両足を縛り、足の先からハンマーで少しずつ潰《つぶ》していくのだ。

それが嗜虐心《しぎゃくしん》に基づく行為なら、まだわかる。

だが彼らはそれを良い行いだと心から信じており、足を潰され、絶叫を上げる相手に対し、「心から助けを求める声、神はきっと聞いてくださいますよ。つまりあなたは、神の御許《みもと》に行けるのです、よかったですね」と心底安心した笑顔まで向けるという。

無論デマだが、彼らはそれを信じていた。

「神殿騎士が怖くないならいいけど……じゃあ、ルード傭兵団は？　あいつらは超美人の会計顧問の指揮で、地獄の果てまで追いかけて、死ぬよりひどい目に遭わせるよ」

「な、なんでルード傭兵団が出てくるんだよ」

「それはもちろん、ルード傭兵団の一番偉い人が、その子たちのお父さんだからです」

ぎょっとした顔で、男二人がアルスたちを見た。

「お兄ちゃ……おっと、ルード傭兵団の会長ルーデウス・グレイラット。龍神オルステッドの片腕で、各国に広い顔を持っている凄腕《すごうで》の魔術師。普段は温厚で、パーティーでお酒を頭からかけられてもヘラヘラっとしてるけど、家族をとっても大事にする人でね、きっと子供が攫われたと知ったら、その犯人はどうなるかな……」

「……で、でまかせだろ」

「本当にそう思う？　あたし、そろそろ説得するのめんどくさくなってきたんだけど」

「ハッ、どっちにしても、ここでお前を片付けりゃ、同じことだ」

「あっそ。じゃ、レオ、やって」

その言葉で、白い獣が疾風のように動いた。

まず目の前、自分の方を向いていた男の脚に噛《か》みつき、ブンと首を振る。

男の脚はメキャリと音を立てて折れ、同時にレオが口を離す。男は宙を舞い、壁に叩きつけられた。

もう一人の男がその音に振り返った時にはもう遅い。

彼は腰にある剣を抜く暇もなく手に噛みつかれ、ボキリと音がしたと思った時には引き倒され、顔に噛みつかれて持ち上げられ、ブンと振り回されて気絶して、その上で壁に叩きつけられた。

「ヒッ……」

最後、職員の女に逃げ場はなかった。

路地の奥で、壁に登って逃げようとしたところで尻に噛みつかれ、他の二人同様、振り回されたあげく壁に叩きつけられて気絶した。

「……」

アルスは、その一部始終を唖然《あぜん》として見ていた。

レオがそれなりに強いのは知っていた。パパやママが、レオと一緒にいなさい、というのも、なんとなく理解していた。

でも、それを実際に見たのは初めてだった。

しかも、今、レオは多分、手加減していた。あれだけのパワーがあれば、顔や首を噛み砕くこともできただろう。

けどしなかった。

甘噛《あまが》みのように噛みついて、振り回して相手の骨を折って、壁に叩きつけて気絶させただけ。

アルスが恐怖していた相手に。

「皆、大丈夫だよね？　怪我はないよね？」

アイシャは気絶した連中には目もくれず、何事もなかったかのようにアルスたちの前にしゃがみ込むと、カンテラで丹念に三人の体を調べ始めた。

「な、ない。大丈夫」

「そう？　じゃ、帰ろっか」

困惑しつつも頷くアルスに、アイシャは八重歯を見せながら、笑った。


暗い道。

三人は揃《そろ》ってレオに乗り、アイシャの持つカンテラに導かれ、帰路についていた。

あの人攫いたちは、アイシャが使った犬笛によってどこからともなく現れたルード傭兵団の団員が、当局へと引き渡すそうだ。

帰り道を歩きながら、アルスは怒られると思っていた。

どうして勝手にいなくなったの、と。どうしてララとジークまで巻き込んだの、と。

アイシャは滅多に怒らない。

アルスがどれだけやんちゃなことをして、他人に迷惑をかけたとしても怒らない。

しょうがないなぁ、と言いながら尻拭《しりぬぐ》いをしてくれる。その後で、もうやっちゃやだめだよ、失敗から学ぼうね、と優しく諭してくれる。

けど、今回はあと一歩で大変なことになるところだった。

それも、いつも面倒を見てくれるアイシャを蔑《ないがし》ろにしての行動だ。アイシャは探しに来てくれたが、きっとパパやママには怒られただろう。

パパたちが戻ってくるまで面倒を見るという役目があったのに、目を離したのだから。

目をかけていた相手に逃げられて、自分自身も怒られて、温厚なアイシャといえども、さすがに腹に据えかねているだろう。

と、アルスがそこまで明確に考えたわけではないが、それでも何とはなしに、アイシャが怒っているだろうと推測することはできた。

「アイシャ姉……ごめんなさい」

だから、アルスは謝った。

「ん？　何が？」

「俺、アイシャ姉に黙って外に出て、皆を危ない目に遭わせて……」

「えー？　何のことかなぁ？」

しかし、アイシャは笑いながら、アルスの頭を撫でた。

その所作からは、怒っている気配など、一切感じられなかった。許してくれたのだろうかとアルスは思った。でも、どうして？

「ほら、着いたよ」

「……！」

アイシャに言われ、アルスはラトレイア家の門前に到着していたことに気づいた。

豪邸を前に、アルスはゴクリと唾を飲み込んだ。

アイシャは許してくれたのかもしれない。でも、ママたちは間違いなく怒るだろう。ママたちは、兄弟姉妹を守れと教えてくれている。今回はそれを破ったのだから。少なくとも、赤ママに尻を叩かれることは覚悟しておこう。

もしかすると、パパも怒るかもしれない。パパが怒るところは、ちょっと想像できないけど。

「門番、ご苦労様です」

アイシャに付き従い、勝手口から家の中へと入る。

広い家の廊下を歩き、家族がいるであろう部屋の扉を開ける。

そこには、いた。

三人のママと、二人の祖母と、金髪の叔母と、やや厳しい顔をした曾祖母《そうそぼ》と、そしてパパが。

「ただいま戻りました」

アイシャが頭を下げると、彼らがアルスたちの方を向いた。

今に眉尻を吊《つ》り上げて怒る。きっと最初に怒るのは赤ママだ。赤ママはいつだって一番最初なんだ。そう、アルスはそう思った。

「あら、お帰りなさい。遅かったわね」

だが、赤ママの返事は軽いものであった。

「冒険者ギルドは楽しかったですか？」

青ママも、声音が柔らかい。

「でも、こんなに遅くなるまで出歩いちゃいけないよ。いくらアイシャとレオがいるといっても、夜は危ないんだからね」

「その通りです。アイシャ、あなたが付いているといっても、あまり夜遅くにフラフラするものではありません。もう少し早くに帰ってはこられなかったのですか？」

白ママとリーリャは、少し言葉がキツいが、しかし怒っているわけではない。

ノルンとクレアは何も言わないが、その視線は二人に同意であると示していた。

「まあまあ、遅くなったといっても、夕食もまだなんだし、いいじゃないか。そんなことより、面白いものは見られたかい？」

パパはいつも通り。甘い。

「……」

ゼニスばあちゃんは、いつも通り何も言わないけど、責めている感じはしない。

ゼニスばあちゃんはあんなだけど、怒っている時は、なんとなくわかるのだ。

「えっと……」

状況が飲み込めず、アルスは返答に困った。

ほんの少しの沈黙。

「冒険者ギルドのクランルームに、ドラゴンの頭が飾ってあった」

ララがぽつりと言う。表情から察するに、彼女は答えを知っているようだった。

恐らく、アルスが知らないうちに、レオから聞いたのだろう。

「あっ、パパ、あのね、冒険者ギルドにね、魔剣あったんだよ！」

すると、ジークが嬉《うれ》しそうな表情で冒険者ギルドの話を始めた。

ジークの頭からは、すでに先ほどの窮地はスッポ抜けたのかもしれない。

「ほらほら、話は後にしよう。ルーシーたちを呼んできて、ご飯にしようじゃないか」

そのまま場は和やかな空気となり、夕食の時間となった。

★　★　★

夕食が終わり、アルスは広い食堂から出た。

あてがわれた部屋に戻り、当然のように後ろについてきているアイシャへと振り返った。

「なんで？」

アルスは開口一番そう聞いた。

なんで誰も怒らないのか。なんで皆、冒険者ギルドに行ったと知っているのか……様々な意味の含まれた、なんで。

それに対し、アイシャは口の端を持ち上げた。

「知りたい？」

「うん」

イタズラが成功したような顔のアイシャに、真面目な顔で頷く。

「大聖堂の中庭で、アルス君たちがこそこそ出ていくのが見えたからね。アルス君たちが退屈に負けてイタズラしそうだから、ちょっと冒険者ギルドとか見てきますって言って、すぐに追いかけたんだよ」

アルスはそれを聞いて悟った。

アイシャは全てお見通しだったのだ。その上で、アルスたちと合流せず、好きに行動させたのだ。

自分は尾行しつつ、もし万が一何かあったら出ていって解決しようと考えながら。

「まさか、魔術塔まで行くとは思ってなかったけどね」

ずっと見守っていてくれたのだ。迷って、泣きそうになっていた時も手を差し伸べずに……。

「……じゃあ、なんであの時、迷ったってわかった時、助けてくれなかったんだよ」

「んんー？　それはアルス君、自分でわかってるんじゃないかな？」

おどけた様子で言われて、アルスはグッと歯《は》噛《が》みする。

もちろん、アルスとてわかっていた。

あの状況に陥ったのは、アルスの責任だった。

ママの教えにもあるが、何かをして、それで窮地に陥ったなら、自分でなんとかすべきなのだ。

事実、迷ったとわかった瞬間は、アルスは諦めていなかった。

自分の知恵を振り絞り、なんとかしようとしていた。まだ、終わっていなかった。

だから、アイシャは見ていたのだ。まだ出ていくべきではないと。

最終的に、怪我をしそうな状況になったのでアイシャは出てきた。

アルスが選択をミスして窮地に陥ったので、助けに出てきた。

きっと、あの女性職員が人攫いの一味でなく、普通に親切に道案内をしてくれただけだったら、アイシャは最後まで出てこなかっただろう。

アイシャを責めるべきではない。全ては自分が悪かったのだ。

アイシャはいつも通り、アルスの尻拭いをしただけなのだ。

「……アイシャ姉……ごめんなさい」

「ごめんなさいだけじゃダメでしょ、何がダメだったのかな？」

「アイシャ姉に黙って、抜け出したこと……」

「うーん、それは違うなぁ」

アイシャの否定に、アルスは驚きながら振り返った。

珍しいことだった。アイシャは、あまりアルスに対して何かを教えることはない。

アルスが失敗しても「しょうがないなぁ」と言いながら、その尻拭いはしてくれるが、それに対して何かを言ったことはない。

だが、振り返ったアルスを見下ろしたアイシャはいつも通り、余裕のある笑みを浮かべていた。

「アルス君は、あたしがうっとうしくて、子供だけで出かけようと思ったんでしょ？」

「う、うっとうしいなんて思って……ない。ちょっとだけしか……あ、でも、アイシャ姉のことは好きだよ」

「そう？　んふふ、ありがと。アルス君に好きなんて言われると、照れちゃうなぁ」

アイシャは頬《ほお》に手を当て、わざとらしく体をくねらせた。

「とにかく、アルス君はあたしの目を盗んで冒険者ギルドと魔術塔を見に行こうと思ったんだよね」

「うん」

「じゃあ、それはやらないと」

「え、でも……皆に心配かけちゃうし……」

「もちろん、皆に心配かけちゃダメだよね」

「うん」

「でもでも、アルス君は最初から皆に心配かけるつもりなんてなかったでしょ？　そんなにイジワルな子じゃないもんね？」

アルスは頷いた。

そのあたり、少し考え足らずではあったが、心配をかけるのが目的ではなかったのだ。

「冒険者ギルドと塔を見て、戻ってきて、あたしに『もー、どこ行ってたの？』なんて聞かれても、何事もなかったようにララとジークと顔を見合わせて『内緒』って答えて笑う。そんなつもりだったでしょ？」

まさにその通り。

明確に思い描いていたわけではなかったが、言われてみるとそれがアルスの理想だった。

サッと行って楽しんで、誰も心配しないうちに帰る。

アイシャは、ちょっと目を離したことで少し心配するだろうが、すぐに帰ってくれば「なーんだすぐ近くにいたのか」と胸を撫で下ろしただろう。

「それができなかったのが、ダメなんだよ」

アイシャは、そうハッキリと言った。

アルスには目的があった。

アイシャやレオ、その他余計な者を連れずに、冒険者ギルドに行くこと。

なぜ一緒に連れていったのか、というのはさておき、そうしたいと思った時に目的は発生した。

なら、それは達成するべきだ、とアイシャは言ってるのだ。

「……そう言われても……アイシャ姉ならどうやったの？」

「うーん。さすがにあたしでも、あの短い時間で冒険者ギルドと塔は難しいね。距離が遠すぎるもん。だから今日は冒険者ギルドだけにしておいて、塔はまた今度かな。ていうか、時間があんまりないってこともわかってなかったでしょ？　だから昨日の時点で予定を聞いておいて、そこできちんと作戦を立てるよ」

「あ、そっか……」

「それと、武器も持っていくし、誰かと連絡を取るための道具も持っていくかな。自分一人じゃどうにもならない時はあるから、咄嗟に助けを呼べるように」

明確にそう言われて、アルスは自分の何がダメだったのかを理解した。

冷静に思い返してみると、確かに、アルスは抜けすぎだった。

突発的で、考え足らず。あんな事態に陥るのも、当然に思えた。

と、同時にアルスは思った。やっぱりアイシャは凄《すご》い、と。

「……わかった。次はもっと、慎重になる。失敗しないようにする」

「うんうん。良い心掛けだね。けど慎重になるあまり、失敗を恐れたらダメだよ。そしたら何もできなくなっちゃうからね。どんどん失敗していこう」

「え、でも、今日みたいなことになったら……」

「大丈夫！　失敗したら、今日みたいにあたしがなんとかしてあげるから！　アルス君は恐れずにいろんなことにチャレンジしてみよう！」

ドンと大きな胸を叩くアイシャ。

アルスはなんだかよくわからない気恥ずかしさを覚えつつも、アイシャに向かって微笑《ほほえ》んだ。

「うん。わかったよアイシャ姉！　ありがとう！」

「どーいたしましてー！　んもー、アルス君は素直で可愛《かわい》いなー！」

アイシャは欲しかった言葉をもらい、アルスを抱きしめた。

アルスは柔らかな胸に包まれ、グリグリと頭を撫でられながら、今日のことをひたすらに猛省するのだった。

「ロキシーと使命」

その日、わたしは庭で椅子に座り、読書をしていました。

視界の端では、エリスとジークが一緒に素振りをしています。

旅行に来てまでしなくてもいいでしょうに。

アルスは先ほどまで一緒に素振りをしていましたが、ルディの叔母であるテレーズに誘われると、どこかに行ってしまいました。今頃、部屋でお菓子でももらっているのかもしれません。

まあ、それはいいんですが、どうにも、あの子はアレですね。胸の大きな女性を相手にすると、鼻の下を伸ばしてしまうところがありますね。将来、女関係で手ひどい失敗をしそうです。

ララはというと、先ほどからレオと一緒に庭をウロウロしているようです。

また何か企《たくら》んでいるのでしょうか。

最近のあの子は、頭を抱えたくなる行動ばかりしますからね……。

ともあれ、アルスとジークとララ、この三人が家でおとなしくしているなら、今日は大した問題は起きないでしょう。

シルフィとノルンは、ルーシーとクライブを連れて冒険者ギルドを見学です。

一緒に行こうと誘われましたが、断りました。さすがに子供の前で「なんで同い年ぐらいの冒険者の仲間を誘ってるんだ」なんて年若い冒険者に言われたくありませんし。

そもそもミリシオンでは、魔族が出歩いていると、奇異の目で見られますからね。

まあ、リリとクリスの面倒を見ていたかったのもありますが……。

そのリリとクリスはお昼寝を始め、手持ち無沙汰のわたしは久しぶりにのんびりです。

わたしはわたしで、読書を楽しみましょう。運のいいことに、ラトレイア家の書庫にはなかなか興味深い本がありました。タイトルは『神撃魔術の発祥』。この中にある、死霊魔術に関する記述が面白い。

『人魔大戦において、魔族はある魔術を使ってミリスの人々を苦しめていた。

死霊魔術。死者を蘇《よみがえ》らせて使役する魔術で、今もその残滓《ざんし》がスケルトンやレイス、動く鎧《よろい》系の魔物という形で残されている禁術。

神撃魔術はその死霊魔術に対抗するために生み出されたもので、第一次人魔大戦の中期、人族の神撃魔術と魔族の死霊魔術はイタチごっこのような関係で発展していった。

そして戦争後、死霊魔術は禁術とされて失われ、神撃魔術は衰退しつつも、今に残った』

魔法陣や詠唱について詳しく書いてあるわけでもなく、死霊魔術を試すつもりはありませんが、読んでいるとなんだか好奇心をくすぐられます。

はるか古代の魔術合戦。ロマンですね……。

「……ロキシー様」

「はい？」

後ろから呼ばれ、本から顔を上げると、そこにはラトレイア家のメイドさんが立っていました。

嫌な予感。

「奥様……クレア様がお呼びです」

クレア・ラトレイア。

一応、わたしの義理の祖母という形になるのでしょうか。年齢は同じぐらいでしょうが……。

今のところ、嫌な顔一つされていませんが、魔族排斥派ということで、わたしにはあまり良い顔はしないでしょう。

何を言われるのか。正直、逃げ出したいところです……。

そう思いつつ、ちらりとエリスの方を見ると。

「ほら、もっと脇を締めなさい！　顎《あご》も引いて！」

彼女は今日も熱心に剣を教えています。魔族であることをとやかく言われるならいいですが、もし違うなら……。例えば子供の教育方針について何かを言われるなら。あるいはエリスの方が呼び出されるかもしれない。

エリスは、難しい話も、遠慮がちな話もできません。嫌味《いやみ》を言われれば、殴り返してしまう。

そんな子です。

クレアに強く言い返すことはできるでしょうが、喧嘩《けんか》になりかねません。

「わかりました」

これも、ルディの妻としての務めですかね。

★★★

と、意気込んではみたものの……。

「……」

今のところ、部屋の主《あるじ》であるクレアは静かに紅茶を飲み、わたしはその前で口を開くこともできず、座っているだけ。なぜかリーリャとゼニスも部屋にいました、リーリャも同じような状態です。

ゼニスは相変わらずですが……。

正直、息苦しい。お茶の隣に置いてあるお菓子にも手が伸びません。好物なのですが、手を出したら何か言われそうです。夕飯が入らなくなりますよ、とか……いや、それはわたしがララによく言う言葉か。

わたしとリーリャを呼び出したのは、偶然ではないでしょう。

わたしとリーリャ、夫は違えど、お互い妻という立場にはいるものの、妾《めかけ》と言っても過言ではない立場の二人。

ミリス教では妾という存在は許されていません。

とはいえ、覚悟はできています。

最近は少し甘えていましたが、辛辣《しんらつ》な言葉を受ける覚悟は、いつでもできているのです。

「……」

そう思いリーリャに視線を飛ばすと、バッチリと目が合いました。

どうやら、リーリャも同じ気持ちなようですね。あるいは彼女はわたしなんかより、ずっと前から覚悟ができていたのでしょう。何にせよ、この場にエリスが呼ばれなかったのは、不幸中の幸いでしょう。彼女がこの場を渡り切れるとは思えませんから。

「ルーデウスさんは、出かけられたようですね」

クレアがポツリと言いました。この部屋に来てからの第一声です。

「クリフさんのところに、贈り物を届けに」

「つまり、仕事ですか。家族と一緒に休暇を取ったというのに……こういうところは、カーライルそっくりですね」

ルディは朝早くから、エリナリーゼと一緒に、『例の人形』をクリフのところへと持っていきました。しかし、あれを仕事と言っていいのか……。

例の人形。クリフの世話をするためにと作られた自動人形《オートマタ》。

アンについてはわたしも説明されましたし、彼女に対して特に意見はありませんが、今回新たに作ったものは、さすがに少し不気味に感じられました。

なにせエリナリーゼそっくりの姿で、仕草や口調もそっくりで、でも耳だけが短いのです。

容姿はエリナリーゼの発案だそうです。最近、クリフの地位が上がり、女性からの人気も上がってきて、いろんな人に結婚を勧められているそうですからね。虫よけの意味も含めてエリナリーゼ人形をそばに置いておくということだそうです。

ついでに、クリフがこういった人物と結婚すると、長耳族《エルフ》であるということだけを伏せて周囲に浸透させようという目論見《もくろみ》もあるそうです。

エリナリーゼは、何ヶ月もかけて自分と同じ言葉遣いや仕草を教えていました。

とはいえ、エリナリーゼの本心としては、もっと別の用途を想定していたのでしょう。

必要なものがない、と不満げでした。

さすがに細かいところまでは似ていませんが、ぱっと見は本当にそっくりで、不気味でした。ルディは以前、わたしの人形を作っていましたが、動くものまでは許容できません。もし許可を求められたら、断ろうと思っています。いかにルディでも、許可もなしに作りはしないでしょうしね。

大体、わたしの場合は本物が身近にいるんだから、本物を相手にしてくれればいいんです。

シルフィほどではありませんが、わたしだってルディに頼まれたら、滅多なことでは嫌とは言わないのですから。まあ、あんまり変態的なことは勘弁してほしいですが。

それにしても、クリフとはさほど親しいわけではありませんが、敬虔《けいけん》なミリス教徒はああいうものを見て喜ぶのでしょうか。

サプライズプレゼントだ、とルディは言っていましたが、逆に怒られるのではないでしょうか。

とはいえ、わたしがとやかく言う問題ではありませんね。

「仕事というほどではないでしょう。クリフとは、特別に親しい仲ですので」

「そうですか。私なら、他人に見せるのが憚《はばか》られるものでない限り、わざわざ自分の手ではなく家の者に届けさせますが、常識の違いでしょうね」

いや、他人に見せるのが憚られるものなのです。

あの人形は、ルディとエリナリーゼの言い訳とセットにしなければクリフは受け取らないでしょう。

「時にリーリャさん、今日はアイシャはどうしています？」

「アイシャは傭兵団《ようへいだん》の方に顔を見せてくると、朝方から出かけました。午後には帰ってくるそうです」

アイシャは傭兵団だ。

ただ、これは「アルスが今日はずっと家にいる」と聞いてから唐突に決めたことです。

この家にいたくないのでしょう。思えば、ノルンもシルフィがルーシーたちと出かけると聞いて、咄嗟《とっさ》に決めていたように思います。

まあ、ノルンの方は、ルーシーに一緒に行こうとせがまれた、というのもあるでしょうが。

「あの子たちは、この家を苦手に思っているでしょうね」

クレアはフンと鼻息を一つ、紅茶に口をつけましたが、紅茶の味が気に食わなかったのか、眉をひそめ、難しい顔のままリーリャへと視線を送りました。

「リーリャさん。あなたには、以前ここに来た時に、少し辛辣な言葉をかけてしまいましたね」

「……いえ、決してそのようなことは」

「あの時のことは、謝罪しましょう。当時は、ゼニスの夫を名乗る、どこの馬の骨ともわからぬ男が我が家に援助を頼み、その後、ゼニスが見つかるかと思ったら、別の妻を名乗る女が娘と共に現れ、私も良い気分ではなかったのです」

「心中はお察しします。私は気にしていません」

「ですが、アイシャは根に持っている」

何でしょうね、このピリピリした空気。なんだか胃が痛くなってきましたよ。

「私の心配とは裏腹に、あなたはグレイラット家によく仕えてくださいました。ゼニスがこうなってしまえば、あなたは強い発言力を持つこともできたでしょうに、よくぞ影に徹し、ゼニスの世話をしてくれました」

「……過分なお言葉です。私に強い発言力などありませんので」

「そう思うのはあなただけ、昨日、神子《みこ》を通して聞いたゼニスの言葉でわかります。グレイラット家の誰もがあなたに感謝している」

「……」

確かに。ルディは無意識かもしれませんが、リーリャをゼニスと同等に扱おうとしています。ゼニスが上ではなく、同格なのです。

とはいえ、ゼニスは満足に物も言えない状態。リーリャがその気になれば、メイドではなく、正式な母としてのポジションにもなれたかもしれない。となれば、あるいは我が家は今ほど居心地が良くなかったかもしれませんし、ゼニスの扱いも今のようにはなっていなかったかもしれません。

そのリーリャが、色気を出さず、影に徹してくれたからこそ、今のグレイラット家があるのです。

言われてみると、まったくその通りですね。

「ロキシーさん、あなたもです」

「え？」

唐突に言われた自分の名前に思わず顔を上げると、クレアはわたしの方ではなく、己の手とゼニスを見ていました。しかし視線はそのまま動き、窓の外へと移動させています。

「この数日、子供たちを見させてもらいました。皆、元気で健やかです。ララは、少しイタズラがすぎるようですが、しかし歪《ゆが》んでいるわけではありません」

「……あの、もしかしてララが何か？」

「昨日の朝、カエルをプレゼントしてもらいました」

目眩《めまい》がした。何をやっているのでしょうか、あの子は。

「それは……その、申し訳ありません。なんとお詫《わ》びを言っていいか」

「謝罪など必要ありません。ララにはおやつの時間に、そのカエルを焼いたものをお返しさせていただきましたので」

また目眩がした。言われてみると、昨日の午後、あの子は何か串焼きのようなものを食べていました。

何を食べているのかと聞いたら「内緒」などと返ってきましたが……。

「無論、うちの料理人がきちんと調理したものです。私はあまり食べませんが、このあたりにはカエルを使った料理もあるのです」

雨の多く降るミリス大陸には、カエルやトカゲの料理が沢山あります。

冒険者であったわたしも、そうした料理にはよくお世話になったものです。解毒魔術を使えなかった頃は、毒のあるやつを食べて死にかけたこともありますが……。料理人が食材を見て判断したのなら、さすがにララが毒ガエルを食べさせられたということはないでしょう。

しかし、意外ですね。

ルディから聞いた話だと、この人は厳格で、そうしたことはしない人だと思っていました。

「今朝方『昨日のおやつはなかなか美味《おい》しかった、この礼はきっとする』などと言われました。礼を言いつつ何をするつもりかはわかりませんがね……」

これは責められているのでしょうか。

口調は相変わらず刺々《とげとげ》しく、クレアの顔は少しも笑っていない。

責められているのでしょう。

「ふぅ」

と、そこでクレアがため息をついた。とうとう本題に入るのでしょうか。

「何を硬くなっているのか知りませんが、私はあなた方の家庭に口出しをしないようにと、ルーデウスさんにきつく言われています。言いたいことはありますが、私は約束を守ります」

ピシャリと叱《しか》るように言われても、説得力はないのですが。

「あなた方をこの場に呼んだのは、あなた方が他に比べ、大人だからです。シルフィエットさんはまだ若く、エリスさんはまだ幼い。こうなる前のゼニスがどうだったかは知りませんが、今は他人の面倒を見られる状態ではありません。私の見立てでは、あなた方二人は、一歩引いて、よく見ています。ですから……ゴホッ、ゴホッ……」

クレアはそこで咳《せ》き込み、メイドたちが慌てて彼女に駆け寄ってきました。

わたしも立ち上がり、解毒魔術を掛けようと近寄りましたが、クレアは何でもないと言わんばかりにメイドたちを制し、紅茶を飲み干しました。

「大丈夫、少しむせただけで……おや？」

クレアの視線の先に、ゼニスがいた。

先ほどまで中空を見て、話など聞いていないかのように振る舞っていたゼニス。

彼女はリーリャに頼ることなく立ち上がり、虚《うつ》ろな目をクレアに向けていました。

「休まれた方がいいのでは？」

言ったのはリーリャですが、まるでゼニスが言ったかのようにも聞こえました。

「……まったく、少しむせたくらいで何を大げさな。誰も彼も、杖《つえ》をついた私を見ると驚いた顔で……。腰は悪くしましたが、胸までは悪くなってはいません。ゼニスも、そんな顔をしていないで座りなさい」

そんな顔、と聞かれて、再度ゼニスの顔を見てしまう。相も変わらず、呆《ほう》けた顔でした。

訝《いぶか》しげにクレアを見ると、彼女も驚いた顔をしていました。

ひとまず、私は自分の席へと戻りました。

ゼニスもまた、リーリャに手を引かれ、椅子へと座りなおします。

「……」

しばらく、沈黙が流れました。クレアの驚いた表情は、除々に元へと戻っていきましたが、心の方はすぐには戻らなかったようで。

「……初めて社交界に」

クレアがぽつりと言った。

「ゼニスが初めて貴族のパーティーに出席した時、私は帰りがけに階段から足を踏み外して、転んでしまったのです」

懐かしそうな声音でした。

いつしかクレアの視線が下へと落ちていき……俯《うつむ》いたクレアの声に、嗚咽《おえつ》のようなものが混じり始めました。

「怪我は大したことはなく、治癒魔術ですぐに治ったのですが……。なぜでしょうね。その時のゼニスの顔が見えた気がしました」

俯いたクレアの頬から、ポツポツと何かが落ちる。

クレアはそばに置いてあったハンカチを取り、目元を拭《ぬぐ》いました。

「ゼニスは、評判の良い、自慢の子でした。私は、育て方を間違えたとは、思って、いなかった……」

肩を震わせるクレアに何と言っていいかわからず、わたしはその場で彼女を見続けるしかありません。

「……」

ふと、思いました。

子供たちの将来について、わたしは考えたことがあっただろうか、と。

ルディと結婚して、ララを産み、リリを産み。子供たちを家族に任せて魔法大学で教師をする。

家ではシルフィやリーリャたちが子供たちの面倒を見て、私は学校に入学した子供たちの面倒を見る。

充実した生活です。

育て方に関して、疑問を抱いたこともない。

ララに関しては、自分の産んだ娘がルーシーと比べて不真面目でイタズラ好きということで、少し悩みもした。自分が魔族だからとか、人族とのハーフだからとか、いろんなことを考えました。

けれど、そんなことを何年も悩むうちにララは大きくなりました。

子供たちの中でも特に浮くことなく、アルスやジークと仲良くしている。もう少し大人になれば、きっと落ち着いてくるだろう。そう思います。自分はそうだった……はずです。

けど、その先に関しては、あまり考えたことはない。

ララは救世主という重そうな役目を持っているらしいが、具体的に何をするのかは未《いま》だわからない。ヒトガミとの戦いには参加するだろうが、その後はどうするのか、とか。

そうだ、戦いが終わった後も人生は続くのだ。

正直、わたしがそれを悩んだところで、無駄だとはわかっていますが……。

「失礼、少し取り乱してしまいました」

「いえ」

「この歳になると、涙もろくていけませんね」

クレアは目を赤くしつつ、ハンカチをテーブルへと戻した。

彼女は、昨日も大聖堂で神子の演じるゼニスの話を聞き、涙していた。

「こほん。このミリス神聖国では、歪んだ家庭からは歪んだ子供が育つと言われています。私も、その意見には同感です」

クレアはそう言って、強い視線で私たちを見た。

「あなた方グレイラット家の子供たちは健やかで、歪んでいるようには見えません。ゼニスも、決して歪んでいたわけではないでしょう。ですが、今後くれぐれも、気をつけなさい。もし、子供たちに異変があった場合、最初に見つけられるのは、一歩引いているあなた方でしょうから」

異変。ゼニスが出奔した時のような、異変。

可能性は、あるでしょうね。特に、ララは、何を考えているのかもわかりませんし。

いえ、ララではないのかもしれません。一見すると順調に育っている子こそが、例えばルーシーあたりが危険なのでしょうか。学校では普通の優等生ですが……。

私は異変を見つけられるのでしょうか。

うぅ……期待されると、胃が痛くなりそうです。

「今日あなたたちを呼んだのは、そう言いたかったからです」

クレアはそう言って、椅子に深く体を預けた。

わたしはリーリャと顔を見合わせました。

困惑するわたしに対して、リーリャは決心したかのように、クレアを見ます。

「わかりました。お任せください」

重大な任務を与えられた軍人のような態度。

きっと、ノルンやアイシャを育てた自信から、そう言っているのでしょう。

おっと、ルディのこともでしたか。

「わたしも、できる限りは」

わたしもそう言った。

自信があったわけではありません。教師としていろんな人を見るようになりましたが、未《いま》だ、自分がモノを教えるのに向いているとは思えないから。けれどシルフィとエリスが教育して、その枠に入りきらなかった子に、新たな道を用意してあげる。それぐらいなら、きっとできる。やらなければなりません。

それだけではない。クレアは、思うところもあるだろうに、平等に見てくれたのだ。魔族排斥派で、このようななりの相手に思うところもあるだろうに。魔族のわたしにこうした言葉までかけてくださったクレアの期待に応えたい。そういう気持ちもあるのです。

「ん」

と、そこで部屋の扉が開いた。

白い犬がのっそりと中に入ってくる。当然ながら、その上に乗っているのはララだ。

ララの格好はなぜか、泥だらけだった。

靴も、服もだ。家の中に入る時は、靴の泥は落としなさいと、あれほど言ったのに……。

「ララ。家の中ではレオから下りなさい」

せめてそう言うと、ララはめんどくさそうな顔をして、レオから下りた。

学校でも、目を離すとよく乗っている。ため息が出そうだ。

ララはそのままゆっくりとクレアのところに行った。

「ひーばーちゃん。いいもの見つけた」

「何ですか？」

「これ」

ララがポケットから取り出したのは、何やら丸い、金色のものだった。わたしの位置からはよく見えないが、ペンダントか何かだろうか。

クレアはそれを見ると、目を丸くしていた。

「これをどこで？」

「庭、落ちてた。ひーばーちゃん、探してたんでしょ？」

「ええ、ずっと探していました……でも、なぜ？」

「昨日、ばーちゃんが言ってた。いつもつけてたのにって、きっとどこかに落としているのを探しているうちに、腰を悪くしちゃったのね、って」

ララはゼニスの方を見ながらそう言った。

先日の神子の力でのゼニスの話には出てこなかったから……ララが、自分で聞いたのでしょう、今朝か、昨日か。

「それで、探してくれたと？」

「昨日のおやつのお礼」

「……」

「あれも美味しかったけど、でも、おやつはあっちの方がいい」

ララはそう言って、テーブルの上へと目を向けた。

紅茶の請け菓子だ。

「食べてもいいですよ」

「いただきます」

ララはお菓子をつかみ、口に入れた。ひょいひょいパクパクと、あっという間に、テーブルにあったもの全て。せめて手を洗ってからにしなさいと言いかけて……。

「あ」

わたしのも食べられた。

「……」

まあ、いいですけどね。今はルディに頼めば、甘いものぐらいはいつでも食べられますし……。子供に食べ物を取られたぐらいで怒ったりは。でも、わたしの……。

「んふ～」

ララは頬《ほお》をパンパンに膨らませ、満足げに目を細めつつ咀嚼《そしやく》し、ごっくんと飲み込んだ。

レオが愕然《がくぜん》とした顔をしている。自分のは？　という顔だ。

わたしも似たような顔をしていることでしょう。

「やっぱり、カエルより美味しいね」

「では、明日も食べさせてあげましょう」

「楽しみ」

ララはそう言うと、バッとレオにまたがり、部屋から出ていった。

わたしは呆気《あっけ》に取られ、ララが室内でレオに乗ったことへの注意も忘れ、それを見送った。

「あ、あの、すみません。礼儀を知らない子で」

慌てて謝るも、クレアはララの持ってきた何かをじっと見ていた。

そっと覗《のぞ》き込むと、金でできたロケットだとわかった。中には、若い男性の肖像画が収められている。

「これは、カーライルが私と結婚する直前に贈ってくれたものです」

「……」

「当時のカーライルにとって不相応なほど高価なものでしたが、『結婚すれば、僕はラトレイア家の一員になる。そうなれば僕だけのお金で君に何かを贈ることはできないから』と、背伸びをして買ってくれたものでした」

懐かしそうな声音。

「一年ほど前になくしてから、ずっと中腰で探してしまい、それで腰まで痛めて、諦めていたのですが……」

メイドたちも、そのことに驚いていました。

もしかするとクレアは、家の者にも、なくしたことを言っていなかったのかもしれません。

「ロキシーさん」

「はい」

「礼とは相手を思いやる態度のこと、形式に囚《とら》われる必要などないのですね」

「……はあ」

「ララは礼儀を知る良い子です。私は少し誤解していたようです」

いや、ララはそんな殊勝な子では……ない、と思うけど、どうなんでしょうか。

しかし、それを言うなら、わたしもクレアという人物を誤解していましたね。

ルディが難しい顔をし、アイシャが露骨に嫌がる相手。身構えていましたが、なかなかどうして……。

あるいは、彼女もルディに会ってから変わったのかもしれませんね。

ルディはいろんな人に影響を与えますから……。

何にせよ、この方とは、うまくやっていけるように思います。

この方の人生はもう長くはなく、この機会が終わったら、二度と会えないかもしれませんが……。

「あの子を悪い道に落としてはいけませんよ」

「はい」

わたしはその言葉に頷《うなず》いた。

「そして聖剣街道へ」

時間が経《た》つのは早いもの、十日という日数はあっという間に過ぎてしまった。

初日は、大聖堂に挨拶に行った。神子《みこ》とゼニスを引き合わせ、例の能力でゼニスの言葉を聞いた。

クレアも一緒に来ていて、彼女は途中からボロボロ泣いていた。

俺も泣きそうになったが、ひとまずゼニスが相変わらず幸せそうだったので、我慢した。

その間、暇そうな子供たちは外で待たせていたのだが、その後に教皇や神子との歓談も入ったため、案外時間がかかってしまった。

日々のトレーニングを自慢げに語り、スリムになったとドヤ顔をする神子の話が終わらなかった、とも言うが……。

やはり、子供たちは退屈してしまったらしい。アイシャがアルスとララとジークを連れて冒険者ギルド本部を見に行ったそうだ。帰りが遅かったことと、帰ってきた時のアルスの顔を見るに、そこでまた何か問題が起きたようだが……きっとアイシャがなんとかしたのだろう。

置いていかれたルーシーがそんな彼らにご立腹だったかというと、そんなわけでもなかった。

大聖堂に残ったクライブと一緒に聖堂内を見て回り、これはこれで満足できたようだ。

庭園が好きなのか、それともクライブのエスコートがうまかったのか。

ルーシーが詳細を言わないところを見ると、きっと後者なのだろう。

詳しくわからないと根掘り葉掘り聞き出したくもなるが、ここは我慢だ。

とにかくクライブ君には、これからも誠実であってもらいたいものだね。

二日目、三日目、四日目は挨拶回りだ。

龍神配下のルーデウスがミリシオンに来ている、ということで各所を回った。

教導騎士団の騎士団長。ラトレイア家の分家というか、俺の伯父叔母の方々。中にはもちろんテレーズもいた。彼女は残念ながら、今も未婚なようだ。

それから、教皇への正式な謁見《えっけん》を終え、ミリス王家の方とも、引き合わされた。

会ったのは王位継承権第五位の王子様。王子といっても、四十を超えたオッサンだ。実に面倒くさいことに、数日後に王様の謁見の約束を取りつけられた。

龍神の名代としての、挨拶だ。

オルステッド曰《いわ》く、「ミリス王家とのつながりは後回しでいい」そうだが、挨拶ぐらいなら問題ないと事前に聞いてある。

休暇に来て、なぜこんなことを、と思わなくもないが、元々の目的は子供たちの社会見学だ。

俺自身については、良しとしようじゃないか。

五日目はクリフに例の人形を届けに行った。

そこで、クリフ側から朗報があった。この五年の間のクリフの仕事ぶりが評価され、司教への昇進が内定したそうだ。

本来ならクリフの若さでは司教になることなどできないが、これには裏があって、クリフが担当する教区が、少し特殊な場所にあるということが関係している。

大森林の最南端。俺が旅をしていた頃には名もなき宿場町だった場所だ。

その場所が、ここ十年ほどで人が増え、規模が大きくなった。

どこの国にも種族にも属していない町ではあるが、規模が大きくなれば利権も絡む。その利権を巡って、各種族の代表がその町に集まり、様々なことを決める流れとなった。

ミリス教団が出した代表者は枢機卿の懐刀と呼ばれている大司教で、魔族排斥派。

人族至上主義で、魔族だけでなく獣族なども蔑視する男だが、切れ者で仕事が出来る。必ずや、数々の利権をもぎ取ってくれるであろう人物だ。だが、彼の性格を考えると、大森林に住む種族との関係の悪化もありうる。そして、他種族との関係悪化は、魔族排斥派の中でも、特に過激な連中の望むところである。

そこでクリフに白羽の矢が立った。

獣族の多いルード傭兵《ようへい》団との関係が良好で、ドルディア族の血縁とも知己。顔が広い上に偏見はなく、しかも教皇派。ゆえに、彼の階級を上げ、お目付け役として随行させようというわけだ。

実力だけを評価されたわけではない、とクリフは苦笑していた。

だが、その町での仕事を終えれば、名実ともに司教だ。司教ともなれば、権限がぐっと増えるし、大森林の民との関係を良好に保つことができれば、長耳族《エルフ》を妻に迎えることの大義名分も立つ。

そうなればエリナリーゼとクライブをミリスに招くこともできるだろう……とのことだ。

そこまで聞いて、じゃあ昇進祝いも兼ねて！

と、人形をババンと出してみたら、めっちゃ怒られた。

今の時期に女性にうつつを抜かしているとわかったら、大変なことになる、と。

とはいえ、人形の受け取り自体は拒否されなかったので、一応は喜んでくれているんじゃないかなと思う。

細部の魔法陣について、興味深そうに確認していたし。

まぁ、いざとなればサングラスを掛けて男装をさせればいい、とシルフィが言っていた。

戦闘力もあるので、司教としての仕事では、ぜひとも護衛として役立ててもらいたいものだ。

その大司教に暗殺されないとも限らないからな。

ちなみにその日、家に戻るとクレアがご機嫌だった。

なんでも、一年ほど前に落とした思い出のロケットを、ララが拾って届けてくれたらしい。

いい話だ。娘の手柄話は、親として鼻が高くなる。……でも多分、探し出したのはレオだろう。

それと、ロキシーが何やら子育てのモチベーションを上げていた。

これからみんな学校に上がってきますからね、わたしがきっちり見てあげませんとね、と。

張り切りロキシーは可愛《かわい》いが、彼女は張り切ると失敗するタイプなので、少し不安だ。

ちなみに、シルフィとノルンはルーシーとクライブを連れて、冒険者ギルドに行ったらしい。

ルーシーが満面の笑みでお昼のランチの豪華さを語ってくれた。

冒険者ギルド自体は、あまり興味がないようだ。

六日目から八日目は特に予定を入れずに行動した。

ショッピングをしたり、子供たちを観光名所に連れていったり。馬車を使って町の外に出て、近隣の牧場を見に行ったり、近くの小川で遊んでみたり。その日の気の向くまま、という感じだな。

九日目は王様と謁見した。

ミリス王は柔和な顔をした老人だった。ミリスは教団が強い力を持っており、王族の力は弱い。

教団と仲良くしている俺とは、あくまで形式的な挨拶に留《とど》まった。

城の内部を子供たちにも見せたかったが、さすがに控えておいた。まあ、仕方ない。

何にせよ、ミリシオンは、存分に堪能したといえるだろう。


そして十日目。俺たちは、ミリシオンを出発することとなった。

馬車に乗り、聖剣街道を北上して、温泉を目指すのだ。

「大森林の入り口までは魔物は出ませんが、宿場町には荒くれ者も多いと聞きます。あなた方だけならまだしも、子供たちを連れていくのなら十分に気をつけて――」

出発の際、クレアには口を酸っぱくしてあれこれと言われた。

前に会った時に口出しをするなと言っていたのもあり、最初の頃はあまり口うるさくはなかった彼女だったが、十日目ともなると小言と説教は増えた。

ただ、あまり嫌な感じはしない。多分、彼女もこっちとの距離感を掴《つか》んでくれたのだろう。

だが、そんな彼女が、俺たちとの別れ際に、ノルンへと向き直った。

「ノルンさん。今回、あまり話ができませんでしたが、一つだけ、言わせていただいてもよろしいですか？」

「……はい」

ノルンの表情は「ついにきたか」といったものであった。

この十日間、彼女はクレアを避けるように行動していた。肉親を大事にしろとルイジェルドに言われたにもかかわらず……。

だが、ノルンを責めるなかれ。クレアと会話をすると、そのルイジェルドが貶《けな》されるかもしれないのだ。となれば、ノルンとて言い返さざるを得まい。

クレアも頑固だから、自分の言葉を訂正できず、大喧嘩《おおげんか》に発展する可能性も十分にある。

「あなたは、すでにラトレイア家でもグレイラット家でもありません」

「はい」

この瞬間のノルンの表情は、非常に攻撃的だった。

きっと、魔族の妻となったことを、悪《あ》しざまに言われると思ったのだろう。

それほど、クレアの言葉は鋭かった。俺ですら、何かよくないことを言うのだ、と錯覚するほどだった。

「あなたはスペルディア家の妻となり、母となったのです。そのことを自覚し、夫と家のために尽くしなさい」

「え？」

だが、クレアが続けた言葉は至極まっとうなものであった。

言い方は少しだけ命令口調できつく感じたが……。

「私は魔族の風習については明るくありませんが、子を産み家を守るという、妻としての責務と心構えは、変わらないはずです」

「……」

「わかりましたか？」

「あ……はい！」

ノルンは毒気を抜かれた顔できょとんとしていたが、やがて神妙な顔で頷《うなず》いた。

その返事に、クレアもまた、満足げに頷いた。肩の荷がまた一つ下りた。そんな表情だ。

クレアは、この十日間で、少し変わったように思う。

その変化に合わせてか、ロキシーやリーリャも最後の方はリラックスして過ごしていた気がする。

きっと、俺が留守にしている間に、何かあったのだろう。

特に、ロキシーとクレアの距離は来たばかりの頃と比べると、かなり近づいたんじゃなかろうか。

何にせよ、クレアが魔族を差別しないでくれて、嬉《うれ》しく思う。

差別問題ってのは、言えばわかってもらえるってもんでもないからな。

お陰で、ノルンとのわだかまりも、少し解消できたのではないだろうか。

……アイシャの方は変わらずだったがね。

★★★

ミリシオンから半日ほど北に移動し、青竜山脈の入り口に到着した。

馬車を停《と》めて、子供たちを馬車から降ろす。

そして、振り返る。

「……」

目の前に広がる光景。

首都に流れ込む川の青。見渡す限りの草原の緑。十日ほど過ごしたミリシオン。王城ホワイトパレスに、金色に輝く大聖堂、銀色に輝く冒険者ギルド。

エリス、ルイジェルドと一緒に見たのは、もう二十年近くも前になるのか。

当時とは細かい建物が違うし、住んでいる人も変わっているはずだが、こうして遠くから見ると、ほとんど変わっていないように見える。

「どうだい？」

こうした広々とした風景は、この世界ではよくあるが、自分で歩きまわった後にこうして遠くから見ることは少ないだろう。言い知れぬ感慨深さがあるはずだ。

そう思いつつ、俺は振り返り、子供たちの反応を見た。

「わぁ～！」

子供たちの反応は様々だった。

ルーシーは素直な感嘆の声を上げて笑顔を見せた。

最近はお姉さんぶっているが、こういうところはまだまだ素直で子供っぽい。

……おや、隣に立つクライブが、ルーシーの手を握ろうか、握るまいかと迷っているようだ。

だが、結局は握るところまでいかず、振り返り「すごいねっ！」と笑顔を浮かべたルーシーに赤面し、「別に、すごくないし」なんて言い出してしまった。

男の子だねぇ……。見ていて思わず頬が緩んでしまう感じだ。俺にもああいう頃があった……いや、あったかな？　なかった気もする。

ちなみに、今回はクリフも同行している。宿場町の方に出来た教会を、赴任前に視察してこいとのことらしいが、あくまで建前だろう。

教皇がエリナリーゼとの時間を作るよう、取り計らってくれたのだ。

「……将来はここに住みたい。甘いものたくさんあるし」

ララは眠そうな目を数秒ほど丸くした後、そう言った。

先ほど馬車の中でロキシーに聞いた話だが、クレアは相当ララを甘やかしたらしい。

毎日のように甘いお菓子を提供され、至福の笑みで毎日を過ごしていたそうだ。

心なしか、旅行前と比べてふっくらした気がする。黙ってても甘いものが出てくる楽園なら、そりゃ住みたいだろう。

「ねぇ、パパと赤ママも、前にここに来たことあるの？」

「ああ、今のお前より、もうちょっとお兄さんだったけどな」

「ふーん……」

アルスは頷いて、拳を握っていた。将来、冒険者になろうとか考えているのだろうか。

「ね、ね、ママ！　あれがニコラウス川だよね！　それで、あっちがゴブリンのいる森！」

「そうですよ。あれはなんだかわかりますか？」

「あれはね、凱旋《がいせん》の門でしょ！　凱旋の門は戦争が終わった時に聖ミリスが帰ってきた門なんだよね！　だから他よりもおっきいんだ！」

「正解です。詳しいですね」

ジークは目の前の光景にはしゃぎつつ、ロキシーに一つ一つ質問をぶつけていた。

彼は最近、アレクから様々な冒険譚《たん》を聞いているようで、妙に詳しい。

アルスより、こっちの方が冒険者になりそうだ。

「パパ、だっこ」

クリスは俺に向けて手を広げてきた。

「……クリスにはまだわかんないかな？」

「んー……」

抱き上げてやると、風景には興味ないとばかりに俺の肩に顎《あご》をのっけてきた。

相変わらずクリスは可愛いなぁ……。

「……」

リリはと見ると、彼女はシルフィに抱っこされつつ、数日前に露店で購入した魔道具をいじくっている。

こっちも興味なさそうだ。この二人に、風景を見て楽しむという行為は、まだ早いか。

いや、普通はこんなもんか。風景を見て素直に感動してくれるルーシーたちが早熟なのかもしれない。

「……懐かしいわね」

ふと、エリスが隣に来た。

「あの頃はこんな風になるなんて、思ってもみなかったわ」

そう言いつつ、エリスは懐かしそうにミリシオンを見下ろした。

赤い髪が風に揺れ、うなじが見える。まだ若いが、すでに幼さの存在しない横顔は、美人という言葉がぴったりくる。

「どうなると思ってた？」

「……世の中、もっと単純だと思ってたわ」

今は、そう単純だとは思っていないのか。エリスはあまり頭を使わない人だが、それでも考えないわけじゃない。子供を二人産んで落ち着いたのもあるだろうが、年月は人を変えるのだ。

「好きよ。ルーデウス」

唐突にエリスがこちらを向いて、俺の目を見ながら言った。

ドキドキしちゃう。どうしましょ。多分、今、あたしの顔、真っ赤だわ。

「俺もだよエリス」

なんとか平静を装ってそう言うと、エリスが少し体を寄せてきた。

エリスの体を撫《な》で回すチャンスだが、あいにくと両手は別の大事なものでふさがっている。

とりあえずクリスを撫で回すと、彼女はくすぐったそうな顔をして「んきゃっ！」と笑った。

「パパ、こちょこちょだめー」

「おっとごめんよ」

「こちょこちょしない？」

「しないしない」

そんな会話に、エリスがクスッと笑って、頬にキスしてきた。

続けてエリスはクリスの髪にもくちづけをすると、スッと俺のそばから離れた。

「さ、そろそろ行きましょ」

エリスのその言葉で、俺たちは馬車へと戻った。


青竜山脈を両断する谷。

大森林を縦断するそれを聖剣街道とするなら、聖剣の柄《つか》にあたる場所。

左右に切り立った崖がそびえ、かといって落石があるわけでもなく、薄暗い谷がどこまでもどこまでも続いている。

子供たちはそれを見て、最初はワクワクした表情を見せていた。

特にララは珍しく「お～」なんて声まで上げていた。

冒険の始まり。これから一体、どんな場所へ向かうのか。魔物は出てくるのか。この辺りには青竜がいると聞くが、見ることができるのか……。

そんな期待は、数日で打ち破られた。

風景は変わらなかった。

シーズンではないから、青竜も見られない。もちろん魔物も出ない。ただただ谷だけが続いた。

そんな日々に、子供たちは三日で飽きた。

ララはあからさまに飽きた飽きたと連呼し始め、たまに「レオの散歩」と言って馬車の外に出て、レオに乗って移動した。

隙《すき》あらば崖の上にでも登ろうとしたのかもしれない。

アルスやジーク、クライブも、口には出さないが、馬車が止まった時のエリスとの剣の練習や、子供たち同士での模擬戦、ロキシーとの魔術の練習が待ち遠しいようだった。何もせずに馬車で揺られるよりは、というところだろう。

クリスは「閉じ込められちゃったんだ」と泣き、リリは買ったばかりの魔道具を分解し、バラバラにしていた。

静かなのは、ラトレイア家からもらってきた本を読むルーシーぐらいなものだ。

馬車の中で本を読んで、よく乗り物酔いをしないものだ。

阿鼻叫喚《あびきょうかん》となりつつある馬車の中。シルフィたちと協力して子供たちをなだめたが……。

せっかくの旅なんだから、もっと面白い場所を通るべきだったかもしれない。安全ではあるんだけどなぁ……。

とはいえ。

そんなぐったりとした状態だからこそ、宿場町に着いた時の子供たちの興奮はひときわだった。

「ついたぁぁぁ！」

アルスとジーク、そしてララは、谷を抜けて町が見えた瞬間、馬車から飛び降りた。

「こら、待ちなさい！」

そのまま町へと走りだすのを、エリスとシルフィが追いかけ、首根っこを掴《つか》んだ。

二人はそれぞれアルスとジークの首根っこを掴んだものの、ララを乗せたレオはスルリと抜けて、少し高いところにある岩へと登った。

とはいえ、慌てることはない。

ここは聖剣街道、そうそう危険があるわけでもない。

「ララ！　まず宿まで全員で移動するのよ！」

エリスはそう叫んだが、妙にそわそわしている。

彼女もまた、この数日の間に鬱憤《うっぷん》を溜めていた一人だ。昔よりも大人にはなり、落ち着いたのだが、人間の本質はそう変わらない。エリスは一ヶ所にじっとしていられない人間なのだ。

アルスとジークはしぶしぶといった感じで馬車に戻った。

だが、ララは馬車に戻ってこなかった。目の前に広がる、どこまでも広がる大森林を見ていた。

「ララ、戻りなさい」

シルフィの言葉でララは振り返るも、レオは動かない。

ララはシルフィとレオを交互に見た後、レオの背中から下り、レオの背をポンポンと叩《たた》いた。

それでも動かないのを見て、少しだけ眉根を寄せた。

耐えかねたシルフィがララに近づいていく。

その手が伸ばされた時、ララは彼女を制するように手を出した。

「もうちょっと」

「明日もゆっくり見られるよ。早くしなさい」

「レオが、こうやって故郷を見るのは初めてだから、もうちょっと見てたいって」

「そっか……」

シルフィは困ったような顔で、俺の方を振り返った。

見せてあげたいが、しかし今は団体行動中。子供たちは爆発寸前で、早く移動した方がいい。

どうしよう。いくらレオが一緒にいるとはいえ、ララを置いていくわけにもいかないし。そんな気持ちだろう。

俺は馬車から降りて、ララのところに向かった。

「シルフィ。ララは俺が連れていくよ」

「……了解。遅くならないうちに合流してね」

シルフィは一言で察してくれたのか、あっさりと頷いて、馬車へと戻っていった。

俺は、レオが立つ岩の横に腰掛けた。

すると、ララも隣に座った。レオ、俺、ララの並びで座り、大森林を見る。

ほぼ平坦《へいたん》でまっすぐな道とはいえ、山の方に続いている道なせいか、大森林が見下ろせた。

見渡す限りの緑の中に、茶色の直線が一本走っている。なかなか壮観だ。

思えば、以前にここを通った時は振り返らなかったな……。

「ララ」

「なに？」

「レオは、懐かしがってるのか？」

「……懐かしいとは、思ってないっぽい」

ないっぽいか。

「へぇ……」

「……」

じゃあ、どんな感情なんだろうか。

バウリンガルがないとわからないが、ウチのバウリンガルはあまり詳しく話してくれない。何度も聞こうとすると、自分を通訳装置として使うなとでも言いたげな空気を醸すのだ。

まあいい、話題を変えよう。

「……ララ」

「なに？」

「十歳になったら言おうと思ってたんだが、成人したらお前はドルディア族の村で聖木の儀式を行うことになる」

「知ってる。聞いた」

「誰から？」

「レオ」

聖獣様直々にか。

「プルセナは知ってるよね」

「アイシャ姉の犬」

ひどい言い草だ。間違ってないけど。

「彼女と一緒に行くんだ」

そう言うと、ララは訝《いぶか》しげな表情を作った。

「……パパはついてこないの？」

「ついていきたいけど、獣族にとって特別な儀式だろうから、人族は見学もできないかもしれない」

それとも、ララはもしかしてあれか？　恥ずかしいからパパは見に来ないで、とか思ってるか？

まだ反抗期には早いと思うのだが……。

と、レオがこちらを向いた。

「ワフッ」

「……レオが、別にいいって」

いいというのは、見学してもいいということだろうか。

わざわざ翻訳してくれるってことは……ひとまず、ララは俺を嫌がっているわけではないのかな。

とはいえ、いずれ大きくなったら、きっと嫌がるようになるんだろうなぁ。

パパのパンツと一緒に洗濯しないで！　とか。

クリスだって、今はパパのお嫁さんになってくれるそうだが、大きくなったらどうなるか。

「パパ」

「ん？」

「大丈夫。期待してればいい」

「……ああ。そうするよ」

何をどう期待すればいいのかわからなかったが、とにかく頷いた。

するとララは満足そうに頷き返し、立ち上がった。そろそろ行くのか？

そう思い、振り返りつつ立ち上がろうとしたところ、

「うおっ……！」

いきなり肩に重いものが乗っかってきた。

視界に揺れる小さな靴を見て、ララが俺の肩に飛び乗ったのだとわかった。

「肩車」

「……レオの代わりかい？」

「今はパパに甘えたい気分」

そういう気分か。なら、甘やかしてやろうとも。ルーデウスさんは娘に甘いぞ。

「ウオオオォォォォォォ――――………ン」

俺が立ち上がると、レオが遠吠《とおぼ》えをした。その声は大森林の遠くまで響き渡った。

「温泉」

山といえば、温泉である。

あの後、宿場町へと入り、レオを見て雲霞《うんか》の如く集まってくる獣族をかき分けて宿に到着した。

宿場町を一通り観光した後、案内役を頼んでおいた炭鉱族《ドワーフ》タルハンドと合流。子供たちが寝静

まった後、夜に酒場へと繰り出して、大人だけでひと騒ぎ。

宿で一泊した後、翌朝早くに出発。

タルハンドの案内のもと、温泉地へとやってきた。

温泉地には魔物が出る、と聞いていたが、思った以上に町から近い位置にあった。元々岩場だった場所を綺麗《きれい》な乳白色の温泉が満たしたのだ、と言わんばかりの風景。広い温泉地を囲むように石壁が設置され、魔物への対策が講じられている。

登ってきた方向を見下ろせば、遠く眼下に宿場町が見える。

すなわち、絶景露天風呂。

当然のように混浴だ。しかし、入浴している人の数は少ない。

しかも人族がいない。チラホラと見える人影のほとんどは炭鉱族《ドワーフ》か小人族《ホビット》、あるいは雑多な獣族である。人族や長耳族《エルフ》の間では、温泉というものが流行《はや》っていないのだろう。

人族の場合、湯船にお湯を張って入るという行為すら、貴族ぐらいしかやってないらしいしな。

さて、人は少ない。

人族もいない。とはいえ、男はいる。

女もいるが、男がいる。

愛する妻と娘の裸体を見知らぬ男に見せてもいいものか。

いいや、よくない。

特に今回は、ウチの女だけではないのだ。

エリナリーゼもいる。いくらかつて冒険者界隈《かいわい》を賑《にぎ》わせた妖艶《ようえん》ストリッパーだとて、俺が人妻となった妖艶な長耳族《エルフ》の裸体を見ていいものか。

いいや、よくない。

というわけで、今回は湯帷子《ゆかたびら》を用意した。

濃い色の生地を使って作った貫頭衣《かんとうい》である。特に耐性などはございませんが、水着のようななちゅらるな着心地を実現しております。デザイナーはアイシャ・グレイラット。

「アイシャ姉、あっちに滝があるよ！」

「えっ？　どこどこ？」

「ほらアイシャ、あっちよあっち」

「あっ、待ってよママー」

そのアイシャは、初めての温泉に興奮したエリス、アルス、ジークと共に、広い温泉内をジャバジャバとかき分けながら探検している。

生地の色が濃いために透けてはいないが、濡《ぬ》れた布が張り付いて、体のラインが露《あら》わになっている。そんなものを惜しげもなく晒《さら》しながら、あっちに行ったりこっちに行ったり……。

エリスは多分気づいていないからいいとして……アイシャは恥ずかしくないのだろうか。

まあいいか。ここは誰もが入れる温泉の地。大事なところが隠れているなら、いいとしよう。

恥ずかしいと思う奴が恥ずかしいんだ。

ただ、他の入浴者に迷惑はかけないようにしてほしいものだ。

こんなところでも、マナーはあるだろうからな。

「ねぇ、青ママも昔、このあたりに来たことあるの？」

「そうですね。大昔ですが」

「聞かせて！」

「いいでしょう。あれは魔大陸を出てすぐの頃、駆け出し冒険者をようやく卒業した頃の話です――」

ロキシーはリリを抱きつつ、ルーシーに昔話をしている。

近くでクライブも話を聞いている。クライブの顔が赤いのは、薄着をしているルーシーが隣にいるからだろうか。だが、さすがに色を覚えるのはまだ早いぞクライブ君。

俺も、君のパパも、そんな早熟した恋は認めませんからね。

「……それで聖獣様、こちらが救世主様で？」

「わふ！」

「なるほど！」

「……」

ララとレオはというと、獣族に囲まれていた。ララはいつも通りのふてぶてしい顔だが、面倒くさそうだ。何しろ、宿場町からずっとだからなぁ。

「クリス様、暑くなったら言ってください。飲み物も用意してありますので」

「んー……」

リーリャはゼニスに足湯をさせつつ、クリスの面倒を見てくれている。

クリスは最初こそ俺に抱かれて入っていたのだが、熱いお湯が苦手だったようで、すぐに上がってしまった。今はゼニスにぴったりとくっついている。

まあ、大丈夫だろう。

「……はーッ！　最高ですわねぇ……！」

「炭鉱族《ドワーフ》の酒は初めて飲んだが、かなり強いな……でもうまい」

で、俺とシルフィ、エリナリーゼ、クリフ、タルハンドの五人は、湯船の一角で輪になって酒盛りをしていた。宿場町で買ってきた炭鉱族《ドワーフ》秘伝の酒だ。それを、氷で冷やし、飲む。正直、飲んだことのない味で、何から造られているのかもわからないが、これがまたうまい。

ふわりとした口当たりだがキレがよく、喉を通ると花の香りがふわりと抜ける。火照《ほて》った体に冷たい酒が染み渡り、その後じんわりと内側からも温めてくれる。

「ルディ、ね、ボクにも頂戴。ルディが飲ませて？　いいでしょ？」

シルフィは早々に酔っ払ってしまい、とろんとした表情で俺に寄りかかっている。

相変わらず酔っ払ったシルフィは可愛《かわい》い。二児の母とは思えない可愛い発言だ。これは子供たちには見せられないよ。

「ああ、もちろん」

温泉に浸《つ》かり、美女の腰を撫《な》でさすりながら一緒にうまい酒を飲む。

最高だ。ここが天国だ。

「……」

と、思うんだが……。

「……」

どうにも、さっきから寒気がする。

「……」

寒気の原因はわかっている。

俺の真正面で、静かに酒を飲んでいる男だ。

タルハンド。パウロが所属していた元『黒狼《こくろう》の牙』のパーティメンバーの一人。

S級冒険者として、現在もソロで活動を続けている。実力的にも信頼できる人物だ。

「……」

疑う理由はない。

何かされたとしても対処はできる。

一応は詳しい面接をして、ヒトガミの使徒ではないと確かめてある。

もちろんギースの例もある。

あいつは尋問に対して平気で嘘《うそ》をつき、好き勝手にかき回してくれた。だから確実ではないが、それを言い出せば誰も信用できなくなる。タルハンドは信用する。そう決めた。

だが、なぜだろう。

タルハンドの視線を受けると、背筋に寒気がするのだ。

温泉地に来るまでの道中もそうだった。

子供たちの乗った馬車を守りつつ、エリスを先頭に、エリナリーゼと俺が前衛、タルハンドがすぐ後ろを歩き、馬車の後方をシルフィとロキシーが固めた。俺は馬車が快適に通れるように、土魔術で整地しながら歩いたのだが、何度も寒気を覚えた。

そして振り返ると、タルハンドがこちらを見ているのだ。

まあ、進行方向が同じである以上、すぐ前を歩いている俺が後ろを振り返れば、視線が交差するのは当然だ。

子供を連れて魔物が出るところを歩いているから、過敏になっているのだろうか。

なんて考えていたのだが……。

今に至るまで視線がこっちを向いているのと、寒気がするのは、どうにも理屈に合わない。

「あの、なんでしょうか？」

とうとう耐え切れず、俺はタルハンドにそう尋ねた。

「何がじゃ？」

「道中から、やけに俺の方を見ているようですけど……」

「ああ……いやなに、パウロに似てきたと思ってな。ずっと見ておった」

「父さんに？」

「ああ、お主がエリナリーゼと並んで前を歩くと、昔を思い出すんじゃよ。エリナリーゼ、ギレーヌ、パウロの背中、後ろから聞こえるギースとゼニスの声……『黒狼の牙』で迷宮を探索していたあの頃をのう……」

タルハンドはヒゲを撫でながら、懐かしそうにそう言った。

俺は自分で背中を見られないからわからんが、そういうもんだろうか。

でも、じゃあなんで寒気がするのだろうか。不思議だ。

「ルーデウス、お気をつけなさいな、この炭鉱族《ドワーフ》、男もイケる口でしてよ」

「えっ」

クリフの肩に頭をのせたエリナリーゼにそう言われ、思わず声を上げた。

タルハンドはその言葉に、ムッとした顔をした。

「これ、誤解を招くような言い方をするでない」

そうですよね。

んもう、エリナリーゼさんたら。すーぐそうやってエロいことに結びつけて考えるんだから。

この淫乱エルフめ。

「わしゃ、男しかイケん口だ」

淫乱ドワーフ！

いや、待てよ。

じゃあ、この寒気は、そういうことか？　俺は狙われている!?

あ、あたしに手を出したら、エリスが黙っちゃいないわよ！　真っ二つよ！

と、思わずシルフィに抱きついて身震いする。

シルフィもまた、俺を守るように、キッとタルハンドに目を向けた。

「……安心せい、既婚者にも、そっちの気のない男にも手は出さんわい」

む、モラルがあるとおっしゃるか。

でもまぁ、そうだよな。ちょっと人と好みが違うだけだ。ストライクゾーンが他人と外れていて、しかも狭いだけ。そう考えれば、普通だ。

「でも、男の尻はジロジロと見てしまうのでしょう？」

「尻を見るのは男の性《さが》じゃ……わかるじゃろう？」

エリナリーゼの軽口に、タルハンドは少し困った顔でそう言った。

無論、その性はわかる。俺もさっきから、湯の中を歩きまわるエリスの尻を眺めているからね。

あっ、エリスがこっち見た。まさか寒気がしたのだろうか？

あ、胸元隠した！　やっぱりしたのか！　でも隠す場所が違うぞ、俺が見てたのは胸じゃなくて尻だぞ！

「パウロに似てて懐かしさを覚えるというのも本当のことじゃが……ま、嫌だというのなら、やめるがのう」

「いえ、見るだけならどうぞご勝手に」

「ほっほっ、そいつはすまんのう」

タルハンドはそう言って目を細めつつ、酒の入った瓶を手に取った。

「ほれ、もう一杯どうじゃ？」

「頂きます」

趣味趣向はそれぞれだ。向こうがモラルを持って接すると言ってるなら、必要以上に身構える必要はない。俺のボディは見られて減るもんじゃないしな。まぁ、タルハンドの肉体は熊のようにたくましいので、比べられると凹《へこ》みそうだが。

「それもしても、この案内、あなたが頼まれてくれるとは思いませんでしたわ」

エリナリーゼが、ふと、そんなことを言った。

「なんじゃそれは、どういう意味だ」

「だってあなた、故郷の方に行くのは避けてたじゃありませんの。この温泉地も、炭鉱族《ドワーフ》の縄張りでしょう？　知り合いに見つかったら、面倒くさいんじゃありません？」

タルハンドにも、何やら事情があるらしい。

そういえば、俺はパウロの元パーティメンバーの中で、この人のことだけはよく知らない。

まあ、興味がないというのもあるんだが。

「……………ふん。お前だって、儂《わし》らと旅をしていた頃は、一人の男とくっつくなんてありえないと言っておったじゃろうが」

「生きていると、考えが変わることもありますのよ」

「儂も同じじゃ。いい機会じゃから、そろそろ決着をつけようと思ってな」

「あら、男らしい」

「世辞はいらんわい。お前らを見たら、何十年も家族から逃げ続けるのが、あまりにも情けなく思えたっちゅうだけの話よ」

タルハンドはそう言って、苦々しい顔をしつつ杯をあおった。

「ということは、故郷に帰るんですのね？」

「まあな」

「ほら、ルーデウス」

名前を言われ、俺はエリナリーゼを見た。

一瞬、なぜ呼ばれたのかわからなかったが、これは、ちょうどいいからこの場でこいつに頼んでしまえ、ということだろう。しかし、家族とのこともあるだろうに、頼んでいいのだろうか。

いや、頼むだけならタダだ。

「タルハンドさん。実は俺も鉱神様と接触をするつもりなんですが……」

「鉱神に？」

「ええ、もしできれば、というレベルでいいんですが、今度俺が……龍神の配下が挨拶をしたい、という話だけでも通していただければありがたいのですが」

タルハンドが故郷でどんな立ち位置なのかわからない。

窓口にされても迷惑かもしれない。なので、控えめに。

「ふーむ……といっても、あやつは気難しいからのう」

そう。オルステッドもそう言っていた。鉱神は気難しく、気に入られるのも難しい、と。

一応、好きなものは酒と宝石、武具の素材に適した鉱石や金属。

だが、好きなものをチラつかせたぐらいでは、同盟を結んではくれないだろう、と。

「儂が頼んでも、断られるかもしれんぞ」

「お知り合いで？」

「まあな……」

タルハンドは難しそうな顔をして頷《うなず》いた。

もしかして、家族なのだろうか。帰ったらオルステッドとの打ち合わせで聞いておいた方がいいかもしれない。

「無理にとは言いません。タルハンドさんもいろいろあるでしょうから」

「そうさのう……」

タルハンドは考えながら酒をあおった。

顔を赤くしつつ、酒臭い息をブハッと吐いた。そして、俺の方を目を細めつつ、見た。

「まあ、少し考えさせてくれんか」

「わかりました。無理を言ったようで、申し訳ありません」

俺が頭を下げようとすると、タルハンドは酒瓶を手に取り、注ぎ口をこちらに向けた。

謝るな、いいから飲め、ということだろう。

俺はそれに従い、杯に酒を満たしてもらった。


風呂から上がった後、俺たちは宿場町へと戻った。

それから宿に家族を待たせ、ロキシー、タルハンド、エリナリーゼの三人と共に転移魔法陣を設置する場所を探しに出た。同行者は、山や森を歩き慣れた人物を厳選した形だ。エリスも来たがったが、彼女には家族の護衛についてもらった。

ひとまず四人で山の奥に入った。

温泉地より、もう少し先だ。

転移魔法陣を設置する場所は、できるだけ人がいない場所がいい。

アリエルがそのうち「主要な大国同士を結ぶ転移門を作りたい」と話しており、そのための計画も進んでいるが……。まだ先の話だ。

転移魔術の禁を解く。その計画が実現するかどうかもまだわからないため、俺が個人で作る分は、人気《ひとけ》のないところに設置する。あまり高いところだと青竜の縄張りに入りかねないので、あくまで人が侵入できる範囲で。

「この辺りにするか……」

良い場所を見つけたら、建物作りだ。

基本的には龍族の遺跡と似たような構造にする。四つの部屋を作り、そのうちの一つに隠し階段を作り、階下に転移魔法陣を設置するのだ。

ロキシーとエリナリーゼには外での見張りを頼み、土魔術で地下に穴を掘り、部屋を形成していく。内部の内装や大きさの指定などは、タルハンドに手伝ってもらった。

容易に見つからない場所に作ってはいるが、ここに設置するのは事務所に通じる魔法陣だ。

万が一にも、魔法陣を見つけられるのは困る。

というわけで、あくまで普通の遺跡を装いつつ、旅人が満足できるように、部屋の奥に宝箱っぽいものを設置しておく。ついでに、休憩できるような造りにしていく。

あくまでここは、大昔に旅人が休憩するために使っていた施設ですよ〜、って風情を出すのだ。

そのための装飾は、タルハンドが作ってくれた。

彼はさすがに炭鉱族《ドワーフ》だけあって器用だった。

俺が作った超硬のノミ一本で石を削り出し、部屋全体に古めかしく見えるような装飾を施してくれたのだ。

日が落ちる頃には、内部は百年前からそこにあったかのような佇《たたず》まいになっていた。

「さすがですね。これなら誰が見ても大丈夫でしょう」

「ふん、苔《こけ》もカビもない。見る者が見りゃあすぐにバレるわい」

あら。匠《たくみ》はこの仕事に少し不満があるようだ。

とはいえ、そんなすぐに見つかるわけでもない。

実際にこの建物が見つかる頃には、ちゃんと古ぼけて見えるようになっているはずだ。

掃除をする奴もいないしな。

「ていうか、今さらですけど、この辺りに勝手に建物を作っていいんですかね。炭鉱族《ドワーフ》の縄張りなんでしょう？」

「炭鉱族《ドワーフ》にとって、山は神のもので、建物は神への捧《ささ》げ物じゃ。誰が何を建てようと、文句など言わんわい」

そういうもんかね。

じゃあ地面の下ではなく、堂々と地上に作っておいた方がよかったかもしれない。入り口が地下にあるんじゃ、やましいものがありますと証言しているようなものだ。

まあ、今さらだが。

「完成したなら、行くぞい」

「少々お待ちを」

最後に、俺は魔法陣を起動し、転移した。

転移先が間違いなく、事務所の地下であることを確かめ、戻ってくる。

「オッケーです」

「……」

「タルハンドさんも、何かあったら使ってくれても構いませんよ」

「結構じゃ。儂は歩くのがいい」

タルハンドは頭を横に振り、そう言った。ひとまず、これで転移魔法陣は完成。

あとは、帰るだけだ。


翌日。俺たちは朝早くに宿場町を出ることにした。

クリフ、タルハンドとは、ここでお別れだ。俺たちは馬車に乗り、クリフとタルハンドに別れを告げる。

クリフは今日中に教会の視察を行い、数日後にはミリシオンに帰るようだ。

「クライブ。いい子にしているんだぞ」

「はい！　おとーさん！」

クリフは、クライブとの別れを惜しんだ。

何年も会わないわけではないが、やはり家族と別れるのは辛《つら》いのだろう。

「勉強も、剣術もしっかりな。それから、好きな子を泣かせるんじゃないぞ。優しくしてやるんだ」

「す、好きな子なんていません！」

「じゃあ、好きだと思った子、全員に優しくするんだ。いいな」

「……はい」

クリフはクライブの頭をポンと撫でると、俺の方を向いた。

「ルーデウス。もうあと何年か、リーゼとクライブを頼む」

「ええ、わかっています。クリフ先輩も頑張ってください」

「ああ」

クリフはそれ以上の言葉は必要ない、とばかりに後ろに下がった。

何も言わないのは、信頼の証《あかし》だろう。その信頼には応えたいものだ。

まあ、エリナリーゼがしっかりしてるから、やるべきことは少ないが。

そうだな、もしクライブが成人して、ルーシーを下さいと言ってきた時に備えて、クライブを男として良い方向に導いてやるぐらいがちょうどいいだろう。……いや、それもロクなことにならなそうだ。問題が起こった時に助けてやるぐらいか。

そう思いつつ、俺は少し離れた位置でエリナリーゼ、ロキシーと話をしていたタルハンドに近づいた。

タルハンドも、いったんミリシオンへと戻るらしい。炭鉱族《ドワーフ》の里に行くには、準備が必要なのだろう。

物の準備か、心の準備かはわからないが。

「タルハンドさん、ありがとうございました」

「うむ」

「家族のこと、故郷のこと……頑張ってください」

「ふん。あのパウロの息子にまで心配されるのは癪《しゃく》に障るが……」

そこでタルハンドは、俺の体を見た。ジロジロと、特に股間のあたりを見られている気がする。

「今朝、思ったんじゃが、鉱神はお主のアレを見せてやるだけで、案外喜んで会ってくれるやもしれんぞ」

「アレ?」

「昨日見せてくれた、お主の黒くて硬いヤツじゃ」

「えっ⁉」

俺の股間にある黒くて硬いの⁉

もしかして…鉱神もゲイ？

ていうか、俺のは言うほど黒くないぞ。硬いとは思うけど。硬いよね？　誰かと比べたことないからわかんないけど。ロキシー、赤くなってないでなんとか言って。それはわたしのものです、とか言ってあげて。

「タルハンド、黒くて硬くて太いのじゃわかりませんわ。もっと直接的に言いなさい」

「太いなんて言っておらんわ。あれじゃあれ。ルーデウスが土魔術で生み出した石じゃ。鉱石か、岩石か金属か……なんと言えばいいかわからんがの」

石か。そういえば、昨日の建築は黒い石をたくさん生み出した。

頑丈さを追求するため、かなり硬めのやつだ。

なーんだ。石か……。おや、ロキシーったら顔を赤くして。なになに？　なにを想像しちゃってたの？　やーだ、ロキシーったらはずかしー。まあ、俺も同じものを想像してたけど。

「見本があれば、持っていって頼んでやるが、どうする？」

「わかりました」

俺は即座にその場で土魔術を使い、石の延べ棒を作った。

黒くて硬くて太いやつだ。

もちろん、重い。十五センチほどの長さで、重さは十キロ以上あるだろう。

金メッキをすれば多分誰かを騙《だま》せる重さだ。金やプラチナより圧倒的に硬いから、すぐにバレるとは思うが。

「こんなのでいいんですか？」

「こんなのがいいんじゃ、もう何本かもらえるかの？」

タルハンドは俺から五本ほど延べ棒を受け取り、その重さに目を細めつつ、頷いた。

五本もあるとかなり重いと思うのだが……彼も熟練の冒険者ということか。

「では、達者でな」

タルハンドが踵《きびす》を返そうとすると、ロキシーが一歩前に出た。

「タルハンドさんも、お気をつけて」

「ロキシーも、病気などせんようにな」

「はい」

タルハンドはそう言って笑った。

ロキシーも、友との別れに少し微笑《ほほえ》んだ。

そうして、俺たちの家族旅行は無事に終わりを告げた。

思い返すと仕事ばかりしていたが、いい旅行だったと思う。願わくば、これが子供たちの経験となり、今後の糧にならんことを――。

なんてかっこつけても、俺には似合わんか。

皆、元気に育ちますように。

「厳しき大峰のタルハンド」

『厳しき大峰のタルハンド』は五十一人兄弟の三十七番目だった。

炭鉱族《ドワーフ》の一般的な家庭に生まれ、多くの兄弟姉妹に囲まれて育った。

五十一人というのは無論、一人の女性が産んだのではない。一般的にあまり知られていないことであるが、炭鉱族《ドワーフ》の集落においては、同世代の子供たちを一つにまとめるのだ。

いわば学校のようなものであるが、彼らはその集団から抜け出た後も、死ぬまで兄弟として扱われる。

こうして同世代の子供たちを兄弟として生活させることで、家庭間の貧富の差の意識をなくし、将来、集落を背負う立場になった時にスムーズな関係となることを目指している。

兄弟のうち、誰かが長《おさ》となり、誰かがそれを支え、誰かが妻となるのだ。

もちろん、これはあくまで炭鉱族《ドワーフ》の集落という、恵まれた環境の中でのことだ。

集落の外に出た炭鉱族《ドワーフ》には、こうした風習はない。

ともあれ、タルハンドは数十人の兄弟と共に育った。

普通の子供だった。土と鉄に興味を持ち、酒の香りを好み、鍛冶《かじ》師と建築師に憧れる。

普通と少し違うところといえば、女より男の方が好きだったことぐらいか。

さて、そんな彼の兄弟には一般的でない者がいた。

彼の弟、五十一人兄弟の三十八番目。

名を『誇らしき天頂のゴッドバルド』という。

ゴッドバルドには、才があった。炭鉱族《ドワーフ》の子供は物心がつくと、すぐに鍛冶や手芸、簡単な土魔術といったものを叩《たた》き込まれるのだが、その中において、ゴッドバルドは他を圧倒した。

金槌《かなづち》を握れば大人さながらに頑強な鋼《はがね》を生み出し、手芸をさせれば目を疑うような素晴らしい装飾品を作り、建物を見せればあっという間に悪い箇所を直してしまう。

炭鉱族《ドワーフ》の寿命は人族よりも長い。

ゴッドバルドが才を見せるようになった頃には、まだラプラス戦役を知る老人が生きていた。

彼らはゴッドバルドを見て「ラプラス戦役で死んだ先代の鉱神様の生き写しだ」と言った。

老人の言葉で、ゴッドバルドは次期鉱神候補として、特別扱いされるようになった。

子供たちも彼を将来の長となる人物として敬うよう、強要された。

タルハンドが変化し始めたのは、それからだ。

鍛冶や手芸に興味を持てなくなった。自分がどれだけ丹念に作っても、ゴッドバルドが適当に作ったものに見劣りするのがわかったからだ。決して誰かに比べられたわけではない。そもそも、大人はゴッドバルドの制作物しか見ないのだから、比べられるもなにもない。

ではタルハンドは一番になりたかったのか。

違う。一番になりたかったわけではない。

では、ゴッドバルドを敬うことが嫌だったのか。

それも違う。タルハンドはゴッドバルドと仲が良かった。

兄弟になった時、最初に仲良くなったのもゴッドバルドだった。

タルハンドの初恋もゴッドバルドだった。そんなゴッドバルドが鉱神となることは、喜ばしいことであった。

つまるところ、タルハンドはどうにかしてゴッドバルドの役に立ちたいと考えたのだ。

ゴッドバルドの足りない部分を補い、彼の右腕になりたいと思ったのだ。

そんなタルハンドが傾倒したのは魔術であった。

特に、炭鉱族《ドワーフ》の中で不要とされる、水魔術と風魔術を重点的に会得しようとした。

初代鉱神は神級土魔術の使い手であり、己が魔術で生み出した鉱石から、素晴らしい剣を生み出したという。だが、鉱神が名剣を生み出した時、風魔術と水魔術に長《た》けた長耳族《エルフ》の存在があったとも言われている。

鍛冶は土と火だけでできるわけではない。火を大きくするには風が必要で、鋼を冷やすには水が必要だ。そのことは間違いないはずなのに、炭鉱族《ドワーフ》の大人は理解しようとしなかった。

伝統が、格式が、今までの先祖は、炭鉱族《ドワーフ》は水と風は苦手で……。

あらゆる理由を並べて、タルハンドが水魔術と風魔術を会得するのを邪魔しようとした。

実際、タルハンドも水や風より、土魔術の方がずっと得意であった。

だが、ゴッドバルドは言った。

「俺はいいと思う。集落の大人は頭が硬すぎる」

タルハンドはその言葉に勇気をもらい、さらに魔術に傾倒していった。

そうしてタルハンドは炭鉱族《ドワーフ》の一般男性から、浮いていった。

そうなると、兄弟たちの中からもタルハンドを批判する者が現れた。

タルハンドは軟弱だ、鍛冶をしないなど炭鉱族《ドワーフ》の男にあるまじき女々しさだ。魔術など、硬い岩盤を緩くする程度に使えればいい、鍛冶に使うものも自然から生み出されるべきだ。

タルハンドはそうした批判に嫌気を覚えながらも、少しずつ研鑽《けんさん》を積んでいった。

全てはゴッドバルドのため。鉱神となる彼が成長した後、必ず自分の力が必要となる。

そう信じていた。

成人し、批判の声が呆《あき》れに変わり、集落の兄弟から爪弾《つまはじ》きにされ、集落で最も偏屈な変人と言われるようになっても、ずっとそう信じていた。

そして、その日が来た。

ゴッドバルドが鉱神に任命される日だ。

鉱神の襲名は言い伝えに則り、鉱神候補者が五本の剣を打つ。

五本の剣を打つ時はそれぞれ、鉱神候補者が選んだ、最も頼れる者が補助をする。

妻や親友、将来自分が鉱神となった時に炭鉱族《ドワーフ》の集落を支えていく幹部を、鉱神自らが選出するのだ。

タルハンドは、当然のようにそれに名乗り出た。

この日のために研鑽を積んできたのだ、と。

だが、驚いたことにゴッドバルドはタルハンドを選ばなかった。当時、集落の中で最も腕が良いとされていた者たちや、ゴッドバルドの恋人……それはまだいい。最後の一人に、タルハンドを愚か者と叩いていた、頭の硬い老人を選んだのだ。

タルハンドは抗議した。

こんな馬鹿なことがあってたまるか、俺はお前のためにやってきたんだ、と。

だが、ゴッドバルドは言った。

「お前は、まともな剣を打てるのか？」

無論、タルハンドは言った。

「打てる、自分にはできる、だからチャンスをくれ」

ゴッドバルドはその懇願に苦い顔をしつつも、提案を受け入れた。

頭の硬い老人と、タルハンド。二人がそれぞれ一本の剣を打ち、その出来を競う勝負となった。

その他、公正を期すため、我こそはと思う者はこの勝負に参加せよと呼びかけた。

参加者は大勢集まった。

タルハンドは愕然《がくぜん》とした。

水魔術も、風魔術も、この時のために鍛えてきたが、自分は鍛冶の修行など、子供の頃からほとんどしてこなかった。まともに剣を打ったことなど、数えるほどしかない。

不利すぎる。

「待ってくれ、俺はお前の補助で剣を打ちたいんだ」

そんな懇願は、

「一人でまともに剣を打てない奴に、俺の意図がわかるものか。意図がわからねば、補助などできるはずもなし」

という言葉で否定された。

意味がわからなかった。自分以上に、ゴッドバルドの意図を汲《く》める者などいないと思っていた。

それがなぜ……。

混乱の只中《ただなか》にあったタルハンドは、その後、策もなく勝負に挑み……。

負けた。

打ちひしがれたタルハンドは、白い目で見られながらその場を後にした。

そして後日、鉱神の襲名の儀を遠くに見ながら、集落を出た。


それから、タルハンドは冒険者として各地を転々とした。

基本は一人だった。

ゴッドバルドの件があってからというもの、人をあまり信用できなかったというのもある。

長いこと爪弾きにされて生きてきたため、人とどう接すればいいのかわからなかったのもある。

男色であることも引け目の一つだった。

鍛冶は炭鉱族《ドワーフ》の中で最低レベルだったとはいえ、長く研鑽を積んできただけあって魔術師としてはそれなりだった。

あくまで、それなりだ。そのため、重い装甲に身を包み、戦士と魔術師の中間のような戦い方しかできなかったが。しかしそれでも、タルハンドがソロで冒険者をしていくのはそう難しいことではなかった。

タルハンドがB級に上がった頃、ある人物と出会った。

エリナリーゼ・ドラゴンロードだ。当初、彼女はタルハンドの体が目当てだった。

たまには炭鉱族《ドワーフ》の若造でも食ってやるか、という意識もあったろう。とはいえ、タルハンドは男色である、エリナリーゼに興味はなかった。いくら誘惑されても乗ることはなかった。

それでもうっとおしかったため、最終的には自分が男色であることを明かした。

エリナリーゼはポカンとした顔をして、その後、けたたましく笑った。

タルハンドはその笑い声が不快であった。

だが、これでこの好色な長耳族《エルフ》ともおさらばできるだろうと我慢した。

しかしエリナリーゼはタルハンドからは離れなかった。理由はわからない。

あるいはエリナリーゼは、タルハンドとであれば、トラブルが起きないと考えたのかもしれない。

それから何度か、タルハンドとエリナリーゼは臨時でパーティを組んだ。

優れた戦士であるエリナリーゼは、重い装備に身を包んだ魔術師であるタルハンドと相性が良かった。

うっとうしいと思っていた人物とのパーティだが、不思議なことに、居心地は悪くなかった。

エリナリーゼが、常識や伝統、しきたり、ルールに縛られない人物だったからかもしれない。

とはいえ、固定でパーティを組もう、という話は出なかった。

だが、一人の少年が登場したことで、少し流れが変わった。

パウロ・グレイラット。

彼は当時バラバラだったエリナリーゼ、タルハンド、ギース、ギレーヌといった面々に声をかけ、パーティを結成した。

『黒狼《こくろう》の牙』である。

その結成にも一騒動あったが、まぁ、それは置いておこう。

『黒狼の牙』のメンツは、自分たちの生きている世界から爪弾きにされた者ばかりだった。

男色はタルハンドしかいなかったが、どいつも自分の欲望に忠実に生きていた。

特にパウロは独創的で、奔放だった。タルハンドが男色であると知っても笑い飛ばし、俺が女を、エリナリーゼが男を、お前が余ったのを食えば無駄がないな、なんて言った。

パウロはわかりやすい悪ガキで、ため息をつきたくなるような行動ばかりとっていた。

でも、その行動が何かに束縛されるものであった試しはない。

常識から生まれた行動でもない。世間的に悪徳とされることであっても、パウロは自分の意思に従い、「知ったことか」と唾を吐いた。

タルハンドにとって目から鱗《うろこ》が落ちそうな行動を、パウロは笑いながらやってのけたのだ。

パウロの行動は、『黒狼の牙』とそのメンバーの悪名を高めることになったが、しかし楽しかった。

パウロが何かをする度に、タルハンドは炭鉱族《ドワーフ》らしく、ガハハと笑った。

パウロたちに対する感情は恋慕によく似ていたが、少し違った。

恐らく、信頼だろう。タルハンドにとって、彼らは生まれて初めて信頼できる、仲間だったのだ。

しかし、その信頼は砕かれた。

ゼニスがパーティに入ってきたことで、砕かれた。

今まで奔放だったパウロが、ゼニスに気に入られようと常識的なことを口走るようになった。

それは確かに、パウロを人として成長させたのだと思う。

だが、パウロは最後に間違いを犯した。パウロがゼニスと結婚するために起こした騒動は、その場にいた全員の心に大きな傷跡を残した。傍《はた》から見ると些細《ささい》なことだったかもしれない。

でもタルハンドは思った、もう二度とパーティなど組まない、と。

その後、しばらく一人で旅をした後、フィットア領の消滅事件が起こった。

エリナリーゼと再会し、ロキシーと知り合い、彼女らとパーティを組んだことで、パーティは組まない、という気持ちは薄れたが……。

ともあれ、パウロという男に対する思いの強さは残っていた。

パウロと再会したのは、魔大陸を往復してからだ。

久しぶりに見たパウロ……そこにはもはや、タルハンドの知る悪ガキはいなかった。一人の大人、一人の親となった男が、懸命に家族を捜していた。この男は変わったのだ、大人になったのだ、とタルハンドは思った。

パウロの息子と会ったのは、ベガリット大陸が初めてだ。

あのパウロの息子。ルーデウス・グレイラット。どんなドラ息子かと思っていたが、思いのほかしっかりした子だった。とはいえ、成長したパウロの子供であれば、そう不思議なことではなかった。

パウロとルーデウス。

彼らを見ていると、なぜだかタルハンドの胸は締めつけられるような感覚に陥った。

理由は、わからなかった。

そして、パウロは死んだ。

あっけない最期だった。

ショックもあったが、自分以上にルーデウスがショックを受けているのを見ると、態度に出すのは憚《はばか》られた。いつも通り、泰然とした態度で酒を飲んだ。

その後、ベガリット大陸を出て、パウロの息子の家族を紹介され、あのパウロの息子が、一端《いっぱし》に家族を作り、家を建てて生活しているのを見て、パウロの墓参りをし、その前で酒盛りをして、魔法都市シャリーアから旅発《たびだ》った。

その時、タルハンドの中で、何かが終わった。

冒険者を始めた時から続く何かが。


虚無感の中、タルハンドはふと思い至った。

鍛冶の修行をしよう、と。

なぜそう思ったのかはわからない。だが、タルハンドはすぐにアスラ王国へと赴き、冒険者としての活動をしながら鍛冶場を借り、訓練を重ねた。ギースが賭博でつかまり、ほとんどの財産を失って、金稼ぎのためにミリス大陸方面に行った時も、休まず続けた。

使える全ての魔術を使っての鍛冶だ。

火を、土を、水を、風を。全て魔術で補った。

剣を打ち、篭手《こて》を打ち、盾を打ち、剣を打ち、鎧《よろい》を打ち、兜《かぶと》を打ち、剣を打った。

すると不思議なことに、かつてゴッドバルドに言われた言葉の意味がわかってきた。

言葉では言い表せない呼吸やタイミング、テンポ、力加減といった、繊細な何かがわかってきた。

上達は早かった。

ゴッドバルドの鍛冶の手つきが脳裏に焼き付いていたというのと、冒険者として生きてきて、どういった武具がより優れているかということを知っていたのが大きかった。

魔術の使い方も、集落にいた頃とは段違いだ。

冒険者としての日々は、タルハンドを確かに鍛えていた。

そうして活動を続けていると、タルハンドの武具を購入してくれる者も現れた。

ルード傭兵団《ようへいだん》だ。ルーデウスの知り合いということで、傭兵団の支部長がタルハンドのスポンサーになってくれたのだ。

お陰で、ミリシオンの一角に、自分の鍛冶場を構えることもできた。

しかし、相変わらずタルハンドは、何のために自分がこんなことをしているのかわからなかった。

冒険者の片手間に鍛冶師の真似事をする意味が、わからなかった。

わかったのは、ルーデウスが家族全員を連れて、魔法都市シャリーアからやってきた時だ。

あのパウロの息子が、ラトレイア家と対等以上に接しつつ、子供たちを育てている。

それを見て、タルハンドは悟った。理解した。

自分はあの集落に戻らなければならない。あの頃の決着を、つけなければならない。

そのための鍛冶だ。

★
★
★

ルーデウスから黒石塊をもらった後、タルハンドは己の鍛冶場に戻った。

昔から、もしこういう石を魔術で作れたらこう作ろうという発想はあり、理論も考えていた。

かつては夢物語だったが、今はそのための訓練も十分に積んだ。

「……」

まずはルーデウスの黒石塊を土魔術と金槌で分解した。

それを砂鉄と混ぜて炉で熱する。通常の炉の火力では溶けないため、火魔術と風魔術を用いて、温度を上げられるだけ上げる。

芯金《しんがね》にも玉鋼《たまはがね》にも、ルーデウスの石塊の粉末と砂鉄を混ぜたものを用いる。

比率は変えるが、基本は同じものである。

あるいは赤竜の鱗や、ヒュドラの硬骨を使えば、より凄《すさ》まじい剣が生み出せただろうが、タルハンドは使わなかった。それでは、意味がないからだ。

その後じっくりと焼き入れをし、一晩休まずに、気力と魔力を少しずつ使いながら力強く鍛え続ける。

その結果、一本の剣が生まれた。

黒い刃を持つ、頑強な剣だ。

特殊な装飾はなく、特殊な効果も持たない。

だがタルハンドはその一本に満足し、鞘《さや》を作り、上等な毛織物で丁寧にくるむと、背中に背負った。

さらに残った黒石塊を袋に入れ、ミリシオンを出発した。

目的地は、炭鉱族《ドワーフ》の集落である。


久しぶりに訪れた炭鉱族《ドワーフ》の集落は、何も変わっていなかった。

崖の脇に広がる石造りの村。高い石壁に囲まれた町中からは、鉄を打つ音が絶えず響いている。

タルハンドは入り口では特に咎《とが》められず、通過できた。

すでにタルハンドは集落の者ではないが、人族でもない。

見知らぬ炭鉱族《ドワーフ》が出入りするのを見咎めるほど、炭鉱族《ドワーフ》の見張りは細かくはなかった。


「……」


崖には大きな穴が開けられ、そこをひっきりなしに滑車が出入りしている。

上半身裸の男たちは汗だくになりながら炭や鉄鉱石を運び出し、女たちは両肩に大量のふかし芋を担いで鉱山前の休憩所へと歩いている。

それを見て、タルハンドは懐かしさを覚えた。まるで時が止まったかのように、そのままだったからだ。ただ一つ変わっていることがあるとすれば、タルハンドを知らない者が増えたぐらいか。

歩いていて、訝《いぶか》しげな目を向けられることはあっても、白い目を向けられることは少なかった。

ほとんどの者が、タルハンドを知らないか、憶えていないのだ。

タルハンドはそのことに眉一つ動かさず、族長の家へと急いだ。

目指す場所は一つだ。

「……久しいな、『厳しき大峰』の、何をしに来た？」

だが、当然ながら憶えている者もいる。タルハンドの前に立ちふさがったのは、兄弟の一人だった。幼き日にタルハンドを笑い、鉱神の腹心として選ばれた男である。

「鉱神様に会いに来た」

「身の程をわきまえろ、貴様のような者にお会いになるか」

「……」

その言葉に、タルハンドは無言で背中のものを取り出した。

上等な毛織物を取り去り、鞘から抜き放った瞬間、男はハッと息を飲んだ。

漆黒の刀身が、そこにあったからだ。光すら吸い尽くすような漆黒であるが、しかし禍々《まがまが》しさや卑しさは一切感じず、逆に清々《すがすが》しさと誇らしさのようなものさえ感じられた。

ぞっとするような美しさであった。

「それは……？」

「儂《わし》が打った」

「馬鹿な……」

炭鉱族《ドワーフ》の鍛冶は、剣で全てを語る。素晴らしい炭鉱族《ドワーフ》は、素晴らしい剣を打つ。

ゆえに、それをあのタルハンドが打ったとは思えなかったのだ。

「献上する」

鉱神という名は、世界中で最も優れた鍛冶師の称号の一つであり、炭鉱族《ドワーフ》の誇りであるとされる。

鉱神には、世界中に散る鍛冶師が、これぞというものを打った時、その出来を見る義務があるとされている。

無論、半端なものであれば、その前に目利きの炭鉱族《ドワーフ》が篩《ふるい》にかけ、弾《はじ》く。

そして目の前の男は、その目利きであった。

「……」

男はタルハンドのことが好きではなかった。

だが、剣は嘘《うそ》をつかない。この黒い剣には装飾もなく、特殊な技術が使われているわけでもない。

恐らく、硬い。生半可な戦いでは、決して折れぬであろうことを見て取った。

すなわち、業物である。炭鉱族《ドワーフ》たるもの、この剣に嘘をつくわけにはいかない。

「許可する。行くがよい。厳しき大峰のタルハンドよ」

「感謝する。炎の刃金のドートルよ」

タルハンドは古き兄弟の名を思い出し、頭を下げ、剣を鞘に戻し、毛織物に包んで背負い直した。

鉱神の元にたどり着くまで、何度か同じように呼び止められた。

しかし、剣を見せると、誰もがタルハンドに道を譲った。

『鉱神』――誇らしき天頂のゴッドバルドは、タルハンドの記憶よりも若干老けていた。

当然だろう。タルハンドがこの集落を出てから、長い年月が経《た》っているのだから。

「老けたな、タルハンド」

「お主もな」

「とっくにどこぞで野垂れ死んだのかと思ったぞ」

「儂も、そのつもりじゃった」

短い挨拶。ゴッドバルドの脇には、彼の妻と腹心が控えている。

久しぶりに現れた集落一の変人に、彼らは警戒心を露《あら》わにしていたが、タルハンドとゴッドバルドの間にピリピリとしたものはなかった。

タルハンドが、心穏やかな気持ちでゴッドバルドと相対したからだ。

「……」

「……」

とはいえ、ゴッドバルドと何かを語るつもりもなかった。

話せることはたくさんあった。自分が集落の外で何を見、何を経験したのか。

しかし何も言わなかった。言葉は不要だ。タルハンドは己が持ってきたものを、無言でゴッドバルドへと差し出した。

ゴッドバルドもまた、無言でそれを鞘から抜き放ち、刀身を見た。

「……ほう」

一目見て、ゴッドバルドから感嘆の声があふれた。

黒剣。ゴッドバルドはそれを持ち、光に透かして検《あらた》めた。

「信念が宿った良い剣だ……迷いも甘さもない、だが未熟さが各所に見える。同じ材料と工法を使ったとしても、俺の方が格段に良い剣を打てるであろうな」

そう言われ、タルハンドは口の端に笑みを浮かべた。

当然だ。いくらタルハンドがこの数年で鍛造鍛冶に力を入れたとしても、百数十年も研鑽を続けている鉱神の足元にも及ぶはずがない。わかりきったことだ。

「……ふふ」

「何がおかしい？」

だが、そこではない。そこではないのだ。

「材料と工法を知りたいかの？」

「気になる。不思議な剣だ」

献上した剣の材料と工法を伝えるのは、珍しいことではない。

何のために鉱神に剣を献上するかといえば、その作り方を後世に残すためだ。どんな材料を使い、どんな作り方で、どんな工夫をしたのか。それを歴史に残したいと思う者は、少なくない。

「材料は土魔術より作り出した石塊じゃ。土魔術で砂にし、砂鉄と混ぜ合わせた。それを火と風の魔術で温度を上げた炉で溶かした。あとは、いつも通り、普通に叩いて、焼き入れた。冷却に、水魔術を使いながらのう」

「土魔術で作った石……」

ゴッドバルドはその言葉に引っかかりを覚え……そしてすぐに思い至った。

ゴッドバルドは、その工法を知っている。小さい頃、目の前の偏屈野郎に何度か教えてもらった。

「意趣返しというわけか？」

「いいや。ただあの時の決着をつけようと思っただけじゃ」

「……この剣を見れば、俺がお主に、戻ってこいと言うとでも思ったか？」

「いいや。でもお主は、儂が欲しかった言葉を言ってくれた。それで十分じゃ」

俺の方が格段に良い剣を打てるであろうな、と。

その言葉だけで、タルハンドは満足だった。幼い頃からの心の膿《うみ》が、吐き出されていく気分だった。

ああ、そうだろう。ゴッドバルドが同じ材料、同じ工法で打てば、格段に良いものが出来上がるだろう。

だが、魔術を使わなければ石は砕けず、熱された鉄はただの水では冷却しきれない。

そう、例えば、相応の魔術が使える者がいなければ……。

もっとも、目の前の天才鍛冶師なら、タルハンドと同じ方法を使わずとも、石塊を上手に料理するだろうが。

「で、その『石』は、タルハンド、お主が作り出せるのか？」

「……いいや。作り出せるのは儂の友の息子じゃ」

タルハンドは己のバックパックから、三つの石塊を取り出した。

それを並べて、ゴッドバルドの前に置く。ゴッドバルドは石塊に手を伸ばし、その重さにまず目を見開いた。そして、割って断面を確かめようとして、それができず、ハンマーで叩き割ろうとして、それも叶《かな》わず、その硬さと靭性《じんせい》に驚いた。

同時に湧き上がってくる、この石で武具を作ったら、という思い。

ゴッドバルドに笑みが浮かぶ。

タルハンドはその表情を見て、満足げに頷《うなず》いた。

子供の頃から、ゴッドバルドの表情は変わらず、わかりやすい。

「もう何日かしたら、そやつがお主の前に現れる」

「……」

「会ってやってはくれんかのう？」

タルハンドはルーデウスの顔を思い出しつつ、柔らかい声音で言った。

すでに自分の目的は達した。欲しい相手から、欲しい言葉がもらえた。

あとは、きっかけをくれた男の頼みを果たすだけだ。

「まあ、少々頼りなく見える上、それに見合わん厄介な願い事を持ってくるじゃろうが……。見た目に似合わず、ガッツのある男じゃ。会って損はない。その剣にかけて、儂が保証しよう」

ゴッドバルドは剣と、石塊を見比べた。

脇にいる妻と側近が何か言いたそうにしていたが、意見を聞くつもりはなかった。

タルハンドは見違えた。その原因の一端に、この石を作った魔術師が関わっているのだろう。

興味が湧いた。

「いいだろう。名は？」

「ルーデウス・グレイラット」

「うむ」

ゴッドバルドが頷き、その名を心に刻んだ。

それを見て、タルハンドは立ち上がった。

口約束だが、十分だろう。ゴッドバルドは約束を破る男ではない。かつてタルハンドは約束を破られたような気持ちにもなったが、あれは約束を破ったわけではない。

ただタルハンドが未熟で、身の程知らずだっただけだ。

「行くのか？」

「ああ」

「今のお主なら、誰も文句は言わんぞ」

「儂はミリシオンに鍛治場を構えた。死ぬまでそこにおるだろうよ」

タルハンドはそう言って、鉱神の住居から出ていった。いつの間にか、鉱神の住居の周囲には、かつての兄弟たちが群がっていた。

視線は鋭く、中にはあからさまに蔑《さげす》む者もいる。

「すまんが、通るぞい」

タルハンドが歩き出すと、彼らは道を譲った。

困惑と侮蔑《ぶべつ》の入り混じった視線の中、タルハンドは集落の外へと向かう。

声をかけてくる者はいない。追ってくる者もいない。

だが、タルハンドの足取りは軽く、心は晴れ渡っていた。

呪いが、ようやく解けたのだ。

鉱神が大量の石塊と引き換えに龍神と手を結んだのは、それからひと月後の話である。

無職転生

～蛇足編～

『剣の聖地に住まう神』

「剣神ジノ・ブリッツ」

剣神ジノ・ブリッツ。

彼は剣神史上最弱と言われている。

生涯に一度も剣の聖地から出たことはなく、強敵を倒したという逸話もない。

知名度は剣神の中で最も低く、後の世で彼は「世代交代で剣神になっただけの存在」などと語られる。

実際に彼が最弱かどうかを確かめた者は少ないが、一つだけ確かな事実がある。

彼は歴代の剣神の中で、最も長生きした。

ジノ・ブリッツは剣の聖地で生まれた。

父親は剣帝、母親は剣神の妹である。

物心がついたのは三歳の時だ。ジノの最古の記憶は、素振りである。子供用の木剣を持って、父に素振りの仕方を教わっていた。

その記憶に基づくように、子供時代のジノの日々は、剣術に支配されていた。

朝起きて走り込みと素振りをして、朝ご飯を食べたら稽古、昼ご飯を食べたら稽古、夕暮れを過ぎたら少し休憩を挟んだあと夕食を食べ、素振りをして寝る。

そんな生活だ。

とはいえ、ジノは、剣術がさほど好きではなかった。

当然のように稽古を続けてはいたものの、あくまで親にやらされたからやっていたに過ぎない。自分の意志でやりたいと思ったことなど、一度もなかった。

小さい頃は、それでもよかった。ジノの周囲には、剣術をやる人間か、剣術をやっていた人間しかいなかった。他の子供たちも当然のようにやっていたし、剣帝である己の父と、剣神の妹である母は、ジノが新しい技を学ぶと褒めてくれた。

今は引退した近所の爺《じい》さんだって、ジノが木剣を持って走り回っていると、感心な子だねと褒めてくれた。

何の疑問も挟む余地がなかった。剣術はジノにとって生活だったのだ。

だがジノが成長し、年齢と級が上がるにつれて、周囲は変わってきた。

剣を持つだけで喜んでいた剣帝の父は、上級に上がる頃には厳しくなった。

相手より、強くなるために剣を振れ。お前はまだ弱い、少し才能にあふれるからといって増長するなとジノに教え、今まで以上に厳しい稽古を重ねた。

生まれ育った道場の大人たちも、最初は微笑《ほほえ》ましくジノを見守ってくれたものの、ジノが中級、上級と順調に級を上げ、試合をして負けるようになると、露骨に不快な目を向けてくるようになった。

その頃からジノにとって剣術は、面白くないものへと変わった。

かといって、他にやりたいことがあるわけでもなかった。

あるいは他の国の子供であれば、冒険者になりたいだとか言い出したかもしれない。

しかしジノからは「家を出る」という発想が出てこなかった。なぜか。

両親も、彼にそうしたことは教えなかった。教える必要もなかったからだ。ジノは、ある時期まで、剣の聖地の外に別の世界が広がっていることを知らなかった。

ジノにとって、剣の聖地こそが、世界の全てだった。剣術とはすなわち、空気を吸うとか、食べ物を食べるとか、そういうものと同列であった。

だから、剣術は続けた。

そんな彼の幼なじみであるニナは、唯一の友人でもあった。

ニナは、剣神の娘だった。剣の聖地では、聖級未満の者は、本道場には入れない。上級以下は、子供たちも含めて、自宅近くにある道場に放り込まれる。ニナは剣神の娘だったが、例外ではなかった。

同世代の子供はニナだけではなかったが、剣の腕前がジノと同じぐらいなのはニナだけだった。

彼女とは話が合った。剣の聖地における子供の話題といえば、もっぱら剣術のことだ。

だが、ジノは剣術が好きではないとはいえ一種の天才であり、その理論は子供時代から、やや突飛なものだった。

それについてこられるのは、同世代ではニナだけだった。

ニナはガキ大将だった。同じぐらいの子供たちを集めて、自分がその頂点に立っていた。

同じ道場の子供たちだけではない。剣の聖地にある、全ての道場の子供たちの頂点だ。

剣神の娘ということもあったが、ニナにはその実力があった。子供たちの中で、最も剣術が強かった。剣の聖地の子供たちにとっては、剣の実力が全てを測る指標なのだ。

ニナは剣術の訓練の合間をぬって子供たちをまとめ上げ、秘密の組織を作り上げた。

子供だけの組織だ。ジノはその中で、副隊長のような役割を任された。二番目に強かったからというのもあるが、ニナと最も話が合ったからでもあるだろう。

ニナとジノ。

恐らく、この二人だけが、剣術に対して見えているものが、違ったのだ。

その証拠に、ニナが従えていた子供たちの中で、後に剣聖以上の階位を得た者は、ほとんどいない。

その組織は五年ほど続いたが、ニナが剣聖になると同時に、消滅した。

そう、ニナとジノは、ほぼ同時期に剣聖になった。

歴史上で見ても、かなり早い方であったと言える。

特にジノだ。彼は十二歳という異例の若さで剣聖となった。

ジノが剣聖になった時、周囲は「最年少ではないのか!?」と驚きの声を上げた。

父も母も諸手《もろて》を上げて褒めてくれた。

だが、ジノは別に嬉《うれ》しくもなんともなかった。言われたことをやっていたらなれたという感じで、さして凄《すご》いこととは思っていなかったし、四つ年上のニナが自分より強いことを知っていたからだ。

ニナとジノは剣聖になり、本道場での稽古を許された。

といっても、変化はなかった。

毎日、毎日、剣の修行。

変わらない。歳と実力が近いこともあり、稽古をするのはいつもニナと。

変わらない。ニナは相変わらず、ジノを子分扱いして連れ回した。

変わらない。ニナの周囲にいるのが、年上の女性剣士になったけど、ガキ大将であることは、変わらない。

変わったことといえば、自宅から道場までの距離が遠くなった程度だ。

ああ、いや。ニナの父、剣神ガル・ファリオンから教えを受ける機会が増えた。

彼は、ジノの父とはまったく違うことを言った。

「己のために剣を振るえ」

ガルの言葉を要約するとそんな感じだった。

父は「強さのために剣を振るえ」とか、そんな感じのことを夕食の席でよく口にしていた。

ジノはそのニュアンスの違いをなんとなく嗅ぎ取ったが、しかし詳細や、どっちが正しいのかまでは、イマイチよくわからなかった。

どちらに対しても、ピンとこなかった。

なんにせよ、時折行われる稽古をこなしていれば、特に怒られることもなかった。

あとは、時折行われる模擬戦で負けすぎなければ、誰かに何かを言われることもない。

本道場に移動することで模擬戦の勝率は落ちたが、ジノより十歳以上も上の大人との戦いだ。多少負けたところで、咎《とが》められることはなかった。

変化はあったが……大きくは変わっていない。そう思っていた。

大きな変化が起きたのは、やはりあの日だ。

彼女が来た。

エリス・グレイラットが。

★　★　★

エリスは剣の聖地にやってくるや否や、鮮烈なデビューを遂げた。

ジノを、そしてニナをあっという間に打ち倒し、その場にいた全員に強烈な印象を与えた。

完全敗北。

だが、そのこと自体は、ジノにとって大きな変化ではなかった。

ジノにとって、負けることなど日常茶飯事だ。

同世代では天才と嘯《ささや》かれてはいたものの、ニナには負け続きである。

あのような不意打ちで負けたのは初めてだったが、父や剣神と剣を合わせることがあれば、似たような結果に終わる。

なら、どっちにしろ、同じようなものだ。

悔しい、という気持ちはないでもなかったが、剣神に「ジノの方が甘い」と断言され、その日の晩に父にも叱《しか》られた結果、すぐに霧散した。

ああ、ああいうことをやってもいいんだ、と学んだだけだ。

学んだといっても、『道場では顰蹙《ひんしゅく》を買うから控えよう』と思う程度には、ジノは分別があったが。

大きく変わったのは、ニナだ。

ニナは、ジノとは違った。彼女は痣《あざ》の残る顔を悔しさで真っ赤に染めて、その日は一度も喋《しゃべ》らなかった。

道場での稽古が終わり、家に戻ってくると、裏庭で人知れず泣いていた。

泣きながら、素振りをしていた。

許さない、許さない、許さないと繰り返し呟《つぶや》きつつ……。

ジノは彼女に声をかけることが憚《はばか》られた。ニナにとって、同年代に負けるというのは初めての経験だったのだろう。それも、ただ剣で負けたのではない。ジノが後から聞いた話によると、鉄芯入りの木剣まで使って負けたのだ。

綺麗《きれい》に負けたわけでもない。

倒れ、上に乗られて延々と殴られて、恐怖と痛みで小便まで漏らして負けた。

この上ないほど無様《ぶざま》な負けだ。そんなものを、生まれて初めて経験したのだ。

それから、ニナのエリスに対する攻撃が始まった。

最初、ニナは女性剣士たちと共謀して、エリスを仲間はずれにしようとした。

だが、エリスは最初から誰かとつるむ気はなかったため、失敗に終わった。

エリスは誰よりも純粋に、強さを欲していた。剣の聖地の内部事情など、知ったことではなかったのだ。

ニナは相手にされず、日頃からフラストレーションを溜《た》めていた。

何かある度にエリスの悪口を吹聴し、時にはジノにも愚痴を言った。

ジノはそんなニナのことが、あまり好きではなかった。ニナがガキ大将だった頃は、もっとカラッとしていた。仲間内で気に入らない相手がいたとしても、仲間はずれにはしなかった。

長い付き合いのあるジノから見ても、当時のニナは嫌な人間だった。

それが変わったのはある日のことだ。

ニナは、誰にも行き先を告げず、フラッといなくなったのだ。

無論、誰も心配する者はいなかった。

ニナは剣の聖地からほとんど出たことのない世間知らずだが、剣聖だ。

エリスに触発され、自主的に武者修行に出たのかもしれない、なんて話になった。

心配するどころか、感心する者が多かった。

ジノもまた父親に「お前もそろそろ外の世界を見てくるといいかもしれない。赤竜の一匹でも狩れば、お前のその緩んだ面構《つら》えも変わるかもしれん」なんて言われたぐらいだ。

ジノはいっそ本当にそうしてやろうかと思ったが、実際には行動しなかった。

今まで出たことのない外の世界に対して、大した興味も持っていなかったからだ。

ついでに言えば、少し恐怖も抱いていた。

剣の聖地の大人は、大半が『外の世界』を知っている。

でも、せいぜい隣の国とか、自分の住んでいた国を知っている程度だ。

実体験として、世界各地を回った人は、そう多くない。たまに話をしてくれるが、大抵はどこでどんなヤツを、どんな風に倒したという武勇伝だ。

そんな中で、武勇伝より、むしろ失敗談を語ってくれた大人がいた。

ギレーヌ・デドルディア。剣王ギレーヌだ。

彼女は冒険者として世界を回ったが、あまりに馬鹿だったために各地で死にかけたと話してくれた。

「この世界は、どれだけ剣の腕に優れている人間でも殺される。魔術や算術、せめて文字ぐらいは読めなければ、すぐに死ぬ」

ギレーヌは真面目くさった顔でそう語り、ジノはそれを信じた。

ジノも剣の聖地の他の子供たちと同様、文字は読めないし、魔術も算術もできなかったからだ。関心もなく、むしろ剣術ではどうにもならない恐怖ばかり。

そんなわけで、外の世界へ行く気も起きなかった。

ともあれ、ジノはニナを追うこともなく、日々を過ごした。

ニナが戻ってきたのは、二ヶ月が経過した頃だ。ジノは彼女に、旅の内容について尋ねたが、ニナは何も教えてくれなかった。

ただ、何か、あったのだろう。

その日から、ニナは変わった。

エリスに対する嫌がらせをやめて、剣術に対してより真剣に、そして真摯《しんし》になった。

他の女性剣士との付き合いがほとんどなくなり、傲慢《ごうまん》な態度は鳴りを潜めた。

自由時間のほとんどを特訓に費やすようになった。特訓といっても、ジノと実戦形式でひたすらに打ち合うだけだ。ジノは子分であるかのように付き合わされ、何度も何度も剣を交えた。特に会話もなく、ただ打ち合うだけ。

そんな日々が、続いた。

そして、ジノがニナに惹《ひ》かれ始めたのは、その頃だった。

恋を自覚したのは、それから長い年月が流れてからだ。

それまでの間に、いろんなことがあった。北帝オーベールが来たり、水神レイダが来たり。

ジノにとっては、どれも興味のないことだったが、ニナにとっては違った。

ニナはエリスに触発され、めきめきと強くなった。

特訓に付き合わされていたジノもまた、それに引っ張られるように強くなった。

だが、次第にニナに勝てなくなってしまった。

以前からあまり勝てなかったが、勝率はどんどん落ちていった。

いつしか、ニナとジノの間に、大きな差が出来ていたのだ。

ジノは、そのこと自体には、別になんとも思わなかった。

ニナに勝てないのは、昔からそうだった。五回に一回しか勝てないのが、十回に一回しか勝てない状況に変わったところで、そう大きな変化ではない。

だが、なぜだろう。なんとなく、置いていかれた気持ちになっていた。

そんなある日、剣神ガル・ファリオンが、エリスと、ニナと、ジノの三人を呼んだ。

剣神は三人に「剣聖と、剣王と、剣帝の違い」について問いかけ、答えさせた。

ジノには、その答えがまったくわからなかった。

だが、エリスとニナは違った。ニナは考えながらも答えを出し、エリスは間違いだと言われた答えを正しいと言い切った。

剣神はそれもまた良しとして、ニナとエリスの二人を戦わせた。

勝った方を剣王にすると宣言して。

そして、エリスが勝った。エリスは剣王となり、ニナは泣いた。

泣いたニナを見て、ジノは不思議な気持ちになった。

無意識のうちに拳が握りしめられ、口元が引き締まった。

感情の正体はわからない。理由もわからない。焦っていたのかもしれない。悔しかったのかもしれない。なぜ自分があそこに立っていないのか。あの二人と戦う権利すらないのか。このままだと、自分はどうなってしまうのか。

そんな感情を持ったのは、ジノにとって初めてのことだった。

同時に、気づいた。

剣神ガルがニナに問いかけた「ジノと結婚するのと、剣王になるのと、どっちか選べと言われたら、どっちを選ぶ？」という問い。

それを聞いて、自分の顔が熱くなるのを感じて、否定の言葉が出てこないのを感じて。

自分はどうやら、ニナが好きらしい、と。


それから、ジノは少し変わった。

普段の行動が変わったわけではない、父や剣神に与えられる稽古をこなし、ニナとの特訓を続けた。エリスが剣の聖地を発《た》っても、それは変わらない。ニナとの試合内容が、前よりも高度になっていたぐらいだ。

変わったのは、剣術に対する心構えだ。

以前より積極的になった。普段の稽古の意味や、技の一つ一つに対してよく考え、いろんなことを試すようになった。

効果は劇的だった。

あっという間に、ニナと互角ぐらいにはなったのだ。

おかしなことではない。元々、ジノには才能があった。日々の訓練で土台もできていた。

ニナも変わった。剣王となったニナは、エリスが剣の聖地から出ていった後、近くの村や町までよく行くようになった。魔物を狩ったり、大きな町にある道場で指導をしたり。

ニナは自分の剣術の腕を向上させるだけでなく、そういったことも積極的に行うようになった。

対するジノは相変わらず剣の聖地に引きこもりっぱなし。

もはや外の世界が怖いなどとは思わなかったが、しかし出ていく気にはならなかった。

理由はジノにもわからない。あるいは理由などないのかもしれない。しかし、ないといえば、外に出ていく理由もなかった。彼はニナがいない時でも勤勉に稽古をし、時に父である剣帝を相手に訓練を重ねた。

だが、いま一歩、上にはあがれなかった。

剣帝である父には及ばなかった。剣神ガルには、剣王の認可はもうすぐ与えると言われたが、それだけだった。

技術的には、すでに父に追いついていた。

ニナに対してもそうだ。きっと、同じ剣王であるギレーヌやエリスにもそうだろう。

でも勝てない。あと一歩、何かが足りない。

それはわかっていた。ついでに言えば、何をどうすれば勝てるかもわかっていた。

でも、行動には結びつかなかった。前向きにはなったものの、自分から苦しい環境に飛び込んでいくのは控えていた。いや、苦しい環境に身を置こうとしたことはある。その度に彼は思ったのだ。なぜ辛《つら》い思いをしてまで、こんなことをしなければならないのか、と。

その答えが出ないまま、月日が流れた。


そんなある日、アスラ王国の戴冠式を見に行ったニナが帰ってきて、言った。

「ねぇジノ。私たちも結婚しない？」

その問いに、ジノは頷《うなず》いた。

特に考えて頷いたわけではなかった。ただ、なんとなく、いつかそんなことになるんじゃないかなという予感はあった。ニナのことも好きだったし、ニナがほかの男とそういう仲になる気配もなかったからだ。

ニナは持ち前の性急さでジノを己の部屋へと連れ込み、即座に行為に至った。

互いに初めてであり、いろいろと至らぬ点は多かったが、少なくとも一晩没頭する程度には、相性は良かった。

めくるめく快感の中で、ジノは思った。

もっとこれが欲しい、と。

思えば、ジノが人生において何かを強く欲したのは、これが初めてだったのかもしれない。

その翌日。

ジノはニナを連れて剣神のところに赴いた。

ニナがジノを、でなく、ジノがニナを、だ。

結婚したい、という旨を伝えるために。ジノがこうして自主的に動くのは、珍しいことであった。

「ダメだ」

が、剣神は即答した。

今まで、娘の教育方針について何も言わなかった剣神が、初めてNOといった。

理由は単純だ。剣神から見て、ジノに魅力がなかったのだ。

自主性の欠片《かけら》もなく、冒険心も、野望もない。言われたことに従うだけの置物のような男。

すでに行為に至ったことまでは剣神はまだ知らなかったが、どうせ結婚のことだって、ニナから言い出したことだろうとアタリをつけていた。

ジノという男は、自分では何一つ欲していないのだ。

何も手に入れようとしていないのだ。なのに結婚？　笑わせるな、と。

だが、同時に、こうも思った。

悪い流れではないな、と。

「結婚してえんだったら、俺様を倒してみろよ。そうすりゃ許してやる」

剣神としては発破を掛けただけのつもりだった。

何か障害を与えることで、ジノに少しでもやる気を出させられれば、と思ったのだ。

「……！」

しかし、そこでジノは理解した。カチリと何かがハマったような感覚を得た。

理解した。ああ、そういうことだったのだ。

剣神が常々言っていたこと。自分に足りないもの。『なぜ？』の正体。

これだったのだ。こんな簡単なことだったのだ。

ジノは目の前の霧が晴れていくのを感じた。今まで生きてきて、よくわからなかったことが、氷解した。彼は手に入れた。最後の一つ、自分に足りない一歩。

『目的』だ。

「わかりました！」

あとは、簡単だった。

★
★
★

ジノは変わった。

完全に変わった。

人が変わった。

今まで命じられていた全ての稽古をしなくなった。ニナと続けていた特訓もしなくなった。

サボっていた？　まさか。彼は一人で訓練を開始したのだ。

その訓練に、相手は必要なかった。

ニナとの特訓や、父との稽古、その他数々の模擬試合で、すでに十分すぎるほどの対戦経験は積んでいた。

勝つための理論はあった。

ジノは、剣神流の剣士相手なら、確実に勝利できるビジョンを持っていた。

ただ、そのビジョンに到達するには、並外れた努力が必要だった。苦しく、辛い日々を乗り越えなければいけなかった。

ゆえに、今までやらなかった。やる理由がなかった。

悔しさとか焦燥感とか、そういう感情だけでは、到底耐え切れないものだった。

だが、今は違う。ジノは目的を手に入れた。今はニナが欲しい、どうしても欲しい。苦しい思いをしてでも欲しい。その目的は苦しさと辛さを、楽しさや期待に変えた。

あとは、研ぎ澄ませるだけだった。

己の肉体を鍛え、剣の速度と重さを増す。己の理論を実証するためには、それが必要だった。

訓練、特訓、稽古。様々な言い方があるが、どれもそれには当てはまらない。

当てはまる単語を探すなら……そう、『作業』だ。

ジノは淡々と、己のすべきことをした。己の体を剣神に勝てるように改造すべく、日々、完璧に作業をこなした。ジノは己の限界ピッタリになるように作業を続けた。常人なら音を上げるか、あるいは体を壊してしまう作業だ。

ジノには、それができた。元々、そういう才能もあった。

モチベーションと、長い時間をかけて考えられた理論、完璧な作業。

それらをコントロールできる、元々の才能。

四つが合わさり、ジノの剣は研ぎ澄まされた。

★　★　★

そして、運命の日がやってきた。

その日、ジノは朝起きると、隣に住む幼馴染《おさななじみ》のところへと出かけ、改めてプロポーズをした。

互いに木剣を構えて相対し、ニナを叩《たた》きのめした後、自分のものになれと言い放った。

それが受け入れられた後、剣神のところに向かった。

時刻は午後、本道場ではちょうど模擬戦が行われていた。

剣の聖地で、定期的に行われる、実戦稽古だ。己の技がどれだけ上達したのかを見せる場でもあるが、格上に対して二人がかりで挑むことも許されている。

そんな稽古の場に、ジノはふらりと戻ってきた。

剣王であるジノの相手は、剣聖二人か、あるいは同格であるニナか、あるいは剣帝にニナと二人で挑みかかるか、である。

ニナは欠席。

であれば、おのずと剣聖二人が相手となるのが通例だった。

だが、ジノは道場の真ん中に進み出るや否や、木剣を剣神へと向けた。

道場内は一瞬、シンと静まり返った。

「ジノォ！　貴様、何をしとるかぁ！」

真っ先に立ち上がったのは、ジノの父。剣帝ティモシー・ブリッツだった。

彼は己の脇に置いた木剣を掴《つか》み、ジノに打ちかかった。

いや、打ちかかろうとした。だが、片膝をついて立ち上がろうとしたところで、前につき出した膝が砕けた。同時に、木剣を握った手もへし折られ、剣は床へと落ちた。

剣帝ティモシー・ブリッツは驚愕《きょうがく》に目を見開いた。

痛みには慣れている。苦悶《くもん》の表情を作ることはない。だが、それでも流れ出る脂汗。

彼の瞳には、剣を振り終えたジノの姿があった。

ジノは父に一瞥《いちべつ》をくれた後、剣神へと振り返った。

「剣神様、ニナをもらいに来ました」

先ほどと同じように、木剣を向けて、言い放つ。

剣神ガル・ファリオンは、その剣を見て、獰猛《どうもう》に笑った。

「いいぜ、かか――」

ってきな。

と言い終わる前に、ジノは動いていた。

だが、同時にガルも動いていた。

むしろ、ガルの方が早かった。なぜなら、ガルはすでに構えをとっていたからだ。

剣帝が倒された時にすでに床の木剣を取り上げ、腰を浮かし、居合の構えをとっていたのだ。

不利な姿勢だが、ガルにとっては不利にならない。どんな体勢でも、相手を凌駕《りょうが》した剣速を誇るからこそ、剣神なのだ。

しかし、ジノを凌駕することはできなかった。

ジノは、剣神とほぼ同等の速度で動いた。とはいえ、ほぼ互角の速度で動く二本の木剣は、ややジノ寄りの位置で打ち合わされた。すなわち剣神の速度が、優《まさ》っていたことになる。そして、剣神の方が、より速度の乗った剣を叩き込んだことになる。

剣神が違和感を感じたのは、その瞬間だった。

今の一合は、剣神にとってほぼ完璧といえるものだ。

一撃必殺をモットーとする剣神流にとって、相手に剣を止められるというのは、悪手である。が、この初手でまず相手の体勢を崩し、次の一撃で確実に仕留める、という理念もある。

今まではそうだった。

初手で優位を取った剣神ガル・ファリオンが、返されることはない。

と、思ったが、ジノの剣は今までガルが感じた、どの剣よりも重かった。

ジノの体勢は崩れない。

無論、ガルとて崩されたわけではない。

五分だった。

ガルにとって久しい、五分の初太刀だった。

より深くに打ち込んだガルが、五分だった。

となれば、次の一手は違う。

ガルの剣は伸びきり、戻すまでに時間がかかる。ジノの剣は違う。ガルの剣を受け止めつつも、すぐに戻せる位置にある。

互いに体勢を崩したわけでもなし。時間にしても、ほんのわずかな差である。

ジノは、このわずかな差を、針穴に糸を通すように、己の手で作り上げたのだ。

剣神ガル・ファリオンに確実に勝つための、決定的な差を。

ガル・ファリオンは、二太刀目を振れなかった。


その日、ジノは欲しかったもの全てを手に入れた。

★　★　★

剣神ジノ・ブリッツ。

彼は欲しかったものを、全て手に入れた。

ニナ・ファリオン。それが、彼の欲しかったものの全てだ。最強の剣士たる「剣神」の称号など、オマケに過ぎない。

彼は生涯、剣の聖地から出てこなかったという。ゆえに彼の知名度は剣神の中で最も低く、史上最弱の剣神とまで噂《うわさ》された。先代の剣神に師事していた剣聖たちからも疎まれた。

だが、彼がそれを厭《いと》うことはない。噂など、意味のないことであった。

なぜなら、彼は挑んできた敵を倒したからだ。

敵とは、すなわち次代の剣神になろうという剣士。あるいは「最弱の剣神」という噂を聞いてやってきた挑戦者である。ジノは、その全てを撃破した。

剣神になって後、無敗。それが、ジノ・ブリッツの戦績である。

あるいは、剣の聖地の外に出れば、水神レイダや死神ランドルフといった猛者を打倒することも可能だっただろう。

彼はそうしなかった。彼にとって剣の聖地こそが、世界の全てであった。

最初から最後まで、外の世界に欲しいものなど、なかったのだ。

しかしながら、剣神になってから、彼の世界は間違いなく広がったと言えよう。

敵以外にも、剣神ジノ・ブリッツと友好を深めようと訪ねてくる者が大勢いたからだ。

彼らは戦うことはしなかったが、時にジノに剣の教えを請い、時にジノと商取引を行った。

ルーデウス・グレイラットも、そのうちの一人だった。

そう、彼はある日突然やってきたのだ。

ジノとも関わりが深い、狂剣王エリスを傍《かたわ》らに。

さらに北神カールマン三世と、そして龍神オルステッドを引き連れて……。

「当座の間にて」

現在、俺は剣の聖地の道場にいる。

なんでも『当座の間』というらしい。

右手にはアレク。彼はにこやかな表情で、もちろん殺気など微塵《みじん》も感じられない。

腰にあるのは、俺の土魔術で作った黒石を、鉱神が自ら鍛えた、両手剣だ。特殊な力は一切ないらしいが、さすが神と名のつく者が作っただけあって、良いものらしい。アレクは、長さにして二メートル近いこの剣が気に入ったらしく、愛用するようになった。

オルステッドは、俺の左手だ。黒いヘルメットをかぶったまま、一言も喋《しゃべ》っていない。

微動だにせず、静止画のように止まっている。

ハエが止まりそうなほどだが、威圧感は凄《すさ》まじく、蚊も寄りつかない。

だが、その場にいる、俺たち以外の人物の注意は、俺やアレク、オルステッドの方を向いてはいなかった。誰もが俺の正面に立つ人物を注視していた。

エリスだ。

彼女は木剣を握り、立っていた。表情は引き締まっていて、特に殺気を放っているわけじゃない。

だが、その手に握りしめられた木剣には、しっかりと力が入っているのがわかる。

エリスは、当座の間の中央で、木剣を手に立っているのだ。

そして彼女の前には、手首をへし折られた一人の剣聖が転がっていた。

「……参った」

剣聖は悔しそうにそう言うと、立ち上がり、礼をした。

エリスの返礼を待たず、道場の脇へと戻っていく。

道場の脇。そこにはズラリと剣神流剣士が並んでいた。

見たところ、二十人近くいるだろうか。

この一人ひとりが剣聖だというのだから、世界は狭い。狭いところに密集している。

そして、エリスを挟んださらに先。そこには、一組の若い男女が座っていた。

男の方は、年齢については知らないが、多分、俺と同じぐらいだろうか。そう考えると、若いと称していいのかイマイチわかりにくいが、剣聖たちには三十代、四十代の者も多くいるから、やはり若い部類に入るだろう。

彼は、隣に女を座らせ、その肩を抱いている。

他の剣聖たちに比べれば、リラックスしているように見える。

オルステッドを目の前に。いくらヘルメットで呪いが軽減しているとはいえ、あのオルステッドを前に、リラックスだ。

ジノ・ブリッツ。

さすがは剣神、というところか。女を侍《はべ》らせたあの堂々たる姿、同じぐらいの歳とは思えない。

少なくとも俺は、オルステッドを前に妻を隣に座らせ、肩を抱いたり腰を撫《な》でたりはできない。やったら殴られる。主にエリスに。

ただ、時折胸元に手を伸ばそうとして、ピシャリと叩《たた》かれている姿は好感が持てる。

女性の方の名前はニナ。

エリスの友人で、階位としては剣帝という話だ。しかし、剣帝っぽさは微塵も感じられない。

幸せそうにジノに体を預け、時に胸元へと伸びてくる旦那の手をピシャリと叩いている。

俺たちのことなど眼中にないと言わんばかりだ。バカップル、と人は呼ぶのかもしれない。

「……」

さて、なんでこんなピリピリとした状況になっているかというのを、少し説明しておこう。

前回までのあらすじ！

やあ良い子の皆、こんにちは！　僕の名前はルーデウス・グレイラット、よろしくね！

今日は北方大地の中で最もホットでクールな観光スポット、『剣の聖地』にお邪魔しているんだ。

今後のことも考えて、剣神流と話をつけておかないといけないし、エリスと前の剣神との因縁もあるしね。

これも一つのケジメとして、ご挨拶に行くことにしたんだ。

前回は今の剣神とは挨拶できなかったから、改めての来訪だ。

メンバーはもちろん俺とエリスの二人！

俺の知る限り、剣神流ってのは口を開くより先に、剣を振り下ろすタイプの人が多いみたいだからね。できる限り魔術師系の人は連れていかないことにしたんだ。これは前回来た時と一緒だね。

もちろん、彼らにだって人としてのモラルはあるだろう。けど前回と違って、ビヘイリル王国の戦いでガル・ファリオンを殺してしまっている。彼は現在の剣神の義父にあたる。

その上で「俺たちに力を貸してほしい」なんて言って、問題が起きないで済むと思う？

いやまあ、空気次第では言い出さずに帰るつもりだけど。なんにせよ、何が起こるかわからないってんで、剣の聖地をよく知るエリスと俺の二人旅。

——の、予定だったんだけど、一つサプライズが起きたんだ。

剣の聖地に向かうことを話すと、珍しくオルステッドが、自分も行くと言い出したんだ。何か含みのある様子でね。

多分、含みってのは、俺が何かいらないことを言って、剣神を怒らせることを危惧したんだろう。

つまり、護衛目的でついてきてくれるってわけだ。

なんにせよ、断る理由もないから了承したんだ。オルステッドが頼もしいのは確かだしね。

で、オルステッドが行くとなると、アレクが「じゃあ僕も」なんて言い出したんだ。

アレク。そう、ちょっと英雄願望が強めの彼だ。昔のクリフと同じぐらい空気が読めないことに定評もある、彼ね！

俺としても「いや、問題起こしそうな人はちょっとNGで」と言いたかった。

彼にはよくジークの面倒を見てもらっているけど、それとこれとは別だしね。

でも、オルステッド様は言ったんだ、「好きにしろ」って。

というわけで、俺と、エリスと、オルステッドと、アレクの、四人で剣の聖地に行くことになったんだ。


そうしてやってきた、剣の聖地。

雪の中の田舎村、って感じの長閑《のどか》な風景が広がっていた。

俺は多少おっかなびっくりではあったけど、前に一度来たことに加え、今回は頼れる人が三人もいる。「なかなかいい景色だな」「田舎の割に刀剣の品揃《しなぞろ》えがいいんだな」「おっ、第一村人発見」なんて、一人で寒い会話をしつつ到着したのは剣神流の本道場。

にこやかな剣聖たちに案内されたのは、当座の間。

みんなにこにことしていて、和やかな雰囲気。なんだけど、どうにも背筋がピリピリする。

きっと気のせいね！　そんなことより挨拶挨拶！

ってところで、剣聖の一人が言ったんだ。

「まずは、先代を倒したという狂剣王エリス殿の剣を見てみたいのですが」

まずはそれなの!?　と俺が振り返るより前に、剣神が肩をすくめながら「好きにすれば」と言い放ったんだ。

そこからが修羅場の始まりだ。

にこやかな剣聖たちは、にこやかな顔のまま、殺気を全身からたぎらせつつ、エリスに挑みかかっていった。

笑っているし、使うのも木剣だが、殺す気なのは見て取れた。

稽古にかこつけて、木剣で殴り殺そうとしているのだ。寸止めをする気がないのは、一目でわかった。

とはいえ、エリスも一応、剣王だ。

そこらの剣聖にそうそう後れは取らない。あっさりと、剣聖たちを返り討ちにした。

エリスが一人、また一人と叩きのめす度、剣聖たちの顔からは笑みが消え、憎々しげな表情が張り付くようになった。今では殺気も隠さない。

だが、そんな中で、一人だけどこ吹く風な顔をしているのが一人。

ジノだ。ニナですら、剣聖たちの殺気に少し困った顔をしているのに、ジノはそんなもの、どうでもいいと言わんばかりだ。

そして、今のようなピリピリした空間の出来上がり、ってわけさ！

と、無理に元気を出して説明してみたけど……。

はぁ。胃が痛い。なんでこんなことになったんだ……。

いきなり失敗した気がする。もう無理だろこの雰囲気。話し合いとかできそうにないよ。

でも言い訳をさせてほしい。止める間もなかったんだ。もうね、ほんと、早かったんだ。

ジノが「好きにしたら」と言い終わる前には、エリスが当然のように木剣を手に前に出て、剣聖の方も道場の中央で待っていた。

俺が今の位置に腰を下ろす瞬間には、すでにエリスは一人、打ち倒していたんだ。

で、止める間もなく「次は俺が」「次は某《それがし》が！」と剣聖が次々と出てくる。わんこそばかな？

ただ、そろそろ止めるべき時が近づいてきている気がする。

剣聖の数は二十人余り、そしてエリスはもう二十人以上倒している。

今戦っているのが、最後の剣聖だ。

となれば、出てくるだろう。

剣神ジノが。

今は飄々《ひょうひょう》としているとはいえ、下の者が全員やられたとなれば、出ざるを得ないだろう。そして剣聖たちも、その瞬間を待っているのだろう。剣神が出てきて、赤毛の女剣士を叩き殺す、その瞬間を。先代剣神を殺した者たちへの復讐《ふくしゅう》を。そのために提案をした。前座も買って出た。とでも言わんばかりだ。

俺は後悔している。

来るべきではなかったかもしれない。エリスとて、剣神と戦えば無事では済むまい。俺も、この距離で剣神と戦えるとは思えない。

そして感謝している。

俺が反応できなくても、オルステッドとアレクなら、剣神の剣を止めてくれるだろう。

エリスも無傷というわけにはいかないかもしれないが……なに、死ななければ安いものだ。

エリスとて、その覚悟ぐらいはあるだろう。なんにせよ、ついてきてくれた二人に、感謝だ。

しかしながら、剣神とエリスの戦いに水を差したとなれば、きっと交渉どころではないだろう。

具体的にどうなるかという予想はつかないが……。

まあ、胃の痛い展開になるのは間違いない。

ともあれ、止めよう。なんとか話をする形に持っていこう。それが俺の仕事だ。

いいかルーデウス。血気盛んな人たちだけど、きっと一生懸命話せば聞いてくれるはずだ。

頑張るんだよ？　レッツファイトだ！

「くっ……参った」

そして今、剣聖の最後の一人が倒された。

彼は前の剣聖と同様、手首を押さえている。

ていうか、基本的に全員手首だ。右手か左手かの違いはあるが、エリスは同じ技で仕留めたのだろう。剣聖たちの怒りも倍増というわけだ。

次は、ニナだろうか。いや、ニナの方は動く気配がない。なんとなくだが、多分、剣神が先に動く。

剣神が動いたら俺の出番だ。

よく見ろ、後の先《ごせん》だ。剣神が立ち上がりかけた時に、へりくだる感じでずいっといくんだ。

見応えのある試合ばかりでした、見ているだけで喉が渇いてしまいましたな。ここはひとまず休憩として、お茶にしましょう。なんてセリフから入ろう。

ん？　本当にそのセリフで大丈夫か？

煽《あお》りっぽく聞こえないか？

もっとこう、負けた剣聖を褒める感じでいくべきだな。

いやはや、やはり剣の聖地の方々は稽古に熱心でいらっしゃる。……これでいこう。

これなら、彼らも「これは稽古だから負けてもしょうがない」という言い訳ができる。

よしいくぞ、今いくぞ、さぁいくぞ。

「……」

しかし、剣神に変化はない。ニナの方も、出てくるわけではないようだ。

「終わった？」

ピリピリした空気の中、剣神ジノ・ブリッツは軽い感じで声を上げた。

なんとも、あっけらかんとした声音だ。

「それで？　何の用で来たんでしたっけ？」

あれ？　戦う前に話を聞いてくれるらしい。

剣神流らしくない……が、好都合だ。俺はずいっと前に出て、声を上げた。

「……まずは謝罪を」

「なんの？」

「先代剣神のことです」

そう言うと、よっしゃきた、と言わんばかりに周囲の剣聖の気配が変わった。

向こうがきっかけをくれたよ！　さぁ今だよ！　復讐レッツゴー！

と、もし彼らが犬であれば、尻尾を振りつつワンワンと吠《ほ》えていただろう。

俺も一瞬、もう少し遠回しな言い方をしておけばと思ったが、同じことだ。

事実は避けられない。

「……」

だが、剣神は訝《いぶか》しげな顔をしていた。

そんな顔をされると、こっちも戸惑う。

何か変なことを言っただろうか。と周囲をキョロキョロと見回してしまいそうだ。

とはいえ、彼もすぐに得心がいったように頷《うなず》いた。

「ああ、そういえば、ずっと前にニナから聞きました。ニナは、君らに協力するって言ったんでしたっけか。そりゃあ、協力者の父親を殺したんなら、謝罪が必要ですよね」

実に、他人事《ひとごと》のような言葉だった。

俺より、剣聖たちの方が呆気《あっけ》に取られるぐらい。

「でも、師匠……先代剣神ガル・ファリオンは、自分の意志で君らに戦いを挑んだんでしょ？　ならむしろ、こっちが謝罪すべきではありませんか？　これが剣神流全体の問題なら、協定を破ったのはこっちなんですから。そのへんは、どうなっているんですか？　僕はそのあたり、よく知らないんですよ」

どうなっているか、なんてのはこっちが聞きたい。

俺は今、本当に剣神流のトップと会話をしているのだろうか。

もっとこう、アトーフェ並みに話が通じない相手を想定して来たんだが……。

穏やかすぎる。なんか不思議な気持ちだ。どちらかというと、北神流のだれかと話しているかのようだ。アトーフェ以外の。

「ええと……」

落ち着け、まずは相手の質問に答えよう。

「まだ、ニナさんとエリスが話をしただけで、正式な協定は結ぶ前でした。一応、その件で以前に一度、こちらにも来たのですが、お取り込み中であると言われて引き返しまして……ニナさんから剣神へと話はいっていた……のでしょうか？」

「話はしたわ。それっきりだったけど」

曖昧に頷くニナ。その言葉に、ジノもまた「うん」と頷いた。

「少なくとも、僕らは『龍神オルステッドの陣営と敵対する』なんて話は聞いていない。でも、戦ったというのなら……」

ジノの目が細められた。

「先代は君たちと敵対する道を、選んだようだね？」

剣聖たちの気勢が高まる。

よっしゃ、よくぞ言ってくれた。さぁ剣を抜いて、戦いましょう、はやく、はやく！

そんな心の声が聞こえてきそうだ。

「……待って。落ち着いてください」

俺が咄嗟《とっさ》にそう言うと、ジノは肩をすくめた。

「僕が慌てているように見えるのかい？」

「いえ、大変落ち着いていらっしゃいます。ですが、ほら、私共も、あなた方と敵対をし続けないために、こうして謝罪に来ているのです。強い武力を持つ剣神流の方々と敵対するのは、私共としてもよくない。強い方とはぜひとも仲良くしたい。私たちには、あなた方と仲良くする用意がある。剣や食料の流通に、インフラの整備、建築関係でも協力できます。逆に言えば、私たちと敵対すれば、そういったことを止められる。悪いことが多いはずだ。でしょう？」

「はぁ……」

一気にまくし立てる俺に、ジノはため息をついた。

ちょっと説明が長すぎたかもしれない。アトーフェを想定していたなら、もっと短くすべきだったかもしれない。でも、幻の酒を提供するだけで「よっしゃ味方になったるわ！」となるほど単純そうにも見えない。

ジノは俺を見て、煩わしそうに言った。

「一から言わないとわかりませんか？　先代は、僕らには何も言わなかった。つまり剣神流全体の決定ではなく、個人として、君たちと戦ったんだ。それは僕らには、なんの関わりもないことです。だから僕に戦うつもりはないですよ。そんなことより、こっちの方が大事だ」

ジノはそう言うと、ニナを引き寄せて、その髪に顔を埋《うず》めた。

ニナは顔を赤らめつつも、その行為を受け入れている。

お熱いことだが、人前では控えた方がいいんじゃないかな。

見なよ、エリスが顔を真っ赤にしてる、目もまん丸だ。腕を組んで足を開いて、臨戦態勢までとっている。

しかし、俺が会話をしているのは、本当に剣神なんだろうか。

受け応えが理知的すぎて怖い。

不気味だ。剣神流の高い位の人ってもっとこう、「うるせぇ！　意味わかんねぇことを言うんじゃねえ！　親父《おやじ》の仇《かたき》だ！　ぶっ殺してやる！」って感じで襲いかかってくるものでしょう？　あ、いや、それはアトーフェか。北神流だ。

でも、似たようなものでしょう？

あ、もしかすると、今、俺の目の前にいるのは影武者か、あるいは渉外担当の事務員かもしれない。

「……」

でも、そういうことならありがたい。

身内が殺されて、そこまで平然としていられるのはちょっと不気味だが……。

まあ、状況をよく考えた結果、感情より今後を優先した。ということであれば、納得はできる。

きっと、前々から考え、決めていたのだろう。

「そういうことなら、改めて我々と……」

「お待ちください！」

と、叫び立ち上がったのは、剣聖の一人だ。

顔を真っ赤にしながら、俺たち……というより、オルステッドを指さしてくる。

「我らは先代を慕い、その剣を見て、習い、学ぶことで強くなりました！　それを殺されたのですよ！　こいつらに！　大恩ある先代を殺され、はいそうですかと黙っているのですか!?　我ら剣神流が舐《な》められてもいいのですか!?」

「じゃあ、君はやりなよ。真剣を持ってきてさ、見ててあげるから」

間髪いれず、ジノがそう言った。

剣聖の動きが止まる。

「は……？」

「彼らだって、そういうつもりで来ているんだろうさ。狂剣王エリスに、龍神オルステッド、北神カールマン三世。彼らの後ろから、ルーデウス・グレイラットが魔術の援護をする。きっと、君たち全員が束になってかかっても、一太刀も負わせられず、全滅するだろうね」

「それは……」

「さぁ、やりなよ。死体はちゃんと片付けてあげるし、お葬式もしてあげるから。君らが死んだところで名誉とやらが守られるかどうかは知らないけど、きっと満足はできるよ」

「……」

その言葉で、剣聖は座った。

悔しそうに拳を握りしめて。

そして、震える声で言った。

「我々は……彼らに従うほかないのですか？　戦うことなく、先代の仇に……」

「だから、嫌ならやればいいじゃないか。僕は君たちに何かを強制するつもりはないんだから、君の自由にすればいいんだよ。父さんたちみたいにさ」

ジノは面倒くさそうだ。

俺としては、今の時点で恨みを募らせられるよりは、サックリと納得してもらいたいものだ。まあ、納得が生き死にまでとなると、少し辛《つら》いが。

「そういえば、剣帝がいないわね」

そこで、エリスがポツリと口にした。

ジノは顔をエリスの方へと向けた。

「父さんたちは、剣の聖地を出ていきました。僕が剣神になったのが、不本意だったようで」

剣帝、というのはニナのことではないらしい。

ジノの発言から鑑みるに、先代剣神の直弟子である、二人の剣帝のことだろう。

言われてみると、それと思《おぼ》しき人物はいない。

「今頃は、アスラか、ミリスか、あるいは王竜あたりで道場でも開いてるんじゃないですかね。ま、別に僕が出ていってもよかったんですが……」

ジノは肩をすくめてそう言った。

「それで、話は謝罪だけですか？　正直、僕としてはわざわざどうも、という程度の話ですけど」

やはり、少し不気味だ。人のことをどうこう言うつもりはないが、少しこのジノという人物は冷めているというか、達観的というか……不気味だな。

「いえ、話すと少し長くなるのですが、我々は今、ヒトガミという存在と戦っていてですね──」

そう思いつつも、ヒトガミとの戦いについての詳細を話す。

なんにせよ、ジノというのは話の通じる相手のようだ。

争いなしで話がまとまるなら、万々歳だ。

肩透かしを食らった気分だが、悪くはない。剣神という色眼鏡をはずしてみれば、話のわかる、なかなかの好青年じゃないか。ここは一つ協力を取りつけて、あとでお茶でも一杯飲んで、仲良くなるとしようじゃないか。

そうすれば、きっとこの不気味な感じも消えるはずだ。

「――というわけで将来に向けて、改めて剣神流共々、我々に協力していただきたい」

「断る」

……ん。あれ？

「協力はしない」

剣聖たちが、「おお！」と声を上げるものの、しかし彼らも困惑気味だ。

「…………それは、ヒトガミの側につくと？」

「いいや、敵対もしない」

んー？

「つまり……中立でいると？　理由を聞いても？」

「師匠の教えを守りたいのです」

「教え？」

「師匠は、事あるごとにこう言っていました。『自分のために強くなれ』。正直、意味がわからなかった。この中にも、わかってる人はいないと思う。父さんたちだって、わかってなかった。でもニナが欲しいと思った時、やっとわかったんです。師匠の言っていたことが。剣は、自分のために振るうべきなんです。ただ純粋に、自分の目的を達成するためだけにね」

滔々《とうとう》と語るジノの声には、確信があった。

今言っている言葉が真理であると信じて疑わない、確信が。

「だから、協力できない。僕は、僕のためだけに剣を振るう。全て、僕のためだ」

「……たとえ、家族が危機にひんしていても、剣は振るわないと？」

「いや。その時に、僕が家族を愛していれば、剣を振るう」

そこで、ジノは初めて、俺の方をまっすぐに見た。

強く、凛々《りり》しい視線。その視線は、エリスから聞いていた人物像からはかけ離れていた。

「それとも、協力しなければ家族を殺すとでも言いますか？」

道場内が冷えた。

ジノの発言は寒気と殺気を同時に放っていた。全身にぶわりと冷や汗が浮き出る。もし俺一人だったら、小便でもちびっていたかもしれない。

彼は、剣神なのだ。あの先代剣神ガル・ファリオンを一瞬で打ち負かした、現役の剣神なのだ。不気味だが、今この世界で五本の指に入るかもしれない、実力者なのだ。

そう、理解できた。

「いいえ。俺も家族を愛していますので」

「そうかい、安心した」

殺気が収まる。

「ルーデウスさんは、噂《うわさ》に聞いていた通りの人物のようだ」

「どんな話を？」

「家族のために龍神の配下となり、国を一つ吹き飛ばした人物だと」

「まあ……概《おおむ》ね間違ってはいないです。国までは吹き飛ばしていませんが」

「それに、思った以上に肝が据わっている」

ジノが視線をチラリと動かす。

視線の先は俺の両脇。エリスとアレク、そして剣聖たちだ。彼らは全員が、剣柄《けんつか》に手をかけていた。中には、すでに抜き放っている者もいる。

振り返って後ろを見ると、オルステッドは微動だにしていなかった。さすがだ。

俺も微動だにしなかったが、それはあくまで殺気に震えて動けなかったから、とは言えない。

「つまり、信用できる人間だ」

なにがどう『つまり』なんだろう。

「そんな人間だから、安心して言うんです。協力はしない。僕の剣は、僕と僕の愛する者のためだけに振るわれるものだから」

「……あ。なるほど」

ジノ・ブリッツが少し理解できた。

要するに彼は、愛する者を自分の手で守りたいのだ。俺と、そう変わらない。

俺はそれができず、オルステッドに泣きついた。でもきっと、彼はできると思っているし、その実力もある。ついでに言えば、それ以外のことをする気もないのだ。

無論、彼は剣神だ。中立を宣言しようと、敵は来る。

でも、自分から敵を増やすような真似はしたくないのだろう。

先代剣神が『愛する者』に含まれていない理由まではわからないが。

いや……違うな。先代剣神は、「自分のために生き、自分のために死んだ」のだ。だから、彼は、その死に関してとやかく言うのは、お門違いだと思っているのだろう。

「……うーむ」

これは、説得は難しいだろうな。

ジノは自分で完結してしまっている。俺たちがヒトガミとの戦いをやめるか、彼が俺と同じように、自分の力だけでは守れないと思うまでは、考えは変わらないだろう。

俺がどれだけ説得しても、暖簾《のれん》に腕押しだ。彼はもう、決めているのだから。

一度決めたら一直線なのは、さすがは剣神流のトップというわけか。

「そうですか……では、くれぐれも夢にヒトガミが出てくる場合は、気をつけてください。家族のためだと嘘《うそ》をつかれて、最終的に何もかも失わないように」

「はい」

残念だが……ここは引き下がろう。

ひとまず、俺たちとも敵対する気がないのは、今のでわかった。

味方にはならないが、敵にも回らない。俺がどういう人間かを知ったうえで、信頼して『中立でいたい』と言ってくれた。駆け引きなしの言葉だろう。

なら今回は、それで良しとしよう。

「もし僕が死んで代替わりしたら、また来てください。これは、あくまで僕個人の選択ですから」

「そうさせてもらいます」

俺は振り返り、オルステッドの方を向いた。

ヘルメットに隠された表情は、何を思っているのかわからない。

「ということで、よろしいでしょうか、オルステッド様」

「……ああ」

そう聞くと、オルステッドはゆっくりと頷いた。


その後、剣聖たちの傷を治し、今度はアレクが稽古をつける流れとなった。

現在、俺は道場の上座の方に座らされ、剣聖たちと乱取りを続けるアレクを見ている。

剣聖たちは、手に持っているものこそ木剣だが、その太刀筋には明らかな殺気が篭《こも》っていた。

きっと、稽古の拍子にアレクを殺してしまっても問題ない、と考えているのだろう。

アレクは軽くあしらっている。

とはいえ、さすが剣聖というだけあってか、もしくはアレクが気を抜いているせいか、たまにアレクに当てるヤツもいる。

光の太刀だ。

が、所詮《しょせん》は木剣。当てた瞬間に木剣はボッキリ折れて、アレクはノーダメージだ。

闘気ってずるいよね。

しかし、剣の聖地の木剣は変わってるな。

木剣の芯に、鉄のようなものを入れてあるらしい。真剣の重さと似せるためかね。

闘気がなければ、打ちどころが悪いと死んでしまうのではないだろうか……。

あ、だからここには剣聖しかいないのか。上級以上じゃないと、闘気は扱えないもんな。

「そういえば、オルステッド様……今回はどうして同行を？」

ふと俺は、隣に座るオルステッドに小声で聞いてみた。

「ジノ・ブリッツを見ておきたかった」

「それは、いつもとどう違うか、ということで？」

「ああ」

ジノは、相変わらずニナを侍らせて、黙って稽古の様子を見ている。

ニナの隣にはエリスが座っている。ニナと何かを話しているようだ。

ガル・ファリオン、という単語がちょくちょく聞こえてくるところを見るに、恐らく、先代剣神の最期についての話をしているのだろう。

「どうなんです？」

「変わらない。単純一途《いちず》、頑固で己のためのみに生きる」

「ほう」

「若い頃のジノは不安定だった。であれば、ヒトガミの言葉で揺れることもある。だが、あの様子なら放っておいても問題なかろう」

「なるほど」

敵にならない中立。考えようによっては、それは俺たちにとって味方ということにもなる。

使徒にもなりにくいだろうしな。

未来を見据えた行動はしてくれないが、他の国だって、どこもが精力的に動いてくれているわけじゃない。ヒトガミの手先にならない、ということが重要なのだ。

望む、望まないにかかわらず、敵に回ることもあるだろうが……。

それを言いだしたらキリがない。

「ま、参った……！」

ズダンと音がして、剣聖の一人が道場に倒れた。

すぐさま次の剣聖が「次は自分が！」と道場の真ん中へと出ていく。

……のだが、気づけば、剣聖は全員が座り込むか、あるいは倒れ伏していた。

剣聖全滅（本日二回目）。さすが、北神カールマン三世といったところかね。

「……」

道場内に、沈黙が舞い降りる。

「──それで、最期にはこう言ったわ『自由に生きた奴が強《つえ》ぇのは、いいなぁ』って」

そんな中、エリスの言葉がポツリと流れた。

彼女は自分の声が、思いのほか響いたことに驚いた様子で顔を上げた。すぐさま彼女は口元を引き締め、集まりかけた剣聖の視線を威嚇で散らした。

剣聖たちは俯《うつむ》き、悔しそうに声を漏らした。

その視線は、チラチラとジノの方を向いていた。

弟子に戦わせて、とか、剣神流の名誉をなんだと思っている、という声も聞こえる。

ジノは、変わらず飄々とした顔で聞き流している。

案外、日常的に言われているのかもしれない。

「剣神様も、稽古に参加してはいかがですか……？」

ジノが言い返さないのをいいことにか、剣聖の一人がそう言った。

アレクに最初に挑みかかり、何度も倒された男で、顔にも大きな痣《あざ》が残っている。

先ほど、お待ちくださいと声を上げた人物でもある。

「僕はいいよ」

「なぜですか！」

「なぜもなにも、君たちが彼らに稽古をつけてほしいと言ったから、僕から頼んだんだ。君たちが終わったのなら、それで終わりだろ？」

剣聖の顔が歪《ゆが》む。

彼はブルブルと震え、こらえきれない様子で、叫んだ。

「先代の時はよかった！　あの人は、ちゃんと剣神流という流派の名誉を守ってくれた！　こんな奴らが来ても、でかい顔はさせなかった！　剣帝様方がここを去ったのも頷ける！　剣神なのに、我々に手本も見せてくれない！　修行は全て一人で行って、道場では毎日女を侍らせて、イチャついているだけ！　仇が来て、自分たちの下につけと言ってきても同じだ！　仇であることを飲み込み、恭順するならまだいい！　曖昧に中立を宣言するだけ！　それも、敵を作りたくないから？なんなんだあんたは！　何のための剣神なんだ！」

道場内がシンと静まり返る。

ジノの表情は変わらない。変わらず、飄々とした顔だ。

ポカンとした、と言い換えてもいい。「何言ってんだこいつ」って顔だ。

だが、男の方はさすがに言いすぎたと思ったのか、やや青ざめた顔をしている。

「剣は、個人のものだ。僕が勝ったところで、君たちの勝利ではないし、君たちの名誉は守られない」

ジノはポツリと言った。

「僕はニナとこうなりたくて、先代を倒した。だからこうしている。名誉を守りたかったわけでも、君たちの面倒を見たかったわけでもない。不満があるなら、君たちも出ていけばいい。僕は剣神じゃなくてもいいけど、君たちに譲ったら、君たちは僕を追い出すんだろう？　出ていくのはいいけど、今は都合が悪い。子供が小さいからね」

剣聖たちは、「あぁ」と声を出しながら、また俯いた。

そうじゃないんだ、なんでわかってくれないんだ、とそんな声が聞こえてくるようだ。

なんとも、嫌な空気が流れている。

剣神と門下生たち。うまくは、いっていないようだ。

ジノも、まだ若いということか。ここをうまいことやっておかないと、内側に敵を作りかねないというのに。

「そんなことを言わず、手本ぐらい見せてあげたら？」

沈黙を破ったのは、ニナだった。彼女はジノに寄りかかっていたが、体を起こし、正座した。

「私も、あなたが戦うところを見たいわ」

「わかったよ。ニナが言うなら」

ジノはスッと立ち上がった。今までの重い腰が嘘だったかのように、スッと。

もしかして、尻に敷かれているのだろうか。ていうか、これで本当に安定していると言えるのだろうか。俺には、むしろ不安定に見える。

大丈夫なんだろうか。

「エリスも、どう？　ジノ、強くなったわよ」

「……わかったわ」

ニナに話を振られて、エリスも立ち上がった。

俺の方を見て、何かを放ってくる。咄嗟に受け取ると、彼女の剣だった。

魔剣「喉笛《のどぶえ》」。先代剣神が愛用していた剣だ。

ジノとエリスが、道場の真ん中へと進み出る。そこにはアレクがいて、彼は肩をすくめた。

「で、どちらからやるんですか？」

「もちろん、弱い方からよ」

エリスはそう言ってアレクを押しのけた。

アレクは了承したと言わんばかりに頷き、俺たちの方へと戻ってきた。

汗一つかいていない。彼が汗をかいているのなんて、見たこと……。いや、ビヘイリル王国で見たな。びっしょりだった。

「……ここの人たちはダメですね」

俺の隣に座ると、彼は小声でそう言った。

「せっかく格上と打ち合う機会なのに、学ぶ気がない」

「それは、俺から見てもわかりました」

「でしょう？　これなら、お祖母様《ばあ》のところにいる人たちの方が上です」

アトーフェ親衛隊はちょっと違うだろう。あれは学ばないと死ぬから強くなるしかないのだ。

なんて思いつつ道場を見ると、エリスが木剣を構えたところだった。

いつも通りの上段。

攻めの構えだ。

対する剣神ジノは腰だめ、居合だ。居合といえば、ギレーヌを思い出す。

だが、ギレーヌに比べると、なんとも静かだ。ギレーヌは、居合を構えつつも尻尾を揺らし、噛《か》みつくタイミングを図っているような獰猛《どうもう》さがあった。

ジノの構えは、無だ。先ほどのオルステッドのように、時が止まったかのようにピタリと静止している。

隙《すき》はない。

「……」

エリスが、ジリッと間合いを詰めた。

相手は剣神だ。先ほどの話がなければ、ハラハラしてしまうところだ。

打たれても、まあ、死にはしないだろう。

大丈夫だよね？　一応、予見眼を使っとくか。まあ、使ったところで、剣筋は見えないだろうけど……急所に直撃、みたいな流れになったら、オルステッドはちゃんと止めてくれるだろうか……。

「エリスさんなら、開始の合図はいりませんよね？」

「ええ」

エリスが頷いた。

と、思った時には終わっていた。

《エリスが利き腕を叩き折られ、片膝をつく》

《エリスの木剣が宙を舞い、道場の壁に当たってカランと落ちる》

予見眼に見えたのは、それだけだ。

そして、ほんの一秒後、それは現実となった。

「……」

俺の眼には、エリスが先に動いたように見えた。

ええ、という声を聞き終わるか終わらないかのうちに、木剣の先端が残像となったのだ。

だが、結果として、エリスは負けた。恐らく、スピード負けして、利き腕を叩き折られたのだ。

いや、利き腕だけではない。

よく見ると、エリスの出足の親指が、変な方向を向いている。

二太刀。連撃だったのか……？

腕を折られ、足指を折られた。

だが、エリスは止まらない。この程度では止まらない。獰猛な笑みを顔に張り付かせ、なおも残った足で突進する。

……のかと思ったが、ふっと力を抜いた。

やめたのだ。

「そこまで」

道場に響いたのは、オルステッドの声だ。

その声で、道場内から「おぉ」という声や「お見事」という声が聞こえてくる。

だが、まばらだ。声音も、なんだか困惑気味だった。

「何が起きた？　初太刀をかわしたのか……？」

「初太刀は足首狩りだ。かわしきれずに親指を……」

「だが二太刀目は？」

剣聖たちの中から、そんな囁《ささや》き声が聞こえる。

勝負がついたのか、つかなかったのか。それすらも判断できないほどの早業だったのだろう。

だが、結果は見れば明らかだ。エリスは脂汗を流しながらへたり込み、剣神はだらりと木剣を下げて立っている。

手本を見せろと言って、見せてくれた相手が何をしたのかすらわからないのか。

これじゃ、手本の意味がないな。

剣聖たちは、それを悔しく思っているのか、表情が硬い。

だが、同時にほっとした空気も流れていた。これで剣神流の体面は守られた、とでも思ったのだろう。溜飲《りゅういん》を下げてくれたなら、俺の方としても万々歳だ。

「さすが剣神殿！　初太刀は、出足の足首を狙ったもの。けど、その太刀筋は足首から手首までの最短距離を走っていた。足首を狩れればよし、回避されてもよし、どちらでもその分だけ初太刀が遅れ、手首へのカウンターが決まる。己の剣速に対する絶対の自信がなければできない芸当です」

アレクが、やや大きな声でそう言った。

剣聖たちに聞こえるように。その言葉で、剣聖たちも「なるほど」と頷いていた。

ありがとうございます、解説のアレクさん。

アレクは当然とばかりに座っていたが、ジノを見る目に少し非難がある。

師匠なら教えてやれ、と言わんばかりの顔だ。

「昔のエリスさんなら、その状態でも向かってきましたね」

「今が意地を張る場面なら、そうするわ」

「なるほど。さすがはエリスさんだ」

ジノは少し微笑《ほほえ》み、ゆっくりと頷いた。

すると、エリスもふっと笑った。しかし、その額には脂汗が浮いている。手首足首が折れたぐらいで泣き言を言う女ではないが、しかし痛いものは痛かろう。俺は立ち上がり、エリスの元へと駆け寄った。

「大丈夫？」

「……大丈夫よ。早く治癒魔術を使って。変なところ触らないでよ？　人前なんだから」

「はい」

即座に治癒魔術を詠唱し、エリスの骨を治す。

予《あらかじ》め釘《くぎ》を刺されていたので、胸とか尻には手を伸ばさない。

模擬戦とはいえ、骨が叩き折れるほどの衝撃。もしこれを頭とか首にもらっていたらと考えると、ぞっとする。

まあ、オルステッドもいるし、胴体と首が離れない限りは、大丈夫だと思うが……。

それにしても、剣神。先代もそうだが、剣がまったく見えない。

敵に回したくない相手だ。

「どう？」

「……凄まじいわ。悔しいけど、勝てそうもないわね」

怪我の具合を聞いたのだが、エリスから返ってきたのはそんな言葉だ。

本当に悔しそうに、口をへの字に曲げている。エリスも、子供を二人産んだとはいえ、剣術に対しては真面目に取り組んできた。それを考えると……いや、単に負けたのが悔しいだけか。昔からそうだった。彼女は負けるのが嫌いなのだ。

「では、僕が」

エリスを連れて戻ってくると、アレクがウキウキした顔で立ち上がった。

が、そこでふとオルステッドを振り返った。

「オルステッド様……よろしいですか？」

「構わん。好きにしろ」

オルステッドの許可は、あるいはジノを叩きのめす許可だろうか。

ここでアレクが叩きのめせば、あるいは七大列強の順列が変わる可能性も出てくる。

中立を宣言してくれたジノ・ブリッツ。今、エリスが負けたことで、剣聖たちも溜飲を下げた。

剣の聖地は中立の立場を守ってくれるだろう。

だが、剣神が敗北すれば、話は別だ。ジノ本人はともかく、剣の聖地の大半が敵に回ってもおかしくはない。

どうしよう、止めるべきじゃなかろうか。

……いや、何も言うまい、オルステッドがいいと言ったのだ。

俺は結果に対するフォローだけを考えればいいのだ。

「いざ」

アレクが前へと出る。

木剣を使っての模擬戦とはいえ、北神と剣神。七大列強同士の戦い……と言っても過言ではない。

今の七位はお飾りみたいなもんだからな。

どちらが勝つのか。やはり、経験の差でアレクが有利だろう。剣神は、先代を倒したとはいえ、まだ若く、経験が足りない。その上アレクには、北神カールマン三世としての意地があるだろう。

先ほど、剣神の太刀筋も見えていたようだしな。

「……」

中段に構えたアレク、居合に構えるジノ。

どちらが先に仕掛けるのか。通常なら、剣神流のジノが仕掛け、北神流が受ける形だ。

だが、逆もある気がする。

「……っ！」

先の動いたのは、アレクだった。

今度は見えた。

中段から、ノーモーションでの突き。

だが、ジノはそれを上回る速度で、剣を振るった。突きの先端に合わせるように剣を抜き放ち、ほんのわずかに切っ先をそらし……俺に見えたのはそこまでだ。

次の瞬間、ジノの木剣が消えた。

次に俺の目に映ったのは、アレクの左手がへし折れる瞬間だ。同時に、アレクが一歩後ろに下がり、道場の床に黒い線が一本残る。恐らく、先ほどエリスを仕留めた同時攻撃を、手首、足の順番に行ったのだ。

アレクは折れた手のまま木剣を、構えなおす。

折れたと思ったその腕は、ほぼ即座に治癒したようだ。

不死魔族の血のなせる技だろう。その上で北神流は、ここからが真骨頂だ、とでも言わんばかりに闘志を瞳に宿らせる。

でも、ジノはそのまま前に出た。

凄まじい猛攻が始まった。

ジノが剣を振るう度、アレクの腕か、足がへし折れた。骨折程度はすぐに治癒するようで、戦闘不能には陥らない。

しかしそれだけだ。ジノは、アレクが攻勢に出ることを許さなかった。

アレクもいろいろと試していたのかもしれない。

でも、それが相手に届いていないのは、誰の目にも明らかだったが……。

「……参った」

やがて、アレクは剣を下ろした。

傷はないが、服はボロボロに破け、木剣は先端がささくれ立っている。

対するジノは、無傷だ。しっとりと汗をかいてはいるものの……圧倒的だ。

ここまで差があるとは思えなかった。アレクも、あんなに強いのに……。

今、この瞬間なら、ジノは列強クラスの力があるのではないだろうか。いや、列強なんだけどさ。

「いや、お強い。上には上がいるということを、思い知らされました」

「いいえ。あなたは片手ですし、実戦なら、どうなっていたかはわかりません」

「真剣なら今頃はバラバラでしょうね」

アレクはあっさりと負けを認めた。鞘《さや》のない木剣を居合に構えて、これだ。

本当の居合なら速度が上がる。つまり、真剣なら差はさらに広がる可能性もある。

「さて……」

アレクは木剣を持ったまま、こちらに戻ってきた。

負けたというのに、あっさりとした顔だ。

少し悔しそうではあるが……ビヘイリル王国の時のように喚《わめ》いたりはしない。

彼も変わったということだろう。

「……ん？」

ふと見ると、道場内の視線が俺の方を向いていた。

ジノも、すでに手合わせは終わったというのに、道場の中心にいる。

俺の方を向いて。

「列強同士の戦い……」

「まさか剣神様が負けることはないだろうが……」

「龍神オルステッドの技も見られるやも」

剣聖たちのヒソヒソした声が聞こえる。

え？　ん？　どゆこと？

「ルーデウス様。見せてやってください。僕を倒した魔導鎧《マジックアーマー》の威力を！」

アレクに耳打ちされて、俺は咄嗟に言った。

用意してあった言葉だった。

「いやはや、やはり剣の聖地の方々は稽古に熱心でいらっしゃる！　ですがもうすぐ日も落ち、お腹も空《す》いて参りました！　ここらでお開きにしようじゃありませんか！」

がっかりされた。


こうして、剣の聖地への挨拶は終わった。

俺は剣聖たちの間では臆病者と呼ばれるようになったが、知ったことではない。

剣の聖地……いや、ジノ・ブリッツは、死ぬまで中立を守ってくれるだろう。

俺はそれで、満足だ。

「ニナ・ブリッツ」

その日、ルーデウス一行は剣の聖地に一泊する流れとなった。

本道場にある一室を与えられ、そこで一晩を過ごすのだ。

だが、エリスだけはニナの家に呼ばれた。ルーデウスたちと一緒に道場に泊まるつもりだったが、ニナにぜひと頼まれたのだ。

ニナの家。すなわちジノ・ブリッツの家である。

エリスがルーデウスに一人で泊まることを伝えると、彼は心配すると同時に、やんわりと反対してきた。剣聖たちの態度を見てのことだ。

剣聖は、ガルを殺されたことで、かなり殺気立っていた。ルーデウスは、その殺気に当てられたのだろう。

でもエリスの知る限り、剣の聖地は、昔からこんなものだった。

基本的に剣士のほとんどは、強くなりたいというより、強く思われたいのだ。

とはいえ、道場の外で格上の相手に奇襲をかけるほど気概のある者はいない。

そんなのは、昔のエリスぐらいのものだろう。

ともあれ、エリスはルーデウスたちを道場に残し、一人でブリッツ邸へとやってきた。

道場から少し離れた場所にある、剣神の名に似つかわしくない、小さな家だ。

「さ、どうぞ、入って。ジノは今の時間は修行してるから、まだ帰ってこないわ」

「お、お邪魔します」

エリスは緊張しながら玄関をくぐった。

思えば、エリスにとって生まれて初めてかもしれない。

友人の家に遊びに行くというのは。アスラ王国の首都に住むイゾルテとは、アスラ王国に行く度に会うが、家に遊びに行ったことはない。

隣接する道場にならあるが、あれを『家に遊びに行く』と言うのはちょっと違うだろう。

「おかえりなさーい！」

緊張するエリスを出迎えたのは、元気な声だ。

ドタドタという音と同時に家の奥から出てきたのは、二人の子供だ。

「お母さん！　おかえりなさい！」

「おかえーなさい！」

一人は元気な男の子。右手に木剣を持ち、顔には満面の笑みだ。

もう一人は女の子。こっちはまだまだ幼く、男の子を追いかけるようにトテトテと駆けてくる。

二人は玄関まで走ってくると、エリスの姿を見てギョッとした顔で立ち止まった。

「息子のネルと、娘のジルよ。二人とも、彼女はエリス。お母さんのお友達よ」

「エ、エリスよ。よろしく」

ニナに友人と紹介され、エリスは口をへの字に結んだまま頭を下げた。

ネルはエリスという名前を聞くと、目を丸くした。

「赤い髪！　もしかして、狂剣王エリス!?」

「あかーかみ！」

ジルはよくわからなかったので、とりあえず復唱した感じだ。

だが、よくわからないなりに、気になるものはあったようだ。キラキラとした目で、エリスに近づいてきた。

赤い髪が珍しいのだろう。ジルがエリスのウェーブがかった髪に手を伸ばす。

が、その前にニナに抱き上げられた。

「こーら」

「あー、まっかー！」

ジルは不満げな声を上げて、ジタバタと暴れた。

そんなジルを見て、ネルが慌てた様子で、声を上げた。

「ジルだめだぞ！　狂剣王だぞ！　触ったら食べられちゃうんだぞ！」

「がぶー？」

ジルは怯《おび》えた目でエリスを見た。

それを見て、エリスはフッと笑った。

なんとなく、二人の関係が、数年前のアルスとジークに似ていたからだ。

「食べたりなんかしないわ」

「……そう言って油断させて食べる気なんでしょ？」

そう言ったのはニナだ。懐疑的な目を向けられ、エリスはムッと口をへの字に結んだ。

その顔を見たニナは相好を崩し、ジルを差し出した。

「冗談よ。抱いてみる？」

「ええ」

エリスはニナからジルを受け取る。

ジルは怯えた様子だったが、エリスの手つきが己の母親より慣れていることを察したのか、すぐにごきげんになった。

赤い髪を掴《つか》み、「あかいの、きれー！」と嬉《うれ》しそうに笑って口に含んだ。

「あ、こら、ジル。食べちゃだめ！」

「……うー」

ニナに怒られ、ジルはすぐに口を離した。色が赤いとはいえ、髪なのだから、美味《おい》しいわけもない。エリスの髪はベタベタだ。

「私の方が食べられちゃったわね」

エリスは笑いながらそう言って、ジルの頭を撫《な》でた。

その様子を、ニナは意外そうに見ていた。

あのエリスが、と。

いや、アスラ王国に行った時に、一度は目撃していた。彼女ももはや母親で、こういった振る舞いができるのだ。

「美味しくないのわかったら、もう食べちゃダメよ？」

「うん」

エリスがジルを下ろすと、ジルはぴょんぴょんと飛び跳ねながら、家の奥へと駆けていった。

「ネル・ブリッツです！」

と、そこで入れ替わるようにネルが出てきた。

彼は片膝をついて、礼をした。

「狂剣王様！　本物なんですよね！　お目にかかれて光栄です！」

「……エリス・グレイラットよ。頭なんて下げなくてもいいわ」

「いいえ！　あの！　あの！　俺、ずっと前から……」

目をキラキラさせながらエリスを見上げるネル。

わくわくとした表情で、何かを口にしようとする。

「はいはい、そこまで。ネル、いつまでエリスを玄関に引き止めておくの？　せめて夕食の後にしなさい」

と、そこでニナが水を差した。

彼女はネルの頭にポンと手を置くと、やや強めの力でがしがしと撫でた。

「はーい……」

ネルは不満げな顔で、俯《うつむ》いた。

もっと話を聞きたい。できるなら、稽古もつけてもらいたいが……きっと母はダメと言うのだろう。いつもそうだった。剣の聖地に、名のある剣士が来ても、ネルに会わせてはくれないのだ。

不満げなネルを尻目に、エリスは家の中へと誘《いざな》われた。

「みんな変わったわね」

夕食を終えて、エリスはリビングでくつろぎながら、ニナと語らっていた。

ジノの姿はない。彼は夕食の後、子供たちと一緒に別の部屋へと行ってしまった。

子供の笑い声が聞こえてくるところをみると、一緒に遊んでいるのだろう。

「こんな風になってるなんて、思ってもみなかったわ」

ニナとエリスとジノ。

三人の中で一歩劣っていたのがジノだった。いつも不貞腐《ふてくさ》れたような顔で剣を振り、剣神の問いにもうまく答えられなかったジノ。そんな彼が、今やニナを妻とし、エリスを一撃で倒す境地に至っている。

その事実に、エリスは驚きを隠せなかった。

ガルからは聞いていたが、実際に見てみると、本当に人が変わったようだった。

「ニナ。あなたも、道場では剣も取らなかった」

ニナもニナだ。

あれだけ強くなるのに必死だったのに。道場ではエリスを見ているだけ。それどころか、ジノに好き勝手にやらせている。昔のニナからは考えられない。

「もう、いるのよ、次の子供が」

ニナはそう言ってお腹を撫でた。

外からはわかりにくいが、よく見ると、確かに、少しだけ膨らんでいるのがわかる。

「ジノに剣帝と名乗れ、なんて言われたけど、多分、もう引退ね」

「あなた、それで満足なの？」

自嘲《じちょう》っぽく笑うニナに対し、咄嗟《とっさ》にエリスはそう聞いた。

ニナは視線を落としながらも、しかし満足そうな表情をしていた。

「ええ……満足よ。もうちょっと剣術を続けていたかったって気持ちはあるわ。でも、何かしらね。不思議と、心残りは少ないの。私の剣は、ジノに負けた時に、終わったのかもね」

「負けたの？」

「ええ、ジノが剣神に挑む前に、僕が勝ったら、僕のものになってくれって。それで本気で戦って、負けたわ」

「素敵なプロポーズね」

「でしょう？」

ニナは当時のことを思い出し、フフッと笑った。

あの日まで、ニナは世界で一番強い剣士、すなわち剣神になりたいと思っていた。

だが、それが一瞬にして消えた。それほどまでに、ジノは強かった。今までの努力をあざ笑うかのように、ニナを一撃で仕留めたのだ。昼間のエリスと同じように……。

あるいは、ジノでなければ。

小さい頃から子分のように扱っていた幼馴染《おさななじみ》でなければ、違ったかもしれない。

エリスに負けた時と同じように、奮起して、涙を流しつつも剣術に打ち込んだかもしれない。

だが、相手はジノだった。

ジノは、自分と結婚するために強くなったのだ。

そして自分を倒し、その足で剣神ガル・ファリオンの元へと行き、勝利した。

剣神の称号を引っさげて戻ってきたジノは、ニナの唇を強引に奪い、そのまま押し倒した。

あの日、ニナはジノのものになったのだ。心も、体も。

ニナは、剣神になるというのが、並大抵の努力では不可能だと知っている。

努力だけでも、才能だけでも不可能だ。あるいはその両方を持っていても、届かないものかもしれない。

それまでもジノは、ニナに引っ張られるように、ニナと同じぐらいの努力をしていた。

そうした下地があった上で、ニナ以上の、血反吐《ちへど》を吐くような努力をして。

ジノは、到達したのだ。

剣神という境地に。ほんの一握りの者しか到達し得ない場所に。

だからニナは、ジノが「相応の報い」を与えられるべきだとも思っている。

相応の報いをガル・ファリオン風に言うと「好き勝手」だ。剣神は、好き勝手していいのだ。

だから、ジノが今日のような態度を取っても、何も言わない。思うところも、言いたいこともあるし、自分が言えばジノは聞いてくれるだろう。

でも、それをするとジノがいきなり弱くなってしまうような錯覚すらあった。

自分の憧れた存在になった者の邪魔をすることは、ニナにはできなかった。

ともあれ、ニナは剣術を捨て、次のことに打ち込むことにしたのだ。

子育てである。それで満足だった。

「エリスこそ、今で満足?」

「満足よ」

「奥さんが他に二人いるのに？」

「別に、普通のことだわ。お父様はお母様しか妻にしなかったけど、お祖父様《じい》は何人も手を出していたもの。ルーデウスのお父さんだって、妻は二人いたわ」

「私はミリス教徒じゃないけど……複数人なんて考えられないわ」

無論、エリスとて不満に思うことはある。

もし、ルーデウスの妻が自分だけだったら、と考えたことも。

きっと幸せだろう。誰にも邪魔されず、朝から晩までふたりきりなのだ。

でも、そう、二人きりだ。

それは『今のグレイラット家』と比べて考えると、どうだろう。

シルフィやロキシーがいない家……となれば、ルーシーやララ、ジークにリリもいないだろう。

アルスとクリスはいるだろうし、他の子がいない代わりにエリスとの間の子供はもっと増えていたかもしれない。だが……今以上の子供など、想像できようはずもない。

そう、今を知るがゆえ、物足りなさを感じてしまうのだ。

一日のトレーニングを終えて、汗びっしょりになった時にタオルを渡してくれたり。

汗を流すべく風呂に入ろうとすると、ついでに入れてと泥だらけのララを押し付けられたり。

子供を洗って出てくると、着替えの下着と服が用意してあったり。

ベタベタとうっとうしくもなく、気兼ねなく仕事を押し付け合えたりもする、ちょうどいい距離感。

シルフィとロキシー。今の生活から二人を抜いて考えるのは、エリスには難しかった。

そもそも、今は充実しているのだ。子供たちの成長を見ているのは楽しいし、やりがいもある。

もう少ししたら、もっと本格的に剣術を教えるだろう。

ルーシーは剣術より魔術を重視し、ララはまだボンヤリとしているが、アルスとジークは剣術に興味があるようだ。なんならジークは、もう北神流を学び始めている。

どんな風に教えるか、どんな風に成長するか。

そんなことを考えているだけでも、幸福感があった。

「エリス、あなたも変わったわね」

「そうね」

「昔のあなたなら、子供なんて蹴り飛ばしてたわ」

「失礼ね、蹴ったりなんかしないわよ」

「昔は子供みたいだったけど、今は子供をちゃんと見てる」

「二人も産んだもの」

「三人目は？」

「子供はもう十分だわ」

「あっちの方も？」

ニナがそう聞くと、エリスの顔に朱が差した。

「……あ、あっちの方はもっと欲しいわね」

それがエリスの正直な気持ちだった。

ただ、妊娠期間中の、あの重くて不自由な感覚は、どうにも好きにはなれない。

「なんにせよ、今のエリスは、付き合いやすいわ」

「私も、今のニナの方がいいわね。昔はなんか、面倒だったわ」

「そうでしょうね」

昔のニナは尖《とが》っていた。

自分が一番だと思っていたし、下の人間はどうにかしてもいいと思っていた。

その思い上がりが完全に消えたのは、エリスと接したからというのもあるが、ジノとの結婚も大きいだろう。

「……あ、そういえば、イゾルテも結婚したのよ。聞いた？」

ふとエリスは、もう一人のことを思い出した。

イゾルテ・クルーエル。現在は水神レイダと名乗り、水神流のトップに立つ女。

「ええ、結婚式をするって手紙が来たわ。妊娠してたから行けなかったけど」

「じゃあ、子供を産んだってのは？」

「初耳。男の子？　女の子？」

「女の子。水神として、そう多くの子供は産めないから、跡取りを産めなくて残念って嘆いてたわ」

「大変ね。でも、相手の人は北帝なのよね？　女の子だったら怒ったり残念がったりしたんじゃない？」

「ドーガはそんなこと言わないわ。いい奴だもの」

エリスはそう言いつつ記憶をたどる。

思い返せば、イゾルテとドーガの結婚について、一番物言いをつけたのはルーデウスかもしれない。ルーデウスはドーガに対して強い信頼を持っている。ビヘイリル王国の戦いでは、命を助けてもらったからだ。

命の恩人。

素朴で正直者で騙《だま》されやすそうなドーガが、面食いのイゾルテと結婚すると聞いたルーデウスは、「金目的では？」とか「浮気をするのでは？」と、隠れて彼女の身辺調査を行ったぐらいだ。

一応、イゾルテにも助けてもらったのに……。

ともあれ、それほどルーデウスに信頼される素朴なドーガが、自分の娘を残念に思うはずもない。

前にエリスが見た時は、母親似の娘を肩に乗っけて、ニコニコしていた。

掃除洗濯に子供の世話まで、率先して行っているそうだ。

基本的に家のことはあまりやらないエリスですら「イゾルテも何かやったほうがいいんじゃないの？」と言ったぐらいである。

その際、気まずそうに目をそらし「彼、私より上手だし……」と呟《つぶや》いたイゾルテを忘れられない。

「今度は、私たちの子供が、お互いに高め合う仲になればいいわね」

ニナの言葉に、エリスも頷《うなず》いた。

「そうね。なんなら、魔法大学に留学させるといいわ」

「面白そうね。でも、留学なんてジノが許さないわ。あの人、自分の愛するものを、ずっと自分のそばにおいておきたいタイプだもの」

「それじゃ、子供たちは一生、剣の聖地から出られないわね」

「その時が来たら、きっと勝手に出ていくわ」

エリスとの会話に、ニナはクスッと笑った。

本当に、昔のエリスからは考えられない会話だ。

「ん？」

エリスはふと気配を感じて振り返った。

リビングへの入り口、そこには、一人の少年がいた。

ネルである。彼の手には、一冊の本が握られていた。彼はエリスと目が合うと、意を決したようにツカツカと歩いてきた。

「あの！　狂剣王様！」

「……なに？」

「こ……これの人と、知り合いなんですよね!?」

そう言って差し出してきた本のタイトルは『スペルド族の冒険』。

エリスもよく知っている本だ。ノルンが書き、ルーデウスが本にし、ザノバやアイシャが売っているものだ。

「ルイジェルドのこと？　それともノルン？」

「ノルン……って、作者さんとも知り合いなんですか!?　あ、でもそっか、苗字《みょうじ》が一緒だから……！」

「ノルンは私の義妹よ。ルーデウスの妹ね」

「列強第七位『泥沼』のルーデウスですね！　またの名を、龍神の右腕『魔導王』ルーデウス！」

「そうよ。よく知ってるわね」

「お母さんに、スペルド族のこととか、エリスさんのこととか聞いてて！　吟遊詩人とかからも、泥沼の話とか、狂剣王の話も聞いてて！　凄《すご》いなって、一度でいいから会ってみたいって思ってたんです！」

ネルはキラキラとした目でエリスを見上げ、そう言い放った。

エリスは少年にとって、吟遊詩人によって語られる、物語の登場人物だ。

すなわち、伝説の存在であった。父親のジノと違い、彼は『外の世界』に興味津々だった。

いずれは自分も外の世界へと出ていき、吟遊詩人に語られるような存在になりたい。

それが、彼の将来の夢である。

「そう、それは光栄ね」

エリスは口元がニヤけるのを感じた。

が、目の前の少年の夢を壊すまいと、顔を引き締めたまま、神妙に頷いた。

脳内でイメージしていたのは、澄まし顔のロキシーである。

「ルーデウスもオルステッドも来てるから、帰る前に会っていくといいわ。あと北神カールマン三世もいるわよ」

「いいんですか!?」

ネルは飛び上がるようにエリスを見上げた。

列強第七位と、列強第二位。そして北神英雄譚《たん》で有名なカールマン。

化け物のような強さを持つ自分の父と同じか、それ以上の存在。

もはやこんななんでもない日に、そんな存在と出会うという夢が叶《かな》うとは、思ってもみなかったのだ。

「あの……」

ネルはそこで、本を後ろに隠し、もじもじと膝をすり合わせた。

「狂剣王様は、世界中を回ったことがあるんですよね？」

「ええ、魔大陸からミリス大陸、中央大陸の端っこまでね。天大陸にも行ったわ。ベガリット大陸は行ったことないけど」

「冒険の話とか……聞かせてもらいたいんですけど、いいですか？」

「私の？　ルーデウスのじゃなくて？」

「はい、狂剣王様の話のがいいです！」

エリスは口元をニヤけさせながら頷いた。

思えば、昔はそういう話を聞くのが好きだった。よくギレーヌにねだって、冒険の話を聞いた。

だがまさか、自分が話す側になろうとは、思ってもみなかった。

いや、アルスやジークにねだられて、お話をすることはよくある。

今だって、ジークはよくエリスの昔話を聞く……が、それとはなんだか少し違う感覚だ。

それは母親ではなく、英雄として扱われているからである。

でもエリスにはわからない。ただ、ちょっと気分が良かった。

「そうね……じゃあ、魔大陸に転移した話をしてあげるわ」

嬉々《きき》として昔の話を始めるエリス。

それを見て、ニナも口元に笑みが浮かぶのを感じた。

「ほんと、変わった……」

自分は変わり、エリスも変わった。

互いに高め合う仲、とはお世辞にも言えなくなったが、むしろエリスとの距離は近くなったように感じていた。

最初に会った頃は、仲良くなど絶対にできないと思っていた。

エリスが剣王となり剣の聖地から出ていった時も、ある種の尊敬はしていたものの、親友というには首をかしげる間柄であった。

だが、今は違う。尊敬の念は少なくなったが、それでも、かつては感じなかった何かを感じる。

しばらく会っていないが、もしかするとイゾルテと会っても、そう感じるかもしれない。

幼い頃からの友人らしい友人がほとんどいないニナにとっては、珍しい感覚だった。

「エリス」

「――そしたらルイジェルドが、いきなりそのペット誘拐犯を殺して……なに？」

「今度、子供を連れてイゾルテのところに遊びに行きましょ？」

そう言うと、エリスは目をパチクリとさせたのち、こくりと頷いた。

「わかったわ」

ジノは剣神になり、変わってしまった。

剣神があの様子では、剣の聖地もこれからどんどん変わっていくだろう。

今の状況は、長続きしないはずだ。

ジノも、案外あっさり、他の誰かに倒されてしまうかもしれない。

それは、剣士として生きる者の定めだ。剣士とは、不安定な生き物なのだ。
でも、きっとこの友情は長続きするだろう。
自分はもう、剣士ではないのだから。
ニナはそう思うのだった。

無職転生

～蛇足編～

『グレイラットの子供たち』

「グレイラットの子供たち」

カンカンカンと、音が鳴る。

木と木のぶつかり合う軽快な音には、人の息遣いが混じっていた。

「フッ！」

「つと！」

グレイラット邸の庭。

そこでは、二人の年若き者たちが木剣を片手に向かい合っていた。

一人は栗色《くりいろ》の髪をした少女。

ケープをヒラヒラとはためかせつつ、遠心力を十分に使いながら振るう木剣は、年の割に鋭い。

特徴的なのは、彼女の木剣を握らぬ方の左手だ。

彼女は軽く開いたその手で、時折中空をポンと叩《たた》くのだ。すると、少女の体が壁に当たった鞠のように跳ね、その動きが予測不可能なものへと変わる。

少女はそうして左右に大きく動きつつ、時に上下の揺らぎを加えながら、一発、二発と相手に有効打を与えていく。変幻自在な動きは予測不可能でありながら、どこか優雅で美しい。

相手をするのは赤髪の少年。

やや汚れた稽古着に身を包み、懸命に木剣を握る彼は、少女に比べると、やや動きがぎこちない。

少女のように魔術は使わず、剣のみで対抗しようとしている。

魔術こそ使わないものの、しっかりと地面を踏みしめた力強く堅実な動きで、少女の木剣を受けつつ、果敢に反撃を繰り出している。

剣神流の型をなぞる素直な斬撃は、基本に忠実で、少女のそれよりも素早い。

しかし少女に当たることはなかった。時にかわされ、時にいなされ、致命的な隙《すき》にポンと一撃を返される。

「はい、一本」

「まだまだ！」

力の差は明白だが、少年はめげずに少女に挑みかかっていく。

そんな勝負を近くで座ってボーッと見ているのは三人。

並んで座る青い髪の少女と、緑色の髪の少年。さらに金髪の少年がその隣に立っている。

ついでに言えば白く大きな犬もいて、青い髪の少女は犬に顔を埋《うず》めて半分眠っていた。興味がないのだろう。

栗色の髪の少女と赤髪の少年。

二人の立ち合いはしばらく続いていたが、やがて少女が鋭く踏み込んだ。

「ハッ！」

裂帛《れっぱく》の気合と共に木剣が真上から振り落とされ、少年の額を打った。

ガツンと、いい音がした。

「いっつってぇ！」

少年は額を割られ、痛みで地面を転げまわる。

額がぱっくりと割れ、鮮血が顎《あご》まで滴っていた。

「あ、ごめん。綺麗《きれい》にはいっちゃった」

少女は慌てて少年へと駆け寄り、その額に無言で手をかざした。緑色の光が漏れ、少年の額の傷がみるみるうちに治っていく。

「あーあ」

少年はおとなしく治癒魔術を受けた後、その場に寝っ転がった。

「やっぱまだルーシー姉には勝てないなぁ」

「しょうがないでしょ。アルスはまだ十歳なんだから」

「ルーシー姉と三つしか違わないのになぁ……」

「三つも違えば十分でしょ。アルスだってジークに負けないいし」

ルーシーとアルス。

アルスはミリス旅行を終えた頃から、それまで以上に熱心に剣術に打ち込むようになった。

母であるエリスは子供たち全員に平等に剣術を教えている。彼女はアルスがやる気になってからというもの、鼻息荒く、己の全てを教えようと奮闘している。

英才教育を受け、才能にあふれるアルスは、みるみる母たちの教えを吸収し、一端《いっぱし》の剣士として成長しつつあったが、まだまだ実感できるほどの成果は出ていなかった。

なのでアルスは、こうして子供たちだけを集めて、秘密の特訓を繰り返しているのだ。

エリスに言わせると、実戦経験より、そもそも素振りが足りていない、などと言い出しそうだが、そこはエリスの血を受け継いだ男の子、ただ素振りをするのはつまらないからと、相手を欲したのだ。エリスも彼ぐらいの年齢の時はそうだったので、当然のことだろう。

「てか、ルーシー姉さ、手から風出して体の向き変えるやつ、うまいよな。白ママに習ったの？」

「違うよ。昔パパがやってたって聞いて、自分で考えたの」

「へぇ、パパもそういう風に戦うのかな？」

「今は違うんじゃない？　子供の頃だけだって言ってたし……」

「俺もやった方がいいのかな？」

「うーん……実戦の真剣でってなったら威力が足りなくなるから、剣神流を伸ばしていった方がいいと思うけどな。私だって剣術の稽古じゃなかったら使わないよ。魔術師だもん」

「でもカッコイイじゃん。ルーシー姉の魔法剣術。クライブ兄も前に褒めてたぜ？」

「ふーん……」

ルーシーは興味なさげに流したが、その視線はチラチラと見学している金髪の少年の方を見ていた。

隣に座るジークと仲良さげに話している少年、名はクライブという。

彼も親戚ということで、時折この子供たちだけの秘密訓練に参加していた。

だからルーシーは、訓練だというのに稽古着にお気に入りのケープをつけているし、剣術だけで戦わず、魔術を使ってそれをヒラヒラさせているのである。

目指す姿は風の妖精であった。

かつて父から聞いたおとぎ話に出てきた、四大精霊の一つ、風のシルフ。

緑色の髪をしており、常に風をまとっていて、空中を踊る、美しい精霊。

学校で友達に話して「いやそんなの聞いたことない」と言われ、先生に聞いても知らないと言われ、図書館で文献を漁《あさ》ってもなおその名がまったく出てこなかった時まで、実在を信じていた存在である。

風のシルフがチェダーマンと同じ想像上の生き物だという事実に、ルーシーはショックを受けた。

だが、それでも風の妖精はルーシーにとって憧れの存在である。

そんな姿を気になる男子に見てもらいたいというのは、ルーシーの乙女心であろう。

「そんなことより、腕立て！　負けた方がやる約束でしょ！」

「へーい」

ルーシーの目の前でアルスは腕立て伏せの姿勢を取り、いち、にと声を上げながら運動し始める。

この子供たちの秘密特訓場では、敗北した者は基礎的な訓練をする決まりである。

「ほら次、ララでしょ、はやく出てきて！」

本来なら、その間に次の対戦相手が出てくるのだが……。

「……もう五周した。休憩しよう」

どうにもララはやる気がなく、レオにもたれかかってぐったりとしている。

寝たふりをしていないだけマシだろう。

ララは魔術師としてはかなり優秀で、相手の裏をかくような狡猾《こうかつ》な戦い方をするが、半面、剣術に関してはあまり意欲的ではない。体を動かすことはそこまで好きではないのかもしれない。

いや、イタズラをする時はチョコマカとすばしこいので、単純に剣術が苦手なだけだろう。

それでも渋々ながらこの特訓に付き合っているのには、何か思うところがあるのかもしれない。

「ジークは？」

「うん。僕もやめとく……」

ジークはまだ八歳で、この四人の中では最も勝率が低い。

だが、膂力《りょりょく》に関しては年少とは思えないものを持っており、鍔《つば》ぜり合いになった時にはアルスに押し勝つ瞬間もあった。

また、戦い方もルーシーやアルスとは少し違う。

アルスと同様に剣を主体とした戦い方をするが、明らかにエリスから教わっているものとは違う動きが混じっている。

……なんて、ジークがどこで誰に剣術を習っているのかなど、他の三人も承知しているが。

「じゃあ休憩ね」

そう言いつつ、ルーシーは腕立て伏せを続けるアルスの隣に座り込んだ。

どうにも、クライブのそばにいくのは気恥ずかしかった。お年頃なのだ。

それに、クライブは今、ジークと話をしている。

何を話しているのかはわからないが、年齢の割に穏やかな彼は知識も豊富で、話も面白い。

最近読んだ本の話でもして、ジークを楽しませているのだろう。

「ルーシー姉はさ」

ふと、腕立て伏せ中のアルスがポツリと言った。

「学校卒業したらどうすんの？」

「次の学校」

少しばかり神妙なその言葉に、ルーシーは何気なく返した。

「ラノアの魔法大学を卒業したら、アスラ王国の王立学校に入学するって、パパ言ってたでしょ？　なんでそんなところにも行かなきゃいけないのかは知らないけど、多分、ウチもアスラ貴族の一員だから、貴族のことを学ぶとか……？」

「そうじゃなくて、その後さ」

アルスの言葉に、ルーシーは再度、アルスの方を見た。

アルスは腕立て伏せをしながら地面の方を見ていた。

「アルスは、パパの跡、継ぐんでしょ？」

「わかんないけど、ママたちはそう言ってる」

主に言っているのはエリスだ。

たまに「アルスは跡継ぎよ！」と宣言し、それ以来、グレイラット家ではアルスが後継ぎということになっている。シルフィもロキシーも、特に異論はないようだ。

もっとも、跡継ぎと言われても、何をするのかは知らない。

ルーデウスのように、オルステッドのところで働くのだろうか。

「わかんないじゃないでしょ。アルス、後継ぎとしてみんなに期待されてるんだから。ララもなんか大事な役目があるみたいだし、二人とも、もっとやる気出してよね」

「そう言うなら、ルーシー姉が継げばいいじゃん。剣術だって魔術だって、俺たちより上じゃん」

「私は……だって、期待されてないし……」

「そんなことないだろ？」

アルスは思わずそう言った。

「そうなの！」

大きな声が出た。

「私は一度だって、パパから期待してるとか、将来はどうなってほしいとか、そういうことを言われたことないんだから！　誕生日だって、剣とか杖《つえ》をもらったあなたたちと違って、私は……！」

アルスはもちろんのこと、離れた位置にいた三人も、目を丸くしてルーシーの方を見ていた。

ルーシーは途端に恥ずかしくなり、情けなくなった。

三歳も下の弟に、何を言っているのだろうか。

パパが自分に期待してくれてないのは、自分の努力が足りないせいなのに……。

「……っ！」

ルーシーの目の端に涙が浮かんできた。

泣いたって仕方がないのに、ポロポロと涙がこぼれ落ちていく。

なんでパパは自分に期待してくれないのか、ずっとわからない。

剣術だって魔術だって、頑張ってきたつもりだった。学校の勉強だって、ずっといい成績を取り続けている。お姉ちゃんとしても、きちんとしてきたつもりだった。

けどパパは、一度だってルーシーにどうしてほしい、どうなってほしいと言ったことはない。

好きなように生きろ、長女だからといって構うことはないと、突き放すばかりだ。

「べ、別に俺だって、パパに期待してるとか言われたわけじゃ……」

アルスはそう言いつつ、オロオロと周囲を見回した。

姉、ルーシーはアルスから見て完璧な人物だった。

少なくとも、アルスたちの兄弟姉妹の中で、最も優秀だ。

三歳年上ということで、妙に大人に見えていた。

三年経《た》って、同じ歳になった時、アルスはルーシーができていたことができなかったし、リリやクリスといった下の妹たちの面倒を見られているとも言えなかった。

アルスがルーシーに勝っていた部分など、剣術以外ではないように思う。その剣術ですら、魔術を交えた模擬戦では敵《かな》わない。

ルーシーが期待されていないなら、子供たちは誰だって期待されていないはずだ。

なのに、パパから何の期待もされていないなら、自分だってされていないはずじゃないか。

大体、アルスだってパパから自分の跡継ぎになってほしいなんて言われたことはない。

赤ママやアイシャがそう言っていて、他のママたちも特に否定しないから、なんとなくそうなるのかなと思っているだけだ。長男だから跡継ぎ、アスラ貴族にはそういう決まりがあるから、そういうものなのだと認識しているだけなのだ。

「えと……ルーシー姉……」

いつものアルスであれば、そんなことを言われたら、強く言い返していただろう。

その場で怒るか、あるいはそうでなくとも、静かに怒りを溜《た》めていたはずだ。

アルスはそういう気性の子だった。

けれどルーシーがこんなことを言ったのは初めてだ。こんな風に怒るのも、記憶にない。

ララにイタズラされて怒る時も、もっとこう、プンプンという感じで、あくまでララを叱《しか》る感じで怒るのだ。

そう、ルーシーは、ずっと完璧なお姉ちゃんだったのだ。

こんな風に感情を吐露することもなく、悪いこともしない、弱音も愚痴も吐かない、かっこいいお姉ちゃんだったのだ。

だから、怒りより戸惑いが勝《まさ》った。

何と言い返していいか、アルスにはわからなかった。

たまに喧嘩《けんか》するララやジークになら、何か言い返しもしただろうが……。

「ルーシーちゃん。大丈夫?」

ふと、いつの間に移動してきたのか、クライブがルーシーのすぐ横に座っていた。

「……」

アルスより一歳年上のこの少年は、年齢の割に大人びていた。

真面目で学校の成績も良く、人当たりも良く優しい、かと思えば下級生に対しては厳しく接する面もある。同年齢のララよりもずっと大人に見える。

「ルーシーちゃんが頑張ってることは、僕らは皆知ってるから」

「……うん」

クライブはルーシーを抱きしめて、よしよしと頭を撫《な》でていた。

「アルス君にはあとで謝ろう?」

「……うん……いや、今謝る」

ルーシーは鼻をずびっと啜《すす》ると、腕立て伏せの姿勢のまま固まっていたアルスに頭を下げた。

「ごめんねアルス。お姉ちゃん、イジワル言っちゃった」

「いや、うん……俺も、ごめん……」

アルスも謝った。

自分の何が悪いのかはわからないが、女の子を泣かせたらとにかく謝れと、誰かに教わった気がする。青ママだったか、白ママだったか、あるいはアイシャだったかもしれない。

まぁ、とにかく自分が学校を卒業した後の話なんか聞かなければよかったのだ。

でも聞きたかったのだ。

完璧な姉が、将来をどう考えているのかを。

そして、完璧な姉らしい、綺麗な回答を聞いて、何か知見を得たかったのかもしれない。

まさか、こんな風に怒鳴られるとは、想像もしていなかった。

「ごめんねアルス。僕はルーシーちゃんを連れて家に戻ってるね」

「あ……うん。わかった」

クライブはそう言うと、ルーシーの肩を抱きながら、家の中へと入っていった。

アルスは何も言えなかった。ただ呆気《あっけ》に取られていただけだ。

すると、ルーシーたちと入れ替わるかのように、ララとジークが寄ってきた。

心配そうなレオも一緒だ。

「ビックリした」

そう言ったのはララだった。

「ルーシー姉も、ああいう風に、怒るんだね……」

ジークもそう言った。

アルスは仲のいい姉と弟の言葉に、少しだけ冷静さを取り戻し、頷《うなず》いた。

「なんていうか……ルーシー姉も、いろいろ悩んでるんだな……」

ルーシーは完璧で、何も悩んでいないと思っていたが、そうじゃないのだ。

「ルーシー姉はさ」

その言葉に応えるように、ララが口を開いた。

いつも何を考えているんだかわからない下の姉は、時折鋭いことを言う。

今回の一件について、何か知っていることがあるのだろう。アルスは大事なことを聞き漏らすまいと耳を傾けた。

「間違いなくクライブと結婚するよね」

しかし、出てきたのはそんな言葉であった。

「まぁ、そりゃ……」

拍子抜けしつつ頷く。ララは重要なことを話すと思わせて、気が抜けたことを言うことも多い。

アルスたちとは、気にしている部分が違うというか、なんかズレているのだ。

「でも、そういう話じゃなくてさ……」

「クライブは一人っ子だから、結婚したらルーシー姉もミリスで暮らす」

しかし、今回はどうやら違うようだった。

よくわからない出だしだったが、話の流れがわかれば、終着点にもピンとくる。

「ウチを出て、お嫁にいくってこと?」

「そう」

クライブのグリモル家とは、親戚関係ということもあって、家族ぐるみで仲良くしている。

いまいちピンとはこないが、貴族は家同士の結束を高めるために子供同士を結婚させる、ということもあるみたいだ。なら、ルーシーとクライブを結婚させるという話が裏で進んでいてもおかしくはない。

いわゆる、婚約者というやつだ。

「ルーシー姉は、やっぱそれに不満なのかな……？」

「まんざらでもないはず」

「ルーシー姉、クライブ兄のこと好きだもんな……って、じゃあなんであんなに怒鳴るんだよ」

「乙女心は複雑」

アルスには、ちょっとよくわからない。

ルーシーは、明らかに不満を持っているようにも見えた。

本当は自分こそが、グレイラット家の跡取りになるべきだと思っているようにも見て取れた。

アルスだって、ルーシーが跡取りになるというなら、それがふさわしいと思う。

アルスが自分の未熟さを痛感しているから、そう感じるのかもしれないが……。

ともあれ、あとでそのあたりのことをアイシャに聞いてみよう。そう思いつつ、少し話を変えるべく、ララに質問した。

「ララ姉はどうなのさ？　将来のこと」

「私は掃除も洗濯も料理も全部やってくれる有能な男と結婚して、一日中ゴロゴロして過ごす」

「結婚って……ララ姉も婚約者とかいるの？」

「いない」

「ええ……」

じゃあ誰がそんなことやってくれるんだよ、と言いたくなるが、アルスはぐっと我慢した。

ララが変なことを言うのは、今に始まったことではない。

「でもいずれ見つける」

「そっか。見つかるといいな。ジークは？」

面倒な姉との会話が本格的に面倒になり、話を弟に逸《そ》らす。

するとジークは己の手にある木剣をじっと見た。

「僕はね。世界最強の剣士になるんだ」

返ってきた言葉は、姉以上に荒唐無稽なものだった。

「世界最強になって、世界の平和を守るんだ」

弟はチェダーマンが好きだし、北神の英雄譚《たん》も好きだ。

だからその返答は何一つおかしくはないが、アルスとしては今は真面目な話をしているつもりなのだ。そういう子供の幼稚な夢ではなく。

だからため息をつきつつ、こう言った。

「最強って、そういうのは一度でも俺に勝ってから言えよな」

「いつか勝つもん」

「いつかっていつだよ」

「いつか！」

「いつでもいいけど、最強って名乗るのは、俺に勝ったあとな！」

アルスがそう言うと、ジークはむくれて頬《ほお》を膨らませてしまった。

アルスはまだまだジークに負ける気はしないが、しかしジークも日ごとに強くなっている。

剣術では、いずれ本当に負けるかもしれない。

今はまだ荒唐無稽ではあるが、もしかすると将来はそうではなくなるかもしれない。

そう考えれば、案外真面目な夢なのかもしれない。

……いや、アルスに勝ったぐらいで世界最強にはならないだろうが。世の中には、とんでもなく強い剣士がたくさんいるのだ。

「アルス兄は、ウチ継ぐの、やなの？」

ふと、ジークがそう聞き返してきた。

アルスは口をとがらせ、呟《つぶや》くように言った。

「わかんないよそんなの……」

グレイラット家の跡取り。

……というのが何かすら、いまいちピンとこないのだから。いいも悪いもない。

ただ、今の話で少しだけ別角度のビジョンも見えてきた。

グレイラット家は、龍神オルステッドの臣下であるが、アスラ王国の傍流貴族としての側面もある。家を継ぐということには、貴族として他の貴族たちと交流することも含まれるだろう。

ラノア魔法大学だけでなく、アスラ王国の学校にも行かなければならないという話とも合致する。

「……うーん」

ていうか、貴族というのは何をするのだろうか？　それを学校で学ぶのだろうが、今はまだそれすらもわからない。

家同士のつながりが大事というのは聞いたことがあるから、それを考えると、やはり知らない女性と結婚したりもするのかもしれない。

「……なんかちょっと嫌だな」

アルスにだって、女性の好みはあるというか、恥ずかしくて言えないが、好きな人もいるのだ。けど、もう決まっていることなら、嫌だとダダをこねることもできない。

そんなことを言い出したら、きっとルーシーが怒るだろう。

自分は我慢しているのに、アルスはなんなの、と。

少なくとも、アルスが跡継ぎということに対して前向きに頑張らないと、ルーシーもいい気分ではいられないだろう。アルスも、姉に嫌われるのは本意ではない。

ただ、何をどう頑張ればいいのかがわからない。

アイシャあたりに聞けば教えてくれるかもしれないけど、十歳の誕生日を過ぎたぐらいから、アイシャに何かを教えてほしいと請うても、直接答えを教えてくれることは少なくなった。ヒントだけくれて、自分で考えるんだよと、言われることが多い。

でもアルスは自分で考えるのが苦手だ。

ミリスに行った後、いろいろ反省して、物事について深く考えてみるようになったけど、今のようにうまく答えを見つけられない。すぐに剣術や魔術で解決することが思い浮かぶ。

「……」

そこで、アルスは己の手を見た。

ルーシーが使っていた魔術は、とても綺麗で上手だった。

簡単な風魔術ではあるが、効果は抜群だ。変幻自在に動いて、強かった。

あれを使えるようになれば、アルスもきっと、強くなれるだろう。

「よし」

何をすればいいか、まだよくわかっていないけど、ひとまず今日は、あれを真似してみよう。

アルスはそう思いつつ、剣を握って立ち上がるのだった。

蛇足編2
カバーイラスト
別案①ラフ

蛇足編2
カバーイラスト
別案②ラフ

キャラクターデザイン案
アルス・ララ

キャラクターデザイン案
アン・ジーク

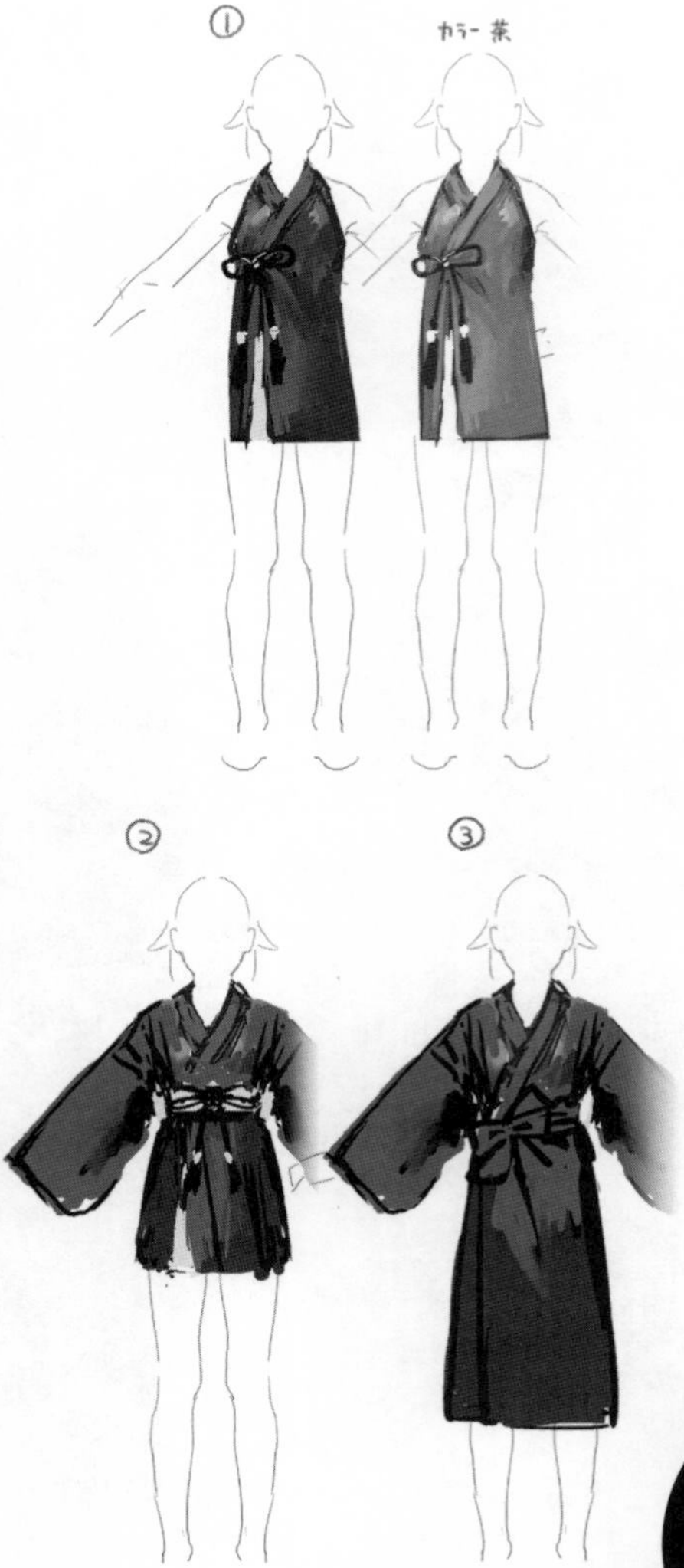

蛇足編2
湯帷子案

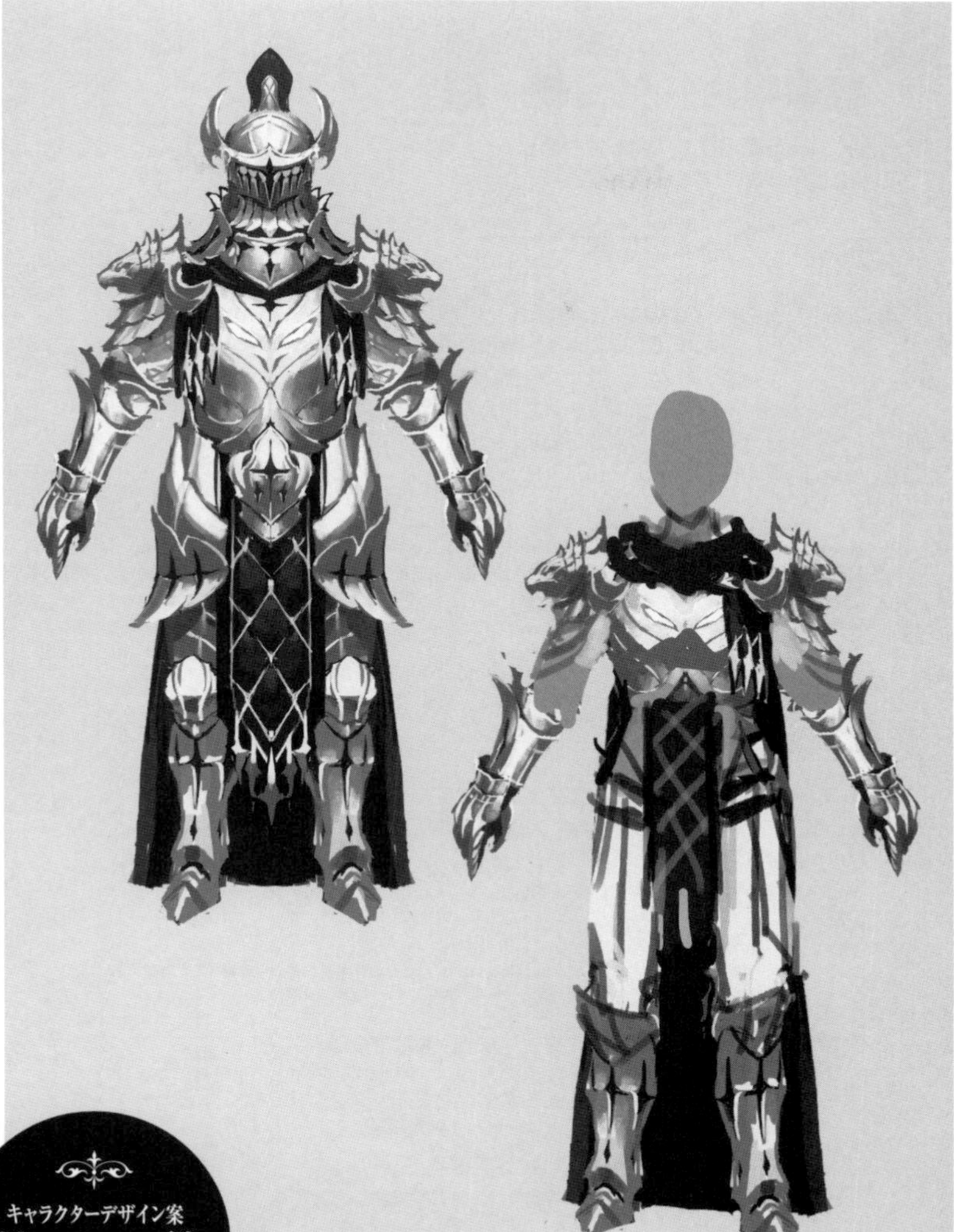

キャラクターデザイン案
ギレーヌの鎧

無職転生《むしょくてんせい》 ～蛇足編《だそくへん》～ 2

2024年 5 月25日 初版第一刷発行
2024年10月15日 再版発行

著者 理不尽な孫の手
発行者 山下直久
発行 株式会社KADOKAWA
〒102-8177 東京都千代田区富士見2-13-3
0570-002-301（ナビダイヤル）
印刷・製本 株式会社広済堂ネクスト
ISBN 978-4-04-683328-0 C0093

企画 株式会社フロンティアワークス
担当編集 今井遼介／大原康平（株式会社フロンティアワークス）
ブックデザイン ウエダデザイン室
デザインフォーマット AFTERGLOW
イラスト シロタカ

本シリーズは「小説家になろう」（https://syosetu.com/）初出の作品を加筆の上書籍化したものです。
この作品はフィクションです。実在の人物・団体・事件・地名・名称等とは一切関係ありません。

ファンレター、作品のご感想をお待ちしています

宛先 〒102-8177 東京都千代田区富士見 2-13-3
株式会社 KADOKAWA MFブックス編集部気付
「理不尽な孫の手先生」係「シロタカ先生」係

二次元コードまたはURLをご利用の上
右記のパスワードを入力してアンケートにご協力ください。

https://kdq.jp/mfb
パスワード
bibnd

● PC・スマートフォンにも対応しております（一部対応していない機種もございます）。
●アンケートにご協力頂きますと、作者書き下ろしの「こぼれ話」がWEBで読めます。
●サイトにアクセスする際や、登録・メール送信時にかかる通信費はご負担ください。
● 2024年5月時点の情報です。やむを得ない事情により公開を中断・終了する場合があります。

魔導具師ダリヤはうつむかない
~今日から自由な職人ライフ~
甘岸久弥
イラスト:駒田ハチ キャラクター原案:景
TVアニメ
2024年放送開始!
Story
転生者である魔導具師のダリヤ・ロセッティ。前世でも、生まれ変わってからもうつむいて生きてきた彼女は、決められた結婚相手からの手酷い婚約破棄をきっかけに、自分の好きなように生きていこうと決意する。行きたいところに行き、食べたいものを食べ、何より大好きな“魔導具”を作りたいように作っていたら、なぜだか周囲が楽しいことで満たされていく。ダリヤの作った便利な魔導具が異世界の人々を幸せにしていくにつれ、作れるものも作りたいものも、どんどん増えていって——。魔導具師ダリヤのものづくりストーリーがここから始まる!
MFブックス シリーズ好評発売中!